HEXENSEELE

DIE HEXEN VON KEATING HOLLOW 1

DEANNA CHASE

Übersetzt von
SIMONE HELLER

Willkommen in Keating Hollow, dem Städtchen voller Liebe, Magie und Cupcakes, wo es nichts Wichtigeres gibt als Familie.

Nachdem ein Zaubertrank tragisch missglückte, ließ Abby Townsend mit achtzehn Jahren Keating Hollow und ihre Magie hinter sich zurück und suchte nach Wiedergutmachung. Zehn Jahre später wird sie von ihrer Familie nach Hause gerufen. Sobald sie am Ortsschild vorbeifährt, plant sie bereits ihre unvermeidliche Flucht, doch der Anziehungskraft der vertrauten magischen Gemeinschaft kann sie sich nicht entziehen – und genauso wenig dem gefühlvollen Blick jenes einen Mannes, den sie niemals vergessen hat. Als eine achtjährige Hexe sie nicht nur zurück zu ihrer Magie führt, sondern ihr auch noch das Herz stiehlt, wird Abby klar, was es heißt, zu ihrer Hexenseele zu stehen.

„*Hexenseele* fühlt sich an, als stecke darin ein klein wenig die DNA von *Witch Central*." ~ Debora Geary, Bestseller-Autorin von *Verhext*

KAPITEL 1

Zum geweihten Land hier entlang.

Das vertraute, verblasste Schild sagte Abby, dass sie sich nur noch zwanzig Kilometer vor Keating Hollow befand, dem versteckten nordkalifornischen Städtchen, das vor einem knappen Jahrhundert von Hexen gegründet worden war. Sie fuhr vom Highway auf eine unscheinbare zweispurige Straße ab und richtete sich auf, die Erschöpfung wich plötzlich aus ihrem reisemüden Körper. Drei Tage lang war sie gefahren, und dabei war kein Augenblick vergangen, in dem sie sich nicht vor dem Übergang in den altmodischen Hexenort gefürchtet hätte. Aber nun, da sie angekommen war, sank ein magisches Prickeln in ihre Knochen ein, und einen Sekundenbruchteil lang strömte Frieden durch sie hindurch.

Sie war Zuhause.

Der Frieden schwand, wich der vertrauten Nervosität, die sie vor zehn Jahren quer durchs Land getrieben hatte. Als sie an ihren einzigen und lediglich kurzen Besuch an Weihnachten vor sechs Jahren zurückdachte, packte sie das Lenkrad fester. Das waren nur drei Tage gewesen. Zwei Tage zu lang, wenn es nach Abby ging. Es war ihr einfach zu schwer gefallen. Zu viele schmerzhafte Erinnerungen. Zu viel Schuld. Zu viel von allem.

„Entspann dich", sagte sie leise, während sie sich auf die Mammutbäume konzentrierte, entschlossen, die Vergangenheit auszusperren. Sie konnte nichts an dem ändern, was damals passiert war, oder an dem, was inzwischen passiert war. Und sie konnte nicht ewig weglaufen. Nicht diesmal. Ihre Schwester hatte angerufen und ihr gesagt, es wäre an der Zeit, nach Hause zu kommen – Dad war krank. Tränen brannten in Abbys Augen, und sie blinzelte sie weg.

Weinen war keine Option. Nicht jetzt. Besonders nicht vor ihrem Dad. Später am Abend, nachdem sie etwas Zeit mit ihrem Dad am Küchentisch verbracht haben würde, mit einer großen Tasse von Grandma Harpers berühmter heißer Schokolade, konnte sie sich im Bad einsperren und in der Dusche zusammenbrechen.

Die kurvenreiche Straße wurde gerade, und die dichten Mammutbäume verschwanden aus ihrem Rückspiegel. Aus einem Impuls heraus fuhr sie in den altmodischen kleinen Ortskern und bog in einen Parkplatz direkt vor *Ein Löffelchen Magie*. Sie nahm sich kurz Zeit, die schmerzenden Beine zu strecken, und beobachtete dabei die magischen Mischbecher, die direkt im Schaufenster Zutaten abwogen und in Kupferschalen schütteten. Ihre Lippen verzogen sich zu einem leichten Lächeln. Niemand buk Schoko-Käse-Torten wie Miss Maple.

Abby eilte in den Laden und atmete die herrlich süßen Düfte von Karamell und Schokolade ein. Ihr Magen knurrte, während ihr schon vor Vorfreude der Mund wässrig wurde.

„Abigail Townsend?", rief eine hohe Stimme hinterm Tresen.

Abby schaute auf und sah eine kurvige Rothaarige mit einer blau-weiß gestreiften Schürze. Ihr Haar war auf ihrem Kopf aufgetürmt, und sie trug eine modische blaue Fünfziger-Jahre-Brille.

„Hi, Shannon", sagte Abby und verkniff sich ein finsteres Gesicht, während sie ihre Nemesis aus der Mittelstufe betrachtete. Insgeheim hatte sie gehofft, dass das Mädchen, das ihr sechs Monate lang das Leben vermiest hatte, mit Akne und abstehendem Haar enden würde. Leider hatte die Frau vor ihr makellose Haut und seidenglattes Haar, das gut in eine Shampoo-Werbung gepasst hätte.

„Mensch! Dich habe ich nicht gesehen, seit …" Shannon wurde bleich, als sie sich die nächsten Worte verkniff.

„Nicht seit Charlottes Gedenkfeier", sagte Abby, ihre Stimme völlig gefühllos.

„Richtig. Natürlich." Shannon wandte den Blick ab und trocknete sich die Hände an einem Geschirrtuch. Als sie wieder aufschaute, hatte sie ein Lächeln aufgesetzt. „Es ist schön, dich in der Stadt zu sehen. Bist du gerade reingefahren? Yvette hat erwähnt, dass du zu Besuch kommst."

„Ja, ich bin eben angekommen und habe beschlossen, dass ich keinen Tag mehr ohne Miss Maples Schoko-Karamell-Riegel überstehe."

„Hervorragend." Shannon zückte einen mit Glitzer überzogenen türkisen Zauberstab und deutete damit auf den Glaskasten. Einen Moment später schwebten ein halbes Dutzend Riegel heraus und stapelten sich in eine kleine weiße Schachtel.

„Oh, das sind zu viele", widersprach Abigail. „Ich wollte mir nur einen holen."

„Die gehen aufs Haus. Ein Willkommensgeschenk." Eine Spule mit türkisfarbenem Geschenkband hinter Shannon wirbelte hektisch und hielt dann an, als ein Stück Band von etwa einem halben Meter Länge herabhing. Shannon drehte sich um, schnitt das Stück ab und band es rasch um die Schachtel, geschickt mit einer perfekt gleichmäßigen Schleife verknotet. „Da, für dich", sagte sie und schob Abby die Schachtel hin.

„Das ist wirklich nicht nötig", sagte Abby und schüttelte den Kopf.

Shannon winkte unbekümmert ab. „Nimm sie mit nach Hause zu Lin. Ich weiß, dass er sie am liebsten mag."

Abby wollte das Angebot ablehnen, nahm aber einen raschen Kurswechsel vor und nickte stattdessen. Diese Riegel *mochte* Lincoln Townsend am liebsten, und wenn Shannon ihrem Vater etwas Gutes tun wollte, dann würde Abby sicher nicht ablehnen. „Danke. Das ist sehr lieb."

„Lin macht so viel für alle. Das ist das Mindeste, was ich tun kann. Also, gibt es sonst noch was, das ich dir geben kann?"

Abigail bestellte eine ganze Schoko-Käse-Torte und eine Dose von Miss Maples besonderer Kakaomischung. Nachdem sie bezahlt hatte, nahm sie die Tortenschachtel und griff nach der kleinen Tüte mit Schokoriegeln und Kakao.

„Warte." Shannon holte unter dem Tresen ein paar Packungen Zimtstangen heraus. „Nimm die auch mit." Mit einem leichten mitfühlenden Lächeln fügte sie an: „Die haben heilende Wirkung."

Das Schluchzen, das Abby in den letzten drei Tagen unterdrückt hatte, schnürte ihr erneut die Kehle zu. „Danke", zwang sie mit heiserer, zu emotionaler Stimme heraus.

„Das wird schon werden", sagte Shannon und legte eine Hand auf die von Abby. „Das spüre ich."

Bei dieser aufrichtigen Ehrlichkeit starrte Abby der Frau in die Augen und spürte, wie ein kleiner Teil ihres Herzens genas. Sie hatte beinahe vergessen, dass Freundlichkeit in Keating Hollow ihre eigene, ganz echte Magie hervorbrachte. „Ich hoffe es." Sie drehte sich um, aber als sie die Tür aufzog, warf sie einen Blick zurück und lächelte. „Danke, Shannon. Das habe ich gebraucht."

„Gern geschehen. Genieß deine Heimkehr."

Abby nickte und trat zurück auf die Hauptstraße, hinter ihr klingelte das Glöckchen über der Tür. Sie hielt an und atmete tief ein, ließ die schwach nach Mammutbaum duftende Luft über sich strömen, ehe sie zurück ins Auto stieg.

Sie hatte gerade den Schlüssel ins Zündschloss gesteckt, als jemand, der „Fireball" von Pitbull aus den Lautsprechern dröhnen ließ, in die Parklücke neben ihr fuhr und ununterbrochen hupte.

Tut, tut, tuuuut.

Abby warf einen Blick hinüber und wollte dem Fahrer schon sagen, er solle nicht die Pferde scheu machen, aber dann erstarrte sie überrascht, als sie das Sechssitzer-Golfmobil, seine blitzenden Stroboskop-Lichter und die irre Frau sah, die ihr manisch zuwinkte.

Abby stieß die Tür auf und keuchte: „Wanda?"

„Abby!" Die rundliche Frau betätigte einen Schalter am Armaturenbrett, und die Musik ging aus. Dann sprang sie aus ihrem Partymobil und rannte herüber zu Abby, um sie in eine dicke Umarmung zu ziehen. „Bei der Göttin, ich kann nicht glauben, dass du endlich hier bist. Darauf habe ich den ganzen Tag gewartet."

Wärme durchströmte Abby, während sie ihre alte Highschool-Freundin fest umarmte. „Was hast du getan? Bist du den ganzen Tag in der Stadt rumgefahren, bis ich angerollt kam?"

„Ha! Nimm dich nicht zu wichtig!" Wanda machte sich los und grinste. „Ich bin gerade runter zum Schnapsladen gedüst, um den Weinkühlschrank aufzufüllen, als ich gesehen habe, wie du dich bei Miss Maple rausgeschlichen hast." Sie warf einen Blick durch das Fenster von Abbys Mazda CX-3. „Schoko-Käse-Torte. Du konntest dieser leckeren Süßigkeit noch nie widerstehen, oder?"

Abby lachte. „Nicht, wenn es um Miss Maples Käse-Torte geht." Sie schaute über Wandas Schulter und hob neugierig eine Augenbraue. „Das ist ein ziemlicher Schlitten, den du da hast."

„Schon, oder?" Wanda ging um den Wagen herum zurück und ließ sich wieder auf den Fahrersitz gleiten. „Schau dir das an." Sie drehte den Schlüssel und drückte auf einen Knopf am Armaturenbrett. Die Lichter blitzten violett, während nun Prince aus den Surround-Sound-Lautsprechern dröhnte. Mit zuckenden Augenbrauen fragte sie: „Nett, was?"

„Verdammt genial trifft's eher", sagte Abby, halb verlockt, mit ihr in den Wagen zu springen. Wenn sie nicht nach Hause fahren und nach ihrem Dad hätte schauen müssen, hätte sie es getan.

Ein fieses Glitzern trat in Wandas haselnussbraunen Blick. „Ein paar von uns Mädels fahren heute um Mitternacht ein Rennen. Bist du dabei?"

„Golfmobil-Rennen?", fragte Abby.

„Sowas von. Mit ein paar Cocktails wird das der größte Spaß, den man angezogen haben kann. Vertrau mir. Du wirst es lieben."

Kichernd schüttelte Abby den Kopf. „Ich würde liebend gern. Aber es ist meine erste Nacht daheim, und …"

„Ich verstehe. Ich wollte nur eine Einladung aussprechen. Nächstes Mal, hm?"

„Garantiert", sagte Abby. „Und ich komme auf diese Cocktails zurück."

Wanda zwinkerte. „Ruf mich an, wenn du dich eingelebt hast, und wir trommeln die Mädels zu einem weiteren Rennen zusammen. In der Zwischenzeit bin ich immer für einen Ausflug runter zum See in diesem Baby zu haben. In Ordnung?"

„Klingt toll, Wanda!", rief Abby ihr nach, als Wanda zurück auf die Straße fuhr.

Wanda hüpfte zur Musik auf dem Sitz auf und ab und genoss das Leben in vollen Zügen, während sie die Straße entlang brauste.

Mit einem merkwürdigen Gefühl des Verlusts stieg Abby wieder in ihr SUV, schnallte sich an und fuhr vorsichtig zurück auf die Hauptstraße.

Sie kam an ihrem Lieblingsantiquariat ein paar Läden weiter rechts vorbei, dessen Schaufenster bereits mit herbstlichen Kürbissen und Weizenähren dekoriert waren. Sie lächelte, als sie *Woodlines* und *Cozy Cave* erspähte, die beiden rivalisierenden Restaurants am Ort. Sie lagen einander an der Straße genau gegenüber und hatten beide Schilder, auf denen stand: *Laut Umfrage beste Krabbenfrikadellen der Stadt.*

Ein winziger Hauch Frieden legte sich um ihr Herz. Es war gut zu wissen, dass sich in Keating Hollow niemals etwas änderte.

Nun ja, fast nichts.

Das vertraute gelb-grüne Schild der Brauerei ihres Vaters kam in Sicht: *Townsend's Keating Hollow Brewery.* Aber anstelle des alten roten 1958er GMC Truck ihres Vaters parkte vor dem Gebäude ein mitternachtsblauer Jeep Wrangler.

„Wem gehört denn der?", murmelte sie. Dann machte sie große Augen, als ein hochgewachsener, dunkelhaariger Mann mit einem schiefen Lächeln, das sie überall erkannt hätte, aus dem Laden kam und zu einem wartenden Lieferwagen hinüberging. Er hielt ein Klemmbrett und trug ein schwarzes Poloshirt, dasselbe, das sie schon tausend Mal zuvor an ihrem Vater gesehen hatte.

Ihr Herz flatterte, und Schmetterlinge zogen in ihren Bauch ein.

Clay Garrison, ihr erster Kuss, ihre erste Liebe, ihr erstes alles, war wieder hier in Keating Hollow und arbeitete in der Brauerei ihres Vaters.

Heiliger Strohsack. Sie warf einen Blick in den Rückspiegel, prüfte ihr zerwühltes blondes Haar, das sie achtlos hochgesteckt hatte, und ihr müdes, von der Fahrt erschöpftes Gesicht. Das leichte Make-up, das sie vor über zwölf Stunden aufgelegt hatte, war längst weg. Sie musste hier raus, bevor Clay sie so sah, als hätte sie die letzte Nacht unter einer Brücke verbracht.

Sie trat aufs Gas und kam prompt quietschend zum Stehen – nur der Sicherheitsgurt bewahrte sie davor, durch die Windschutzscheibe zu segeln, während das Geräusch von Metall auf Metall in ihren Ohren klingelte.

KAPITEL 2

„Autsch!", rief sie, drückte sich die Hand auf die Brust, wo der Sicherheitsgurt eingeschnitten hatte. „Heiliger Hexenbast... o nein!" Sie starrte auf den eingedellten weißen Mini Cooper vor ihr. Ihr Blut raste, ihr Puls hämmerte ihr in den Ohren, und sie löste rasch den Sicherheitsgurt und stürzte aus dem Auto, als gerade ein erschüttertes junges Mädchen aus dem Mini Cooper stolperte.

„Bei der Göttin", sagte Abby, ihre Hände zitterten wegen des Schocks durch den Unfall. „Geht es dir gut? Es tut mir so leid."

Die kleine Brünette nickte, ihre dunklen Locken wehten in einer frühen Abendbrise. „Ich glaub schon." Die Jugendliche drehte sich um und schaute auf das hintere Ende ihres Autos. Ihre benommene Miene wich schockiertem Entsetzen, während sie sich die Hand vor den offenen Mund schlug. Gedämpft flüsterte sie: „Meine Tante bringt mich um."

„Keine Sorge", versuchte Abby rasch das Mädchen zu beruhigen. „Das war alles meine Schuld, und ich bin versichert. Kurz mal in die Werkstatt, und alles ist so gut wie neu."

Aber die junge Frau schüttelte den Kopf. „Nein. Sie verstehen nicht." Tränen traten in ihre Puppenaugen. „Ich hätte ihr Auto nicht fahren dürfen."

„Oh, Teufel aber auch", sagte Abby mit einem Seufzen.

„Geht es allen gut? Ich habe schon beim Sheriff angerufen", sagte eine tiefe Stimme hinter ihr, die Abbys Haut zum Prickeln brachte. Sie warf einen Blick hinüber zu ihm, während sie darum betete, der Asphalt möge sich auftun und die Erde sie verschlucken. Gute Güte, er war aber auch umwerfend. Verschwunden war der hochgeschossene, schlaksige Teenager, in den sie sich so heftig verliebt hatte, er war einem Mann mit breiter Brust und wohldefinierten Schultern gewichen, der seine Körpergröße inzwischen gut ausfüllte.

Das junge Mädchen schüttelte wieder den Kopf, und Clay marschierte zu ihr und legte ihr die Hände auf die Schultern. „Bist du verletzt?"

Die Jugendliche deutete auf Abby. „Sie hat den Mini gekillt."

„Was?" Er warf einen kurzen Blick zu ihr zurück und wandte sich dann wieder dem Mädchen zu. „Aber du bist nicht verletzt?"

„Nicht körperlich. Aber –"

Clay schnitt der jungen Frau das Wort ab, während er sich zurück zu Abby wandte, Sorge stand in seinen hübschen braunen Augen. „Abigail. Hallo."

Abby seufzte beinahe wie der schwer verliebte Teenager, der sie einst gewesen war. Stattdessen winkte sie ihm mit den Fingern zu. „Hi, Clay. Ist eine Weile her, hm?"

Sein Gesicht wurde sofort ausdruckslos. „Ja. Eine Weile." Er sah nach unten und musterte langsam ihren Körper.

Sie warf einen Blick auf ihre ausgefranste Yoga-Hose und

das weiße T-Shirt, wobei ihr ein Senffleck gleich über der linken Brust auffiel. *Perfekt,* dachte sie. Genau, wie sich jedes Mädchen das Wiedersehen mit einem unvergessenen Ex vorstellte. Das war ja mal ein fieser Scherz. Jemand könnte einen Film über sie drehen, Titel: *Schlabbermonster und das schöne Biest.*

„Wie geht's dir? Gebrochene Knochen, Prellungen, blaue Flecken?", fragte er.

„Nein, nur mein Auto." Abby verzog das Gesicht, während sie sich wieder an das Mädchen wandte, das wie wild auf dem Handy tippte. „Wir sollten die Autos an den Straßenrand fahren, während wir warten."

Der Kopf der jungen Frau schnellte hoch. Sie warf erst einen Blick auf Abby, dann auf Clay, dann auf die Schlange aus Autos, die sich hinter ihnen bildete. „Stimmt."

Abby kehrte in ihr Auto zurück, schob den Schlüssel ins Zündschloss und versuchte den Motor anzulassen.

Klick, klick, klick, klick, klick.

„Oh, komm schon", sagte Abby und versuchte es noch einmal. Nichts.

Clay ging zu ihrer Tür herüber und beugte sich durch das offene Fenster herein. „Schwierigkeiten?"

„Klingt, als hätte ich die Batterie geschrottet. Meinst du, Miss Mini Cooper würde mir beim Fremdstarten helfen, hm?"

Sie schauten beide zu dem anderen Auto, nur um zu sehen, wie der Mini Cooper über die Straße davonzischte und um eine Ecke verschwand.

Als Clay seine Aufmerksamkeit wieder Abby zuwandte, starrte sie ihn ungläubig an und fragte: „Ist das wirklich eben passiert? Ist sie einfach weggefahren? Ich habe ihr noch gar nicht meine Versicherungsdaten gegeben."

„Vielleicht dreht sie eine Runde und kommt gleich zurück", sagte er mit einem Schulterzucken.

Abby warf einen Blick über die Schulter, hielt nach dem kleinen Auto Ausschau, aber sie sah lediglich einen Stau mit genervten Fahrern, die vorsichtig die Gegenfahrbahn nutzten, um sie zu umfahren. „Scheiße."

„Stell das Ding auf neutral", sagte Clay. „Wir müssen dein Auto aus dem Weg schieben."

Sie tat, was er vorgeschlagen hatte, dann öffnete sie die Tür und stieg aus. Während Clay von hinten schob, schob sie auf der Fahrerseite und steuerte das kleine SUV auf einen leeren Parkplatz. Die Autos hinter ihr hupten dankend, während sie vorbeifuhren.

Clay, der wirkte, als hätte er sich kein bisschen anstrengen müssen, kam zu ihr auf den Bürgersteig. Sie beide starrten die eingedellte Motorhaube an. Selbst wenn der Mini Cooper nicht weggefahren wäre, gab es keine Hoffnung auf Fremdstarten. Die Motorhaube würde sich nicht ohne die Hilfe eines guten Automechanikers öffnen lassen.

Abby schloss kurz die Augen und wandte sich dann an Clay. „Na, wie lang bist du zurück in der Stadt?"

„Ein paar Jahre. Du?", fragte er, ohne sie anzuschauen.

„Inzwischen etwa zwanzig Minuten."

Er warf ihr einen Blick zu, seine Lippen verzogen sich zu einem schiefen Lächeln. „Das ist ja mal eine Heimkehr."

„Da sagst du was." Abby stieß einen frustrierten Seufzer aus. „Ich ruf mal lieber Yvette an. Sie warten vermutlich alle auf mich." Sie zog ihr Telefon heraus, aber Clays intensiver Blick brannte sich unmittelbar durch sie hindurch und lähmte sie vorübergehend. Die Stadt existierte nicht mehr, der Verkehrslärm verflog, und es gab nur noch Clay. Sie wankte nach vorne, als würde sein Magnetismus sie anziehen, und leckte sich unbewusst über die Lippen.

Er räusperte sich. „Ich dachte, du willst Yvette anrufen."

„Stimmt." Sie machte einen Schritt rückwärts, rief die Nummer ihrer Schwester auf und drückte auf Anrufen. Es ging direkt auf die Mailbox. Abby schnappte zur Beruhigung nach Luft. „Vette?", sagte sie ins Telefon. „Es gab einen Unfall. Mir geht's gut, aber es wird etwas spät. Ruf an, wenn du das hörst." Sie beendete den Anruf und schob sich das Handy wieder in die Tasche.

„Du bist den ganzen Weg von Louisiana gefahren?", fragte Clay und deutete auf ihr Nummernschild. „Das ist ein ganz schöner Weg für einen Familienbesuch, oder?"

„Ich –"

„Mr. Garrison", rief ein Mann in brauner Polizistenuniform, während er die Straße überquerte. „Hier sind Sie ja. Was ist mit dem Unfall, wegen dem sie angerufen haben?"

Clay deutete auf sie. „Abby hier ist auf jemanden in einem Mini Cooper aufgefahren, aber das Mädchen ist verschwunden, ohne Informationen zur Identifikation zu hinterlassen."

„Abigail Townsend", sagte der Polizist und schüttelte missbilligend den Kopf. Abby erkannte ihn als einen von Yvettes ehemaligen Klassenkameraden, Pauly Putzner. Er war drei Jahre älter als sie, hatte sie einmal um ein Date gebeten, direkt bevor sie und Clay offiziell zusammengekommen waren, und hatte, wie Abby schätzte, um die fünfzig Pfund zugelegt. Falls das noch nicht reichte, litt er auch noch an früh einsetzender Glatze. „Sieht aus, als hätte sich gar nichts geändert, seit du dich vor zehn Jahren hier vom Acker gemacht hast. Immer noch sorglos, wie ich sehe."

Abby wurde vor Scham und Wut am ganzen Körper heiß. Sie krampfte die Finger zu Fäusten und konzentrierte sich darauf, ihm *nicht* zu sagen, wo er sich den Schlagstock hinschieben konnte, den er an seinem Dienstgürtel trug.

„Abby ist nicht diejenige, die weggefahren ist, Pauly", sagte Clay, der den Kopf schüttelte und sich nicht die Mühe machte, den verärgerten Unterton zu verbergen. „Vielleicht solltest du unsere Aussagen aufnehmen, bevor du Urteile fällst."

Pauly schnaubte missbilligend, doch er holte einen kleinen Notizblock hervor. Ein paar Minuten später, sobald er offenbar alle Details aufgenommen hatte, die er für wichtig hielt, bat er um Abbys Zulassung und Versichertenkarte. Nachdem sie sie ihm gereicht hatte, schnaubte er abermals abfällig. „New Orleans? Das passt ja. Ich höre, diese Stadt zieht Gesindel an."

„Hey!", sagte Abby, die Hände auf den Hüften. „Was soll denn das heißen?"

Clay schlang ihr einen Arm um die Schultern und zog sie an sich, so dass sie an seinen schlanken, muskulösen Körper gedrückt wurde. *Aphrodite und Zeus*, dachte sie, *dieser Mann ist einfach himmlisch.*

„Officer Putzner", sagte Clay mit zusammengekniffenen Augen. „Vielleicht sollten Sie einfach nur einen Bericht zu den Akten legen und sich die Kommentare sparen."

„Stimmt." Putzner kicherte, während er von Clay zu Abby schaute. „Ich habe vergessen, dass ihr beide mal was miteinander hattet." Er wandte den Blick zu Abby. „Nur dumm, dass daraus nichts geworden ist. Clay hätte dir vermutlich helfen können, ein paar von deinen Problemen aufzuarbeiten."

Abby stellte sich vor, wie sie ausholte und dem Polizisten

direkt eins auf die Fresse gab … auch wenn sie sich insgeheim eingestand, dass er vermutlich recht hatte.

Clay war immer ihr Fels gewesen, bis zu dem Zeitpunkt, zu dem alles den Bach runtergegangen war. Dass sie in seinen Armen lag und seinen Geruch nach Seife und einem Hauch frischer Erde einatmete, gab ihr das Gefühl, als wäre sie vor all den Jahren nicht aufgebrochen, als hätten sie sich nie getrennt, und als hätte Clay niemals eine andere geheiratet.

Geheiratet. Genau. Abigail schob sich nach links und löste sich aus Clays beschützender Umarmung. Sie räusperte sich und sagte: „Sind wir hier fertig?"

„Vorerst", erwiderte Putzer und beäugte sie misstrauisch. „Halt dich einfach zurück und lass deine Magie bei dir, während du in der Stadt bist, Townsend. Wir wollen hier keinen weiteren Ärger."

Abby biss die Zähne zusammen und wünschte, sie hätte die Fähigkeit, seine Geschlechtsteile zu verfluchen. Wie befriedigend wäre es, wenn er morgen mit einem geschrumpften Penis aufwachen würde? Ihre Lippen krümmten sich bei dem Gedanken zu einem Lächeln. Aber sie nickte nur und blieb still, während er die Straße entlang trabte.

„Was hast du dir gerade gedacht?", fragte Clay.

„Nichts."

Er schmunzelte. „Mit diesem fiesen Grinsen? Quatsch. Du hast dir auf jeden Fall was gedacht."

Sie blinzelte zu ihm auf und lachte. „Sagen wir einfach, wenn ich die Macht der Verwandlung hätte, würde er eine Lupe brauchen, um seine Ausstattung zu finden, wenn er sich das nächste Mal erleichtern muss."

„Das ist die Abby, die ich kenne und liebe", sagte er, immer noch leise lachend. Aber als sein Blick auf ihren traf, wurde er sofort nüchtern und wandte sich ab.

Alle Freude, ihn um sich zu haben, verflog. Abby drückte sich eine Hand auf den Bauch und fühlte sich, als hätte man ihr einen Hieb in den Magen verpasst. Es war nicht annähernd so schlimm wie vor all den Jahren, als sie ihn verlassen hatte, aber es war ein Echo der Schmerzen, die nie ganz abgeklungen waren. Sie wandte Clay den Rücken zu, weil sie Angst hatte, ihr Gesicht würde sie verraten.

Plötzlich füllte die Stimme von Pink die Stille und sang davon, gleich die Party zu starten, und Abby bemerkte erleichtert, dass Wandas Partymobil gleich neben ihr geschrottetes SUV gefahren kam.

Die Musik verstummte, und Wanda sagte: „Hey, meine Liebe. Mindy Jo drüben in der Weinbar hat mir erzählt, jemand aus Louisiana hätte einen Unfall gehabt. Ich wusste, das musst du sein. Alles gut?"

„In Ordnung", sagte Abby, die dankbar für die Ablenkung war. „Das Auto ist aber hin. Ich warte drauf, dass Yvette mich zurückruft."

„Sie wurde zur Feuerwache gerufen, um bei ein paar Buschfeuern bei Old Man Hamiltons Haus zu helfen. Brauchst du 'n Taxi?"

„Ja", sagte Abby ohne zu zögern und schob die Sorgen beiseite, die sich in ihre Gedanken schleichen wollten. Ihre Schwester Yvette war eine Feuerhexe. Ihre Fähigkeit, das Element zu kontrollieren, hatte Jahr um Jahr verhindert, dass ihr Bezirk in den trockenen Herbstmonaten abbrannte. „Kannst du mich zu meinem Vater bringen?"

„Klar. Spring rein."

„Toll." Abby griff auf die Beifahrerseite des SUV und nahm ihre Handtasche und die Süßigkeiten, die sie in *Ein Löffelchen Magie* gekauft hatte. Als sie sich umdrehte, um zu Wandas Wagen zu gehen, war Clay direkt hinter ihr.

Er schaute hinten durch die Scheiben. „Du reist nicht mit leichtem Gepäck, was?"

Abby lachte leise. „Nein, diesmal nicht. Ich bin mir nicht sicher, wie lange ich hier bleibe, und ich habe immer noch eine Seifensiederei am Laufen zu halten. Ich habe überlegt zu fliegen und die Utensilien per Post zu schicken, aber letztlich bin ich zu dem Schluss gekommen, dass Fahren einfacher ist." Sie lächelte ihn sarkastisch an. „Offenbar hätte ich vielleicht doch nicht fahren sollen."

„Vielleicht hättest du einfach nicht die Sehenswürdigkeiten anstarren sollen", sagte er mit einem neckenden Lächeln.

Teufel aber auch. Sie schloss die Augen. Er hatte sie dabei erwischt, wie sie ihn angestarrt hatte. Na, verdammt, es war nicht ihre Schuld, dass er sogar noch besser als vor zehn Jahren aussah. Er sollte sich ein Warnschild umhängen oder sowas in der Art.

„Du solltest vermutlich los. Ich bin mir sicher, dein Dad kann es kaum erwarten, dich zu sehen", sagte er. Seine Stimme war plötzlich leise und voller Mitgefühl, während in seinen dunklen Augen Empathie leuchtete.

Er weiß es, dachte sie und musste wegschauen.

„Da bin ich mir sicher", stimmte sie zu, während sie zu Wandas Golfmobil ging. Wusste die ganze Stadt, dass ihr Dad krank war? Es war recht wahrscheinlich. Sie musste sich daran gewöhnen, dass die besorgten Bürger der Stadt ihr diesen Blick zuwarfen. Aber im Augenblick, mit Clay, der ihr direkt in die Seele zu schauen schien, war es zu viel.

„Es war wirklich schön, dich zu sehen", sagte er.

Sie warf einen Blick über die Schulter und konnte sein nun verschlossenes Gesicht nicht deuten. „Dich auch, Clay. Danke für deine Hilfe."

„Kein Problem. Pass da draußen auf dich auf, ok?"

„Ich versuch's." Dann lächelte sie ihn rasch an, eilte zu Wanda hinüber und weg von dem einen Mann, der es nach all den Jahren immer noch schaffte, ihr Herz etwas schneller schlagen zu lassen.

KAPITEL 3

Clay stand auf dem Bürgersteig und sah zu, wie Wanda und Abigail in dem irren Golfmobil davonfuhren und im spätnachmittäglichen Sonnenschein verschwanden. Er hatte gedacht, er würde wieder halluzinieren, als er von seinem Klemmbrett aufgesehen und Abby bemerkt hatte, die ihn anstarrte. Wie oft hatte er sich in den letzten beiden Jahren ausgemalt, dass sie in die Stadt zurückkehrte? Öfter, als er zählen konnte. Es war seltsam, ohne sie in Keating Hollow zu wohnen.

Es war der Grund, warum er vor zehn Jahren gegangen war, und der einzige Grund, warum er mit der Rückkehr gezögert hatte. Aber die Umstände hatten sich geändert und es war klar geworden, dass es für ihn an der Zeit war, nach Hause zu kommen. Er hatte seine Entscheidung, Los Angeles zu verlassen und in die Hexengemeinde zurückzukehren, zu der er seit seiner Kindheit gehört hatte, nicht bedauert, aber das hieß nicht, dass es leicht gewesen war, ohne sie hier zu sein. Und wenn man bedachte, wie ihm beinahe das Herz aus der Brust gesprungen war, als Abbys Auto den Mini Cooper gerammt hatte, war klar, dass sich nichts daran geändert hatte, wie er zu ihr stand. Jetzt nicht, und vermutlich niemals.

„Verdammt", murmelte er und fuhr sich mit der Hand durchs Haar. Er konnte es sich nicht leisten, diesen Pfad erneut einzuschlagen. Er hatte größere Probleme, mit denen er fertig werden musste. Er wollte bestimmt nicht riskieren, sich von jemandem ablenken zu lassen, der einfach wieder abhauen würde.

Er trat vom Bordstein und wollte gerade in die Brauerei zurückgehen, doch als er auf etwas Hartes, Unebenes trat, hielt er an und schaute hinunter. Licht glänzte auf einem Stück silbernen Metall und blendete ihn fast. Mit zusammengekniffenen Augen bückte er sich und musterte den Gegenstand.

Ein Schlüsselbund.

Er hob ihn auf, beäugte das Emblem auf dem Schlüsselanhänger und warf einen Blick auf Abigails SUV. Beide trugen das Mazda-Emblem. Er fuhr mit dem Daumen über den Schließknopf, drückte ihn und hörte ein Doppelklicken, das ihm verriet, dass die Schlüssel passten. Nachdem er das Auto wieder abgesperrt hatte, steckte er die Schlüssel ein und zog sein Telefon heraus. Aber ehe er wählen konnte, kam ein Anruf herein, und sein Handy stimmte „Forget You" von Ceelo Green an.

Clay biss die Zähne zusammen und ging ran. „Was ist, Val?"

„Dir auch ein herzliches Hallo, Liebling", sagte sie süßlich. Laute Stimmen schnatterten im Hintergrund über der seichten Popmusik, die sie so liebte.

„Hör mit den Spielchen auf. Was brauchst du?" Seine Finger schlossen sich so fest um das Telefon, dass er sich wunderte, dass die Plastikhülle nicht brach. „Geht es um Olive? Alles gut bei ihr?"

„Sei doch kein solcher Mummelgreis", fuhr sie ihn an, die Süße wich einem giftigen Unterton. „Olive geht's gut. Ich ruf nur an, um zu sagen, dass wir bei einem Fototermin in Palm Springs sind. Olive bleibt noch eine Woche bei mir."

„Wir hatten uns auf einen zweiwöchentlichen Besuch geeinigt, Val. Nicht drei Wochen", sagte er und achtete darauf, seine Stimme ruhig zu halten. Er hatte aus Erfahrung gelernt, dass er es, wenn er vor ihr explodierte, nur noch wahrscheinlicher machte, dass sie sich an etwas festbiss und tat, was verdammt nochmal sie wollte. „Olive muss nach Hause kommen. Sie hat Schule. Du kannst ihren Terminplan nicht einfach so umwerfen."

„Warum nicht? Das hast du auch gemacht, als du sie in diese gottverlassene Stadt mitten im Nirgendwo geschleppt hast."

„Du bist nach Paris gezogen", sagte er durch zusammengebissene Zähne. „Ohne uns."

„Ich war nur sechs Monate lang weg. Himmel, Clay. Ist ja nicht so, als wäre ich mit einem anderen durchgebrannt."

Genau. Clay entschied sich, diesen speziellen Streit auszuklammern. Er hatte die Gerüchte gehört. Hatte die einsamen Nächte durchgemacht, während sie als „Model" weg gewesen war, bei Shootings, die niemals einen Gehaltsscheck einbrachten. „Spielt jetzt alles keine Rolle", sagte er ruhig. „Bring Olive einfach heim, oder sag mir, wo ihr beide wohnt, dann hole ich sie ab."

„Nein. *Sie* hat einen Job. Einen, den sie machen möchte. Du nimmst ihr das nicht weg. Nicht, wie du es bei mir versucht hast. Ich bringe sie heim, wenn sie fertig ist."

„*Sie* hat einen Job? Sie, also *Olive*, hat einen Job?", brüllte Clay ins Telefon.

Val antwortete nicht, und das Geplapper im Hintergrund war verstummt. Clay nahm das Handy vom Ohr und schaute finster auf das Display. *Heiliger Hexenbastard.* Seine Ex hatte aufgelegt. Er rief sie zurück, aber das Telefon ging direkt auf die Mailbox. „Verdammt!"

„Stimmt was nicht in Garrisonville?", fragte eine Frau hinter ihm.

Er warf einen Blick über die Schulter und sah Yvette, Abigails Schwester, die auf dem Bürgersteig stand und eine große Wasserflasche in der Hand hielt. Ihre Jeans hatte schwarze Rußflecken, aber ihr T-Shirt von der Freiwilligen Feuerwehr Keating Hollow war sauber, genauso wie die Baseballkappe auf ihrem kastanienbraunen Haar. „Ist es das nicht immer?"

Sie lächelte ihn mitfühlend an. „Ist Val wieder mal richtig biestig?"

„Wann ist sie das denn nicht?" Er lockerte die Schultern und versuchte, die Anspannung loszuwerden. „Sie hat mich gerade angerufen, um mich davon in Kenntnis zu setzen, dass sie Olive eine weitere Woche lang behält, damit Olive irgendein Shooting abschließen kann. Ich weiß nicht, ob es eine Fotostrecke ist, ein Werbeclip oder was anderes. Offenbar findet Val, dass sie mich nicht zu Rate ziehen muss, wenn es um unsere Tochter geht."

„Autsch." Yvette runzelte die Stirn und stemmte die Hände in ihre schmale Taille. „Ich dachte, du hättest beschlossen, sie vom Business fernzuhalten."

„Ich schon. Val nicht."

„Ich sage das nur ungern. Clay, du solltest wirklich drüber nachdenken, dir einen Anwalt zu nehmen. Wenn du die Sache mit dem Sorgerecht nicht geregelt hast, stellt sie das immer wieder mit dir an."

„Du hast vermutlich recht", sagte Clay eher aus Gewohnheit als sonst irgendeinem Grund. Jeder in der Stadt hatte ihm mehr als einmal dasselbe gesagt. Das einzige Problem war, dass Val Verbindungen hatte, die er nicht besaß. Ihre Freunde im Business hatten Zugang zu Sorgerechtsanwälten, die echte Haie waren. Teuren Anwälten, die einen Kampf aufnehmen würden, den er sich nicht leisten konnte. Er hatte gehofft, er und Val könnten sich irgendwie einigen. Es simpel halten, das tun, was für Olive gut war. Vor zwei Jahren war das eine gute Lösung gewesen. Val war nicht einmal daran interessiert gewesen, Mutter zu sein. Aber jetzt? Clay fürchtete, dass Val nur Dollarzeichen sah, wenn sie ihr hübsches kleines Mädchen anschaute.

Als sie vor sechs Monaten angerufen hatte, weil sei Zeit mit Olive verbringen wollte, war Clay erleichtert gewesen, wenn auch etwas argwöhnisch, und hatte einem gemeinsamen Sorgerecht zugestimmt. Olive würde sie in den Schulferien besuchen, so oft Val sie wollte. Ihre Tochter brauchte ihre Mutter, und er würde tun, was immer nötig war, um dafür zu sorgen, dass Olive bei ihr sein konnte.

Ihr erster Besuch war ganz normal gewesen. Val hatte Olive zu einem Vorsprechen mitgenommen, aber Clay hatte angenommen, dass es um Vals Vorsprechen ging, denn sie wusste ja, dass Clay nicht begeistert davon war, seine Tochter irgendwo in der Nähe der Unterhaltungsindustrie zu sehen, besonders, da sie erst acht war. Nun war er sich nicht mehr so sicher. Hatte Val sie in diesen letzten Monaten vorbereitet? Bestimmt war dieses Shooting, das sie für Olive gebucht hatte, kein Zufallstreffer. In Hollywood bekam man nicht so leicht einen Job. Ein Ziehen in seiner Magengrube machte sich breit, und er hatte Angst, dass sich seine schlimmsten Befürchtungen bestätigten. Er musste mit Olive reden, herausfinden, ob es etwas war, das sie wollte, oder ob Val es ihr aufgezwungen hatte.

Yvette tätschelte seinen Arm. „Ruf mal Lorna an. Sie weiß, wie man sowas anpackt."

Lorna war die Anwältin der Stadt. Und obwohl Clay die nette ältere Dame respektierte, wusste er auch, dass die Power-Anwälte in LA, die Val anheuern würde, sie bei lebendigem Leib verspeisen würden. „Ich denke mal drüber nach."

„Lass es uns wissen, falls es was gibt, das wir tun können." Yvette beäugte das geschrottete Auto. „Was ist hier passiert?"

Er hob eine Augenbraue. „Du hast deine Mailbox noch nicht abgehört, oder?"

„Nein. Ich habe ein Feuer gelöscht." Sie tastete nach ihrer hinteren Tasche und zog ein Smartphone heraus. Während sie ihre Nachrichten prüfte, fragte sie Clay: „Willst du mir eine Zusammenfassung geben?"

„Deine Schwester ist auf jemanden aufgefahren, während sie mich abgecheckt hat." Clay konnte nicht verhindern, dass ein befriedigtes Lächeln seine Lippen umspielte.

„Abigail? Sie ist in der Stadt angekommen?" Yvette machte große Augen. „Geht es allen gut?"

„Ja, aber das SUV muss repariert werden. Nach dem Unfall wollte es nicht anspringen. Wanda hat sie in ihrem aufgemotzten Golfmobil mitgenommen."

Yvette kicherte. „Kann ich mir vorstellen. Na, so kann man natürlich auch zur Familienfarm heimkehren." Sie schwieg einen Moment lang, während sie ihre Nachrichten abhörte. Dann drückte sie auf einen Knopf und hielt sich das Telefon erneut ans Ohr. „Abby? Ich bin hier an deinem armen Auto."

Clay hielt die Schlüssel hoch. „Die hat sie fallenlassen."

„Clay hat deine Schlüssel rumliegen sehen." Sie nickte Clay dankbar zu. „Gut. Ok. Wir sehen uns bald."

Yvette streckte die Hand aus, um die Schlüssel zu nehmen. „Offenbar hat meine strohköpfige Schwester vergessen, sich ihren Koffer zu schnappen, bevor sie mit Wanda losgebraust ist." Sie beäugte Clay. „Ich schätze, sie war immer noch abgelenkt."

„Auf manche Menschen habe ich diese Wirkung."

„Nein, nur auf Abby." Yvette öffnete den Kofferraum, spähte hinein und seufzte. „Jetzt muss ich herausfinden, wie ich ihren ganzen Scheiß in meinen Mustang umpacke, bevor ich das da zur Werkstatt schleppen lasse."

Clay musterte den Inhalt. Drei Koffer, Kissen, eine Computertasche, eine Anzahl an Kisten, die fast bis unters Dach des Fahrzeugs aufgestapelt waren. „Ein Wunder, dass sie noch nicht eher einen Unfall hatte. Wie konnte sie durch das ganze Zeug etwas sehen?"

„Rückkamera?", fragte Yvette. Dann schüttelte sie den Kopf. „Spielt keine Rolle. Nicht mal die Hälfte von dem Zeug passt in mein Auto."

„Mach dir keine Sorgen", sagte Clay. „Ich muss am Haus ein paar Bierproben für Lin vorbeibringen. Ich kann das Zeug in meinen Jeep laden und es rüberfahren."

„Das musst du nicht machen", sagte Yvette und beäugte ihn argwöhnisch.

„Ich weiß. Es macht mir nichts aus. Ist kein Ding", sagte er. Natürlich war es ein Ding. Er hatte gerade gelogen, dass er Lin Bierproben bringen musste, und zwar, weil er im Augenblick an nichts anderes denken konnte als daran, Abigail wiederzusehen. Er nahm Yvette die Schlüssel wieder ab. „Sag ihr, dass ich in ein paar Stunden alles vorbeibringe, wenn ich Feierabend habe."

Yvette schnaubte. „Klar. Vergiss nur nicht, sie bleibt nicht hier."

Er beäugte den Inhalt des Autos. „Fast wäre ich drauf reingefallen."

„Du brauchst ein Bier", verkündete Wanda, während sie am Ende der Hauptstraße rechts abbog und Clay und die übrige Stadt hinter sich ließ.

„Das kannst du laut sagen." Abby rieb sich mit der Hand über den Nacken und betete, dass sie morgen nicht mit einem heftigen Schleudertrauma aufwachen würde. Sie war nicht schnell gefahren, oder? *Schnell genug.* Sie war nicht mal in die Eisen gestiegen, ehe sie auf das Auto des Mädchens aufgefahren war. „Hey, weißt du, wer einen Mini Cooper fährt? Einen weißen?"

Wanda schürzte die Lippen, während sie sich konzentrierte. „Hier in der Stadt?"

„Ja. Das Mädchen, auf das ich aufgefahren bin, sagte, sie würde das Auto ihrer Tante ohne Erlaubnis fahren. Ich würde echt gern rausfinden, wem das Auto gehört, damit ich mich entschuldigen und sicherstellen kann, dass die Daten meiner Versicherung vorliegen."

„Hmm. So aus dem Bauch raus fällt mir niemand ein, aber wenn ich einen Geistesblitz habe, lasse ich es dich wissen."

Wanda steuerte das Golfmobil nach rechts und bog in einen der speziellen Wege nur für Golfwagen ein, die die Stadt extra für die große Population der Golfmobilfahrer angelegt hatte. Links war ein ausgedehnter grasiger Hain und rechts der magische Wunschbach von Keating Hollow, der in der spätnachmittäglichen Sonne glitzerte. Es war nicht ungewöhnlich, Hexen zu sehen, die mit dem Wasser ihre Zauber verstärkten. Heute war keine Ausnahme. Eine dunkelhäutige Frau stand mitten im Bach, die Arme hoch erhoben, das Gesicht der Sonne zugewandt, während ihre Lippen sich im Gesang bewegten.

Abermals überkam Abby dieses Gefühl des Friedens, ihr Herz und ihre Seele waren glücklich, *Zuhause* zu sein. Sie stieß ein Seufzen aus, noch während sich die allzu vertraute Unruhe erneut einschlich.

„Hier braucht jemand ein Trankopfer", verkündete Wanda, während sie an den Wegrand fuhr. Sie grinste Abby verschwörerisch an, sprang aus dem Fahrersitz und begab sich zum hinteren Teil des Golfwagens.

„Was hast du …?", wollte Abby wissen.

„Was willst du trinken?" Wanda winkte Abby zu sich, während sie den Rücksitz des Golfmobils umklappte. „Schoko-Stout? Pumpkin Spice Ale? Oder wenn du es ganz verrückt willst, habe ich Karamell-Festbier."

Abby starrte in den Kühler und erkannte das Etikett der Keating Hollow Brewery. Dann lachte sie und schüttelte den Kopf. „Seit wann macht Dad Biere mit Aroma?"

„Seit Clay Garrison sein neuer Braumeister ist."

Abby prallte einen Schritt zurück und blinzelte. „Clay ist der neue Braumeister?"

„Klar." Wanda legte den Kopf auf eine Seite und musterte besorgt Abbys Gesicht. „Wusstest du das nicht?"

„Nein. Wann ist das passiert?" Wenn Clay bereits neue Biere abfüllte, musste er schon einen guten Monat oder länger zum Braumeister befördert worden sein. Warum hatte ihr das niemand gesagt? Sie musste zugeben, sie hatte etwas wenig Kontakt mit ihrer Familie gehabt, aber es war ja nicht, als hätte sie auf ihre Anrufe nie reagiert. Und sie hatte mit Yvette in den letzten paar Monaten bestimmt ein halbes Dutzend Mal gesprochen oder geschrieben.

Wanda runzelte die Stirn. „Äh, ich bin mir nicht ganz sicher. Aber das letzte Mal, dass ich da drin war, sagte Lin, Clay sei seine rechte Hand, seit West letztes Jahr auf die Kochschule ist."

„West ist auf der Kochschule?" Abby starrte ihre Freundin an. Der riesige Mann, der gut und gerne als Linebacker durchgegangen wäre, trug einen langen Bart und hatte seine Highschool-Jahre damit verbracht, in der Autowerkstatt seines Vaters zu arbeiten, immer von Kopf bis Fuß mit Öl verschmiert. Die Vorstellung, wie er zarte Sößchen anrührte und Amuse-bouches anrichtete, amüsierte sie endlos. Aber nochmal, warum hatte sie niemand auf dem Laufenden gehalten? Das letzte, woran sie sich erinnerte, war, dass ihr Dad gesagt hatte, West sei nach Napa gezogen, um mit seiner langjährigen Freundin zusammenzuwohnen.

„Du brauchst wirklich eine Auffrischung zum Klatsch und Tratsch dieser Stadt, was?"

„Sieht so aus", sagte Abby und fragte sich, was ihr in den letzten zehn Jahren noch entgangen war. „Wie ist West denn zum Kochen gekommen?"

Wanda schnaubte. „Trip nach Vegas. Irgendwas mit einem Abenteuer mit der Assistentin bei *Magical Chef*. Weißt schon, diese Kochshow auf dem Spellbound Channel. Und zack, war er vom Kochen besessen. Er macht diese *extrem* leckeren Krabben-Blätterteig-Küchlein."

Abby knurrte der Magen, als gerade „House of the Rising Sun" auf ihrem Telefon losging. Eine Woge der Nervosität überkam sie. Sie war nicht in der Stimmung, mit ihrem mal aktuellen und mal weniger aktuellen Freund zu reden, nachdem sie gerade erst Clay begegnet war. Sie waren derzeit wieder in einer Trennungsphase, aber seit sie ihm mitgeteilt hatte, dass sie nach Keating Hollow zurückkehrte, hatte er sich benommen, als wäre zwischen ihnen alles völlig in Ordnung. „Gehst du da ran?", fragte Wanda und beäugte Abby.

Abby nickte und warf einen Blick auf Logans ansehnliches Gesicht, das auf dem Display aufblitzte. Die blauen Augen hatte er niedergeschlagen, während er sich auf eines seiner stimmungsvollen New-Orleans-Gemälde konzentrierte. Es war ihr Lieblingsbild von ihm, aber anstatt sie zu freuen, nervte es sie nur. Als sie sich vor zwei Jahren begegnet waren, war er ein Künstler gewesen, der sein Leben ganz nach seinen eigenen Bedingungen lebte – ein vollkommener Freigeist. Aber vor sechs Monaten hatte er seine Pinsel beiseitegeworfen und bei der Immobilienentwicklungsfirma seines Vaters angefangen. Nun redete er nur noch von Genehmigungen, Stadtratstreffen und Profiten.

„Abby? Wo bist du?" Logans Stimme klang gehetzt, und über der Verbindung lag ein Rascheln.

„Keating Hollow. Ich bin vor etwas dreißig Minuten in der Stadt angekommen. Ich wollte dich an…"

„Gut. Das ist gut. Bin froh, dass du sicher angekommen bist. Wie geht's deinem Dad?" Eine Tür knallte, gefolgt von einem vertrauten Hundebellen im Hintergrund.

„Ich weiß nicht. Ich habe ihn noch nicht getroffen." Sie runzelte die Stirn. „Wo bist du?"

„Bin gerade bei dir rausgegangen. Ich musste ein paar Malsachen abholen. Ich bin hierhergekommen, da der Laden schon geschlossen hatte."

„Du malst wieder?", fragte Abby, die sich ehrlich für ihn freute. Er war so talentiert. Es brachte sie um, dass er das Malen so gut wie aufgegeben hatte, nachdem vor acht Monaten seine Kunstgalerie Pleite gegangen war.

„Ich?" Er stieß ein humorloses Lachen aus. „Nein. Dafür ist gerade keine Zeit. Die Tochter eines Teilhabers interessiert sich dafür, darum wurde ich eingespannt, um ihr Unterricht zu geben. Du kannst dir dieses Arschloch nicht vorstellen, Abs. Er denkt, Malen sei ein lustiges Hobby. Und jetzt muss ich meinen einen freien Tag damit verbringen, so einem Frischling zu zeigen, wie man mehr als eine gerade Linie malt."

Ihre Freude verflog, und die Enttäuschung um seinetwillen lag ihr schwer auf dem Herzen. Trotzdem gab es einen positiven Aspekt. „Immerhin bekommst du einen Pinsel in die Hand. Könnte schlimmer sein."

Er stieß ein missbilligendes Geräusch aus. „Du weißt, dass ich kein guter Lehrer bin, besonders für Anfänger. Es ist zu schade, dass du nicht da bist. Du wärst perfekt, wenn man bedenkt, dass du selbst noch in der Lernphase steckst. All die Kurse, die du gemacht hast, könnten sich endlich auszahlen."

Ihre ganze Sorge um seine künstlerischen Ambitionen verflog, und ein wütender Knoten bildete sich in ihrem Bauch, während Abby sich eine schnippische Antwort verbiss. ‚Noch in der Lernphase.' Was zum Teufel sollte das heißen? Abby malte, seit sie Keating Hollow vor zehn Jahren verlassen hatte. Und ja, sie hatte ein paar Kurse gemacht und tat es immer noch, wenn sie Zeit hatte. Sie probierte gern verschiedene Techniken und Ansätze aus. Soweit es sie betraf, hatte sie immer gelernt. Der Kommentar an sich ärgerte sie nicht unbedingt. Es war das, was dahinter stand. In Logans Kopf war er ein mit Preisen überhäufter, ausgebildeter Maler, während Abby kaum mehr als eine Hobbymalerin war. Ganz egal, dass sie von ihren Gemälden und selbstgemachten Seifen auf dem Kunstmarkt lebte. Aber ihre Arbeiten hingen nicht in einer Galerie, darum war sie seiner Ansicht nach eindeutig nicht versiert.

„Abs?", fragte er, als sie keine Antwort gab.

„Ich bin da." Sie starrte auf den ruhigen Bach und fragte sich, was für einen Effekt die magischen Eigenschaften des Wassers auf ihre Heillotionen haben würden.

„Auf jeden Fall rufe ich an, um zu fragen, ob du glaubst, dass du bis zum einundzwanzigsten wieder in New Orleans bist."

„Diesen Monat?", fragte Abby. „Das sind nur um die zweieinhalb Wochen."

„Stimmt. Aber es gibt ein Abendessen mit ein paar Investoren, und einer von ihnen hat um deine Anwesenheit gebeten. Ich denke, das könnte den Unterschied machen, ob er das Projekt finanziert oder nicht."

Natürlich hat er deshalb angerufen. Dieser Tage ging es bei allem nur um ihn. Abby biss die Zähne zusammen und unterdrückte ein wütendes Schnauben. „Tut mir leid, Logan, aber ich bezweifle es. Ich habe dir bereits gesagt, dass ich bis über die Feiertage hier draußen sein könnte, je nachdem, wie die Dinge stehen."

„Schon klar. Aber wenn ich dir den Flug bezahlen würde, meinst du, du könntest ein paar Tage kommen?"

Sie spannte die Finger am Telefon an. „Können wir das später besprechen? Ich habe noch nicht mal meine Familie getroffen."

„Klar. Es ist nur ..."

„Nur was?" Sie war mit ihrer Geduld am Ende. Erwartete er wirklich, dass sie durch mehr als das halbe Land fuhr und dann zurückflog, nur um einem Investor wegen eines Entwicklungsgeschäfts seines Vaters Honig ums Maul zu schmieren? Sie hatte im Moment größere Probleme.

„Das Meeting ist wichtig. Ich *brauche* dich dort. Du sagtest, wenn ich den Job bei meinem Vater mache, würdest du mich unterstützen."

Das war gewesen, bevor er beschlossen hatte, dass sie eine ‚Pause' brauchten. Abby zog das Telefon vom Ohr weg, starrte es ungläubig an, dann schüttelte sie verärgert den Kopf.

„Abby", sagte er. „Bist du noch da?"

„Ich bin da", erwiderte sie und überlegte, wann aus ihm ein so egoistisches Arschloch geworden war. „Ich kann nur keine Entscheidung treffen, bis ich nicht meinen Vater gesehen habe."

„Na, denk drüber nach, ok? Das Essen ist in diesem Restaurant, von dem du sagtest, du möchtest es ausprobieren – August, im Geschäftsviertel. Ich wette, der Flug würde sich allein schon für die Ente lohnen."

Abby erwiderte nichts. Was sollte sie sagen? Dass ihr das Restaurant schnurzpiepegal war und dass auf der grünen Erde der Göttin kein Weg dahin führte, dass sie dort sein würde? Sie hatte keine Energie, um sich mit Logans Schuldgefühlen zu befassen, schon gar nicht vor Wanda. Seit Logans Kunstgalerie geschlossen war, hatte er sich zunächst kaum merklich verändert. Anstatt ein lockerer Künstler zu sein, der sie mit seiner Kunst bezauberte, verbrachte er inzwischen den Großteil seiner Zeit am Telefon, vor einem Computer oder bei Geschäftstreffen, die nur zu oft in Stripclubs endeten. Das war nicht die Beziehung, die sie führen wollte. Trotzdem, aus einem Gefühl der Treue und Freundschaft heraus hatte sie seine Entscheidung unterstützt und war meistens seine Begleiterin gewesen. Aber im Augenblick musste sie sich auf ihre Familie konzentrieren.

„Ich ruf dich morgen an, ok?", sagte er.

„Klar. Morgen." Ihre Stimme klang in ihren Ohren so ausdruckslos, dass sie zusammenzuckte, weil sie keine Kluft zwischen ihnen schaffen wollte, wenn sie zweitausend Meilen trennten.

„Hey, Abs?", fragte Logan plötzlich mit weicher, besorgter Stimme.

„Ja?"

„Mach dir keine Sorgen, bis es auch einen Grund gibt, sich Sorgen zu machen, ok? Es bringt nichts, sich Probleme auf Pump zu holen."

Das hatte ihr Vater immer zu ihr gesagt, als sie klein gewesen war. „Du hast recht. Danke dafür."

„Ich bin froh, dass du Zuhause bist. Dort musst du sein", fügte er an.

„Echt?" Das war nicht der Eindruck, den er ihr vermittelt hatte, als er sie gebeten hatte, gleich zurück nach New Orleans zu kommen.

„Natürlich. So gerne ich dich hier hätte, ich weiß, dass du das für dich und deine Familie tun musst. Ich wollte nicht, dass es so rüberkommt, als würde ich das nicht verstehen. Das tue ich. Und wenn es funktioniert, dass du ein paar Tage zurückkommen kannst, toll. Wenn nicht, verstehe ich das und werde es überleben … irgendwie." Es lag jetzt Erheiterung in seinem Tonfall, und sie stellte fest, dass sich ihre Lippen zum Phantom eines Lächelns krümmten.

„Ich werde sehen, wie es läuft. In der Zwischenzeit denke ich, dass dich Lily sicher davor bewahren kann, ohne Date zu grusligen Geschäftsessen zu gehen."

Logan schnaubte. „Ich glaube, da würde ich lieber die irre Tante Polly mitnehmen. Die würde ihnen zumindest nicht sagen, sie sollen mal nicht so ihren Schwanz aus der Hose hängen lassen."

Abby lachte. Als sie bei einem dieser unerträglichen Meetings einmal ihrer Mitbewohnerin begegnet waren, hatte Logan sie gebeten, sich ihnen anzuschließen. Innerhalb von fünf Minuten hatten zwei der Investoren sie angemacht und dann in einem Anfall von Idiotie angefangen, darüber zu streiten, wer das größere Grundstücksportfolio hatte, als ob sie das beeindruckt hätte. Sie war aufgestanden, hatte verkündet, dass sie nicht an der Größe ihrer Ausstattung interessiert war, ihnen schamlosen Schwanzvergleich vorgeworfen und war gegangen, bevor auch nur das Essen gekommen war. „Ich hoffe, sie mögen den Duft nach Patschuli."

Schmunzelnd sagte er: „Wie kann es nur sein, dass Tante Polly und mein Vater dieselben Eltern haben?"

„Das ist eine der kosmischen Fragen, die auf ewig unbeantwortet bleiben werden."

„Da hast du recht."

Schweigen breitete sich einen Augenblick lang zwischen ihnen aus, bis Abby sich räusperte. „Ich gehe jetzt besser. Ich ruf dich morgen an."

„Abs?"

„Ja?"

„Das, was ich darüber gesagt habe, dass wir 'ne Pause machen sollten?"

„Vergiss es, Logan. Wir reden später darüber", sagte sie, weil sie ernsthaft müde war und keinen Bock hatte, ihren Beziehungsstatus nochmal durchzukauen.

„Es ist nur, ich wollte dir sagen, dass ich falsch lag. Ich

glaube, ich war gestresst, aber nun, da du nicht da bist … verdammt. Du bist erst drei Tage weg, und ich bin schon im Arsch." Er kicherte leise. „Doof, oder? Auf jeden Fall, vergiss, was ich wegen der Pause gesagt habe. Ich vermisse dich … ich – ich liebe dich, Abby. Wenn du heimkommst, sollten wir zusammenziehen, glaube ich."

Abigail blinzelte und starrte ins Nichts, während der Schock in ihr vibrierte. Hatte sie ihn richtig verstanden? Hatte er gerade zum ersten Mal in ihrer zweijährigen Beziehung das Wort Liebe am Telefon ausgesprochen? Und sie gebeten, zu ihm zu ziehen? Sie wollte antworten, aber die Worte blieben ihr im Hals stecken, und es kam nur ein nerviges Quieken heraus. Sie räusperte sich. „Ich … ähm …"

„Abby, hast du mich grade nicht gehört? Ich habe gesagt, ich liebe dich."

„Ich habe es gehört", sagte sie leise. „Das habe ich nur nicht erwartet. Ich glaube, ich bin überwältigt. Die lange Fahrt, und mein Vater, und alles. Ich weiß nicht, was ich sagen soll."

„Du könntest einfach sagen, dass du mich auch liebst", erwiderte er mit genervtem Unterton.

„Stimmt. Ich … ich dich auch, Logan. Wir sprechen später übers Zusammenziehen, ok? Ich muss los. Meine Fahrerin wartet." *Ich dich auch.* Stimmte das überhaupt? Liebte sie ihn? Sie hatte das einmal gedacht, aber was bedeutete es, wenn sie die Worte nicht aussprechen konnte?

Es gab eine lange, bedeutungsschwangere Pause. Dann stieß er einen Seufzer aus und sagte: „Ok, Abby. Ich ruf dich morgen an."

„Ok. Gute Nacht, Logan."

Der Anruf brach ab, ohne dass Logan noch ein Wort sagte. Abby schloss die Augen, mental verausgabt. Nachdem sie tief

Luft geholt hatte, drehte sie sich um und stellte fest, dass Wanda sie beobachtete.

„Dein Freund?“, fragte Wanda.

„Irgendwie schon … Wir machen grade Pause. Er heißt Logan.“

Wanda zog eine Augenbraue hoch. „Ich wollte nicht lauschen, aber … klingt so, als würde jemand herausfinden, was es bedeutet, auf sich gestellt zu sein, und wäre nicht glücklich damit.“

Abby zuckte mit den Schultern. „Er hat viel um die Ohren, und offenbar hat er Schwierigkeiten, sich daran zu gewöhnen, dass ich nicht in der Stadt bin.“

„Hmpf. Naja, er ist ein großer Junge, er kriegt es schon hin.“

„Ganz bestimmt.“ Abby griff in den Kühlschrank des Golfmobils und nahm sich ein Schoko-Stout.

Wortlos reichte Wanda ihr einen Öffner und fischte dann eine Flasche Karamell-Festbier heraus. Sie hielt es zum Anstoßen hoch. „Dank sei den höheren Mächten für den speziellen Golfmobilweg, wo das Bier so ergiebig fließt wie der Fluss.“

Abby kicherte und stieg wieder in den Wagen. Als Wanda zu ihr kam, fragte Abby: „Wie schnell fährt das Ding?“

Mit einem fiesen Glitzern im Blick drückte Wanda das Gaspedal durch und sagte: „Das lässt sich nur auf eine Art herausfinden.“

KAPITEL 5

„Dad?", rief Abigail in gehobener Stimmung, nachdem Wanda zum Abschluss des Nachhausewegs ein paar herrliche Golfmobil-Runden in der Zufahrt vollführt hatte. Sie marschierte durch das Haus aus Mammutbaum-Stämmen und stieß ein zufriedenes Seufzen aus, während sie aus den bodenhohen Fenstern auf die dreihundert wogenden Morgen des Alchemy River Valleys hinausschaute. Die Townsends waren die erste Familie gewesen, die sich vor über hundert Jahren in dem von einem herrlichen Mammutbaum-Forst umstandenen Tal niedergelassen hatte. Und ganz gleich, wie weit sie rannte, den tiefen Wurzeln, die sie jedes Mal spürte, wenn sie nach Hause kam, konnte sie nicht entfliehen.

In diesem Moment dachte sie, sie wäre zufrieden damit, für immer zu bleiben. Aber sie wusste, dass sich in ein paar Tagen ihr Fluchtreflex einstellen würde, und sie würde planen, möglichst schnell die Biege zu machen. Vielleicht *sollte* sie in Erwägung ziehen, ein paar Tage lang nach New Orleans zurückzukehren. Es war ja nicht, als würde sie lange weg sein.

Sie schob den Gedanken in einen entfernten Winkel ihres

Bewusstseins und ging durchs Wohnzimmer, wo ihr auffiel, dass sich seit ihrem letzten Besuch nichts verändert hatte. Nicht die Anbaucouch aus abgewetztem Leder, der alte Schaukelstuhl, der bei jeder Bewegung quietschte, und auch nicht die beeindruckende Anzahl von Bienenwachskerzen, die so gut wie jede Oberfläche bedeckten. Selbst das gusseiserne Pentakel, das ihr Vater an ihrem achten Geburtstag über den gemauerten Kamin gehängt hatte – dem Tag, an dem ihre Mutter sie verlassen hatte –, war noch an Ort und Stelle.

Ein stechender Schmerz durchfuhr sie, als wäre gerade eine Kruste von einer Wunde abgerissen und hätte etwas Altes, Eiterndes zum Vorschein gebracht. Verdammt. Würde sie je darüber hinwegkommen, dass ihre Mutter sie egoistisch im Stich gelassen hatte? Wenn man bedachte, dass es zwanzig Jahre her war, seit sie den alten Volvo ihrer Mutter zum letzten Mal die Straße entlangfahren gesehen hatte, bezweifelte sie stark, dass sie irgendwann in naher Zukunft Frieden finden würde.

Abigail überquerte die Schwelle zur gläsernen Sonnenterrasse und fühlte sich sofort besser. Draußen war der Garten ihres Vaters herrlich wie eh und je. Drei verschiedene Arten von Beerensträuchern füllten eine Seite der Lichtung, während auf der anderen ein Apfelhain stand. Genau in der Mitte war der persönliche Gemüsegarten ihres Vaters. Wenn sie ihren Vater richtig einschätzte, hatte er jedes vorstellbare Wintergemüse angebaut, und dazu ein paar Sommersorten, die nur er in einem so kühlen Klima ziehen konnte.

Es juckte sie in den Fingern, den Boden zu berühren, beim Jäten der Beete zu helfen, sich mit der weichen Erde zu verbinden. Die Magie in ihr wallte auf ein überwältigendes Maß hoch, und sie zwang sich, einen Schritt zurückzutreten. Das war das Reich ihres Vaters. Nicht ihres. Sie warf einen

Blick auf die Ostseite des Gartens, erspähte das hübsche kleine Atelier, das ihr ihr Vater gebaut hatte, und wandte rasch den Blick ab. In diesen Wänden waren zu viele Erinnerungen eingeschlossen. Erinnerungen, denen sie sich noch nicht stellen wollte.

„Abby!", rief eine fröhliche Stimme hinter ihr. „Du bist da!"

Abby wirbelte herum, und ihr ging das Herz auf, als sie ihre Schwester Faith anlächelte. Die schmale Blondine war die jüngste der vier Townsend-Schwestern. Und obwohl sie gerade erst fünfundzwanzig geworden war, wirkte sie nicht einen Tag älter als achtzehn in ihren ausgeblichenen Jeans, dem langärmligen Shirt mit Drachenaufdruck und den Ugg-Boots mit Schaffell.

Faith warf sich auf ihre Schwester, ihr langes blondes Haar flog hinter ihr. Sie umarmte Abby mit so viel Kraft, dass dieser die Luft wegblieb. „Huch", sagte sie. „Prell mir nicht die Rippen, ok?"

„Tut mir leid", sagte Faith kichernd. „Es ist so lange her, dass du zu Hause warst."

Abby zog sich zurück und strich ihr T-Shirt glatt. „Ich habe dich doch erst vor ein paar Monaten gesehen, als du nach New Orleans gekommen bist."

Faith machte ein missbilligendes Geräusch. „Das ist neun Monate her, und wir waren so beschäftigt, dass ich dich kaum gesehen habe."

„Das stimmt nicht. Was ist mit dem Abend, als wir Essen waren und dann im Jazzclub auf der Frenchmen Street? Außerdem bist du mit mir beim Künstlermarkt gewesen und hast geholfen, eine Ladung Seife zu verpacken, mit der ich gerade fertig war."

„Gut, wir haben uns gesehen, aber wir hatten auf jeden Fall keine Zeit, um uns auf den neuesten Stand zu bringen.

Erinnerst du dich an ein Gespräch, bei dem es nicht um Arbeit ging oder darum, Logans Kunstgalerie zu retten?"

Abby zuckte zusammen, als ihr einfiel, wie sehr sie durch den Wind gewesen war, während sie versucht hatte, alles zusammenzuhalten. „Tut mir leid, Faith. Du hast recht. Ich schätze, ich war ziemlich egoistisch, was?"

„Nein, so habe ich das gar nicht gemeint", sagte ihre Schwester und schüttelte den Kopf. „Du hattest Zeug, um das du dich kümmern musstest. Haben wir doch alle. Ich habe nur gemeint, dass wir nicht so gemütlich Zeit miteinander verbringen konnten, wie ich gehofft hatte. Bitte sag mir, dass du für mehr als nur ein paar Tage Zuhause bist."

Ein unbehaglicher Knoten bildete sich in Abbys Magengrube, während sie nickte und damit ihr Vorhaben bestätigte, in der Stadt zu bleiben. Göttin, warum war das so schwer? Sie liebte ihre Familie. Liebte die Stadt. Sie konnte nur der erdrückenden Reue und den Gründen nicht entkommen, aus denen sie überhaupt erst weggegangen war. „Ich werde da sein. Ich brauche nur ein Haus zum Mieten, damit ich meinen Seifenbestellungen nachkommen kann."

Faith warf ihr einen ungeduldigen Blick zu. „Du weißt, dass du hier in deinem Atelier Seifen machen kannst, Abs. Dad lässt niemanden sonst rein. Er sagt, das sei dein Reich."

„Nein, ich denke nicht", sagte Abby stur. „Du weißt, dass ich da drin nicht arbeiten kann. Ich finde einen anderen Ort. Sicher hat irgendjemand ein Zimmer frei. Ich brauche nur fließendes Wasser und Strom. Alles andere kriege ich hin."

„Wie du meinst." Faith schüttelte den Kopf, das Gesicht eher traurig als wütend. „Solange du nur nicht aus der Stadt fliehst, während wir dich noch hier brauchen."

„Jetzt klingst du wie Yvette."

„Gut", sagte Yvette hinter ihnen. „Vielleicht dringt ja jemand anders zu ihr durch. Meine Methoden wirken weiß Göttin nicht."

Abby und Faith drehten sich beide um und stellten fest, dass die älteste der Townsend-Schwestern im Türrahmen zwischen dem Wohnzimmer und der Sonnenterrasse lehnte. Ihr Haar war zu einem ordentlichen Pferdeschwanz gebunden, ihr Make-up makellos, und abgesehen von ihrer rußverschmierten Jeans wäre man nie darauf gekommen, dass sie die letzten Stunden damit zugebracht hatte, ein Waldfeuer zu bekämpfen.

„Es ist auch schön, dich zu sehen, Yvette", sagte Abby und kam näher, um ihre Schwester rasch zu umarmen. Aber Yvette schlang die Arme fest um sie und hielt sie einen langen Augenblick an Ort und Stelle. Als sie schließlich losließ und Abby sich zurückzog, waren Yvettes Augen feucht, während sie Tränen wegblinzelte.

Abbys Welt brach plötzlich um sie herum zusammen, und sie konnte nicht verhindern, dass auch ihr die Tränen ungehindert über die Wangen flossen.

Yvette nahm Abby und Faith bei den Händen und drückte. „Ich bin so froh, dass du da bist, Abs."

„Ich auch", sagte Faith und ergriff Abbys freie Hand. Die drei standen in einem kleinen Kreis zusammen, keine sagte etwas, während sie gegen einen Quell der Emotionen ankämpften, der sie alle aufzulösen drohte.

Schließlich machte Abby sich los und fragte mit zittriger Stimme: „Wo ist Dad?"

„Er ist mit Isaac im Obsthain und prüft die Bäume auf Pilzbefall", sagte Yvette. „Sie sollten bald zurück sein."

„Wie geht's Isaac?", fragte Abby nach dem Mann, mit dem ihre Schwester seit zwölf Jahren verheiratet war. Sie hatten geheiratet, als Yvette erst einundzwanzig gewesen war, und nach deren Worten zu urteilen, war er der perfekte Ehemann. Er half Dad mit der Farm, hielt das Haus sauber, ging mit dem Hund spazieren und machte die Buchhaltung für Yvettes Buchhandlung, und er managte sein eigenes magisches Online-Gaming-Geschäft, ohne sich zu beschweren. Sie waren ein ur-amerikanisches Paar. Alles, was ihnen fehlte, waren 2,3 Kinder.

„Gut", sagte sie, aber Abby entging nicht, wie sie wegschaute und ihr Ton angespannt wurde, während sie sprach. „Wie immer." Dann schaute Yvette auf und warf Abby einen Blick zu. „Was ist mit dir? Wie geht's Logan?"

Abby seufzte. „Gut, schätze ich."

„Gut, schätzt du?", sagte Yvette mit einem leisen Lachen. „Das klingt beruhigend."

„Er ist so komisch, seit die Galerie geschlossen hat. Wir haben grad Pause." Abby zupfte am Saum ihres Shirts. „Ich will eigentlich nicht drüber reden."

„Wie wäre es, wenn wir in die Küche gehen", sagte Faith, die an ihren Händen zerrte. „Wir können heiße Schokolade machen und stattdessen über Clay reden."

„Genau", sagte Yvette mit einem zufriedenen Grinsen. „Aber wenn wir über Clay reden, braucht Abby vielleicht was stärkeres."

„Das Einzige, worüber wir reden müssen, ist, warum mir niemand gesagt hat, dass er inzwischen der Braumeister in der Brauerei ist", sagte Abby, während sie auf einen der Barhocker stieg.

Beide Schwestern drehten sich um und starrten sie an.

„Was?"

„Hat Dad es dir nicht gesagt?", fragte Yvette.

Abby legte beide Hände auf den polierten Holztresen. „Nein. Wanda hat's erzählt. Sie war so nett, mich mitzunehmen, nachdem ich auf ein armes Mädel in einem Mini Cooper aufgefahren bin."

„Du hattest einen Unfall? Heute?", stieß Faith hervor. „Alles in Ordnung?"

„Mir geht's gut." Abby machte eine abwehrende Bewegung. „Meinem Auto dagegen weniger. Ich werde es so bald wie möglich in die Werkstatt schleppen lassen müssen. Es ist auf der Hauptstraße geparkt, die ganze Vorderseite ist eingedrückt."

„Ich schätze, Clay kümmert sich darum, nachdem er dein Zeug ausgeladen hat", sagte Yvette.

Abby drehte sich um und starrte ihre ältere Schwester an. „*Clay* lädt mein Zeug aus?"

„Klar." Yvette stieg auf einen der Hocker am Tresen. „Er sagte, er müsse heute Abend vorbeikommen, um Dad etwas zu bringen, also bot er an, dir dein Zeug rüberzufahren, wenn er schon dabei ist. Ich hätte es getan, nachdem ich mit dir telefoniert hatte, aber es war nicht drin, dein ganzes Zeug in mein kleines Auto zu kriegen."

Abby stöhnte. Dass ihr Ex-Freund ihr ganzes Zeug herumtrug, war das letzte, was sie wollte. Was, wenn er …? Ach, Göttin. Sie schloss die Augen und schüttelte den Kopf, als ihr der Stoffbeutel einfiel, den sie mit Spitzen-BHs und Höschen vollgestopft hatte. Die Tasche hatte nicht mal einen Reißverschluss. Ohne Zweifel würde er wieder mal einen Blick auf ihre Unterwäsche erhalten.

Yvette kicherte. „Also … ich schätze, das Wiedersehen war interessant. Erzähl uns alles."

„Ja. Was hat er gesagt?" Faith beugte sich vor, die Unterarme auf den Tresen gestützt.

„Äh … nichts." Abigails Gesicht brannte, während sie an die Funken dachte, die zwischen ihnen übergesprungen waren.

„Klaaaar." Yvette drehte ihre langen, von der Sonne gebleichten kastanienbraunen Locken zu einem Knoten auf ihrem Kopf und glitt vom Hocker. Sie ging durch die große Küche, griff in den extrabreiten Edelstahlkühlschrank und zog eine Flasche Irish Cream heraus, die sie hochhielt. „Wir müssen wohl erst mal ein bisschen anheizen, wenn wir Rauch sehen wollen, Faith."

„Bin dabei." Faith schnappte sich die Flasche und wühlte in einem Schrank. Yvette kam ihr zur Hilfe, und im Nu stand eine Tasse mit heißer Schokolade mit Schuss und Sahne obendrauf vor Abigail.

Faith hob ihre Tasse und sagte: „Trink aus."

Yvette tat es ihr gleich, und Abigail hob die Tasse, um mit ihren Schwestern anzustoßen. Nachdem sie einen langen Schluck genommen hatte, machte sie große Augen. „Erdenmutter. Ist da geschmolzene Schokolade drin? Das ist köstlich."

Faith nickte. „Davon gibt es hier noch viel mehr."

„Da möchte ich wetten", sagte Abigail, während sich der Raum leicht drehte. Sie stellte die Tasse auf den Tresen und fragte sich, ob eine Flasche Bier und eine viertel Tasse Kakao mit Schuss ihren Kopf wirklich auf eine solche Achterbahnfahrt schicken konnten. Sie stand auf und musste sich am Tresen festhalten, um nicht zu wanken. „Was hast du in diesen Drink geschüttet?"

Faith runzelte die Stirn. „Nichts Besonderes." Sie nahm einen kleinen Schluck von ihrem Getränk. „Ist nicht mal sonderlich stark."

„Wann hast du zuletzt was gegessen?" Yvette musterte ihre Schwester und schlug sich dann die Hand vor den Mund, während sie ein Keuchen ausstieß. „Du bist nicht schwanger, oder?"

„Was? Nein", sagte Abby verstimmt.

„Bist du sicher? Du wirkst plötzlich richtig blass. Kippst du um?" Yvette schlang einen Arm um Abbys Taille. „Stütz dich auf mich."

„Es geht mir gut. Echt. Ich muss nur was essen." Abby trat von ihrer Schwester weg und nahm sich einen Keks aus der Dose, die in der Nähe stand. Sie biss in das buttrige Shortbread und stöhnte. „Oh, Menschenskind, wer hat die gebacken?"

„Noel", sagte Faith. „Sie versorgt Dad damit."

Abigail schluckte ihren Keksbissen. „Wo ist Noel? Kommt sie vorbei?"

Yvette und Faith wechselten einen Blick, dann zuckten sie beide die Schultern. „Nicht sicher", sagte Faith. „Sie war … unentschlossen."

Natürlich, dachte Abby. Ihre Beziehung zu Noel hatte sich seit dem Tag, an dem Abby vor zehn Jahren die Stadt verlassen hatte, verschlechtert. Mit der Zeit war es nur schlimmer geworden. Abby hatte es versucht – sie hatte es weiß Göttin versucht. In den ersten paar Jahren hatte Abby geschrieben, angerufen, Geburtstagskarten geschickt und sogar ein Ticket gekauft, um nach Hause zu kommen und bei der Geburt ihrer einzigen Nichte anwesend zu sein, aber Noel wollte einfach nicht antworten. Sie hatte Abigail aus ihrem Leben entfernt und ihr deutlich zu verstehen gegeben, dass sie sich verziehen sollte.

Abby hatte schließlich den Wink akzeptiert. Sie rief nicht mehr bei Noel an und schrieb ihr nicht mehr, aber sie verbrachte per Videochat Zeit mit Daisy, Noels sechsjähriger Tochter, und schickte ihr Geburtstagskarten. „Damit habe ich schon gerechnet", sagte Abby und setzte sich wieder auf den Hocker.

Einen Augenblick lang sagte niemand etwas, dann sprang

Faith auf und ging zum Kühlschrank. „Du brauchst was Handfesteres als einen Keks."

„Gibt es Kuchen?", fragte Abby.

„Aber klar", schnaubte Faith.

„Es wäre nicht das Townsend-Haus, wenn es keinen Kuchen gäbe", ließ Yvette sich vernehmen.

„Brombeer oder Apfel?", fragte Faith.

„Beides", sagten Yvette und Abby gleichzeitig, dann lachten sie.

„Also beides." Faith holte den Kuchen und selbstgemachte Schlagsahne aus dem Kühlschrank, während Yvette eine frische Kanne Kaffee machte.

Die drei Schwestern waren gerade mit dem Essen fertig, als sie die Haustür erneut aufgehen hörten. Abby legte die Gabel ab und glitt von ihrem Hocker, weil sie erwartete, endlich ihren Vater zu sehen. Aber stattdessen hallte das Geräusch von Kinderfüßen durchs Haus, und einen Augenblick später rannte ein kleines, dunkelhaariges Mädchen in die Küche und rief: „Tante Abby!"

Abby grinste und ging die Hocke, die Arme weit ausgebreitet. Das kleine Mädchen warf sich ihr in die Arme. Abby umarmte sie fest, und ihr Herz schwoll vor so viel Liebe an, dass sie dachte, es würde bersten. „Es ist so schön, dich zu sehen, meine Kleine", flüsterte Abby.

Daisy wand sich aus der Umarmung ihrer Tante. „Ich bin nicht mehr klein, Tante. Mami sagt, ich wäre fünf Zentimeter gewachsen und bin jetzt ein großes Mädchen."

„Fünf Zentimeter? Wow. Ich bin beeindruckt." Abby beugte sich vor und gab ihr einen schmatzenden Kuss auf die Wange. „Ich schätze, deine Mami hat recht." Abby blickte auf und sah Noel auf der Küchenschwelle stehen, die Arme vor der Brust verschränkt. Sie hatte sich die Haare leuchtend rot gefärbt und zu einem asymmetrischen Bob geschnitten. Schnittig und umwerfend, dachte Abby, als sie ihre Schwester anlächelte, aber Noel starrte sie nur an und ging dann zurück ins Wohnzimmer.

Autsch.

Es schien, als würden manche Wunden niemals heilen. Zumindest hatte Noel nicht verhindert, dass Daisy ihre Tante kennenlernte und liebte. Nicht, dass Abby das von ihr erwartet hätte. Das war nicht Noels Stil. Sie war stur, aber nicht grausam.

„Sie wird sich schon einkriegen", sagte Faith.

„Das bezweifle ich." Yvette schob sich das letzte Stück Kuchen in den Mund und spülte es mit einem Schluck Kaffee hinunter. Sie streckte die Hand nach Daisy aus und sagte: „Komm mal mit, Süße. Opa hat eine Überraschung für dich."

Daisy ließ ihre kleine Hand in die von Yvette gleiten, und die beiden verschwanden nach draußen.

Weitere Schritte erregten Abigails Aufmerksamkeit, und sie schaute auf und sah eine strahlende Frau mit dunkler Haut und einem warmen Lächeln.

„Abby!" Hanna strahlte, während sie die Arme um Abigail schlang. Sie hielt sie fest und sagte: „Es ist so schön, dich zu sehen."

„Dich auch", zwang Abigail an dem Kloß in ihrem Hals vorbei. Hanna war die kleine Schwester von Abigails bester Freundin und auch beinahe ein Klon von Charlotte. Hanna war ein wenig größer, als Charlotte früher gewesen war, ihre Augen standen ein bisschen weiter auseinander, aber als Charlotte noch gelebt hatte, hatte man sie für Zwillinge gehalten.

Abigail trat zurück und musterte Hanna ausgiebig. Sie trug einen langen Strickpulli über einer fließenden weiten Bluse,

Röhrenjeans und schicke stahlblaue, kniehohe Stiefel. Die junge Frau wirkte, als sei sie gerade einer Magazinseite entsprungen. „Du siehst toll aus."

„Ich?" Hanna winkte ab. „Das ist alles Noels Werk. Wir sind gerade mit einem Foto-Shooting fertig geworden. Wenn du mich an irgendeinem anderen Tag gesehen hättest, hätte ich die Haare zusammengebunden und eine zerrissene Jeans mit Sweatshirt getragen."

„Das ist die Hanna, an die ich mich erinnere." Abby schenkte ihr ein sehnsüchtiges Lächeln, dann musterte sie ihre Schokolade mit Schuss, während Erinnerungen an Charlotte durch ihre Gedanken zu flackern begannen.

„Hey." Hanna griff nach Abbys Hand.

Abby starrte auf die Verbindung hinab, ihr Herz sehnte sich nach Charlotte und schmerzte, weil sie es nicht geschafft hatte, dem Mädchen, das die beste Freundin gewesen war, die sie je gehabt hatte, das Leben zu retten.

Hanna drückte Abby die Hand und sagte: „Meine Eltern würden dich echt gern mal sehen, solange du zu Hause bist."

Abbys Kopf fuhr hoch, Panik krallte sich in ihre Brust. Sie versteifte sich und zwang sich zum Atmen. Nach einem Augenblick zuckte sie unverbindlich mit den Schultern. „Ich weiß nicht, wie lange ich zu Hause sein werde, aber ich versuch's."

„Sie vermissen dich nämlich."

Tränen brannten wieder weit hinten in Abigails Augen, und sie wandte sich ab und blinzelte rasch, um sich unter Kontrolle zu bringen. „Ich vermisse sie auch, Hanna. Ich versuch's. Ich verspreche es."

Hanna gab ein leises Seufzen von sich, und Abby zuckte zusammen. Sie hatte Hanna schon öfter versprochen, dass sie die Pelshs besuchen würde, aber sie hatte es nie in die Tat umgesetzt. Und sie wusste tief im Herzen, dass sie es auch diesmal nicht tun würde.

Scham überkam sie, und sie drehte sich um, um sich zu entschuldigen, aber Hanna war fort, hatte es irgendwie geschafft, leise aus der Küche zu verschwinden und einen Ort des weitläufigen Hauses aufzusuchen.

KAPITEL 6

Clay steuerte seinen sechs Jahre alten Jeep über den fünf Kilometer langen, von Bäumen gesäumten Zubringer, der zum Haus der Townsends führte. Es war wie immer, die Bäume perfekt gepflegt, die Straße gut in Schuss, mit Lichterketten an den regelmäßig platzierten Gaslaternen.

Nostalgie überkam ihn, und ein tiefer Schmerz nistete sich in ihm ein, als seine Gedanken zu Abby wanderten, dem Mädchen, das er während der Highschool mit Haut und Haaren geliebt hatte. Diejenige, von der er gedacht hatte, er würde sie heiraten und sie würde eines Tages die Mutter seiner Kinder sein. Der Schmerz wurde stärker und schnürte ihm beinahe die Luft ab.

„Dummkopf", murmelte er und packte das Lenkrad fester. Er war damals so naiv gewesen, hatte geglaubt, die Liebe würde alles überwinden, und nichts könne sie auseinanderbringen. Inzwischen war er schlauer, wusste, dass romantische Gedanken an das, was hätte sein können, komplette Zeitverschwendung waren. Abby hatte ihre

Entscheidungen gefällt, und er auch. Inzwischen kannten sie einander kaum mehr.

Naja, eines wusste er sehr wohl; sie trug immer noch diese sexy Spitzen-BHs, die ihn im zarten Alter von achtzehn Jahren völlig um den Verstand gebracht hatten. Was hätte er nicht darum gegeben, sie jetzt in einem davon zu sehen. Der Gedanke an ihre hellen, vollen Brüste, die über der Spitze herauskamen, reichte aus, um ihn in den Wahnsinn zu treiben.

„Zum Teufel", sagte er, während er das Fenster herunterließ und die erhitzte Haut in der Küstenbrise kühlte. „Reiß dich zusammen, Clay." Was auch immer er mit Abby gehabt hatte, war längst weg, und die Erinnerung an ihre Jugend würde keines seiner Probleme lösen. Außerdem, selbst falls da etwas war, war er sicher, dass sie nie in Keating Hollow bleiben würde. Und das war ein K.O.-Kriterium. Er würde sich das nicht noch einmal antun, nicht, wenn er an Olive denken musste. Er konnte sich nicht mit jemandem einlassen, der kein stabiler Einfluss im Leben seiner Tochter war.

Nein. Ganz gleich, wie sehr er Abby wollte, selbst nach all den Jahren noch, sie war streng tabu.

Dumm aber auch, dass er sich bereits weit aus dem Fenster gelehnt hatte, um dafür zu sorgen, dass er sie heute noch einmal traf.

Das Haus kam in Sicht, und er war sich nicht sicher, ob er wütend oder erleichtert sein sollte, als er eine ganze Reihe Autos in der Zufahrt parken sah. Zweifellos war ihre komplette Familie bereits da. Zumindest würden sie als Puffer auftreten, falls seine Libido außer Kontrolle geriet. Konnte man ihm das übelnehmen, nachdem er unabsichtlich diesen tiefvioletten Tanga in ihrer offenen Tasche gesehen hatte?

Die Vordertür schwang auf, als er gerade den Jeep in den Parkmodus stellte, und Faith trat auf die Terrasse. Die Sonne glänzte auf ihrem goldenen Haar, so dass sie aussah, als hätte sie einen Heiligenschein.

Passt, dachte Clay. Von den vier Schwestern war Faith die liebste. Sie war rücksichtsvoll und sprach leise, und sie war immer da, falls man jemanden zum Reden brauchte. Verdammt, sie war mehr als einmal für ihn da gewesen, nachdem Abby ihn verlassen hatte, und dann erneut, als er nach Hause zurückgekehrt war, nachdem seine Ehe in die Brüche gegangen war. Er stieg aus dem Jeep, drei Bierkrüge in der Hand, und begab sich hinauf zum Haus.

„Wie ich höre, hast du neue Proben für uns", sagte Faith.

„Das sind sie. Karamell-Schoko-Malz, Herbstgewürz und Kaffee-Sahne."

Faith rieb sich die Hände. „Kaffee-Sahne! Du hast meinen Vorschlag umgesetzt."

Clay lächelte sie verschmitzt an. „Aber klar. Und unter uns, es ist mein neuer Favorit. Aber erzähl's deinem Papa nicht. Ich will, dass er sich eine eigene Meinung bildet."

Sie lachte. „Als ob Dad sich je von jemandem reinreden lassen würde, wenn es um Bier geht."

Clay grinste. Da war was dran. Lin Townsend war ein Mann mit unumstößlichen Ansichten, wenn es um sein Geschäft ging, vor allem sein Bier. Aber Clay hatte beobachtet, wie er sich aufgrund der Haltung seiner Töchter eine Meinung bildete, und das mehr als einmal, auch wenn es ihnen nicht klar war.

„Komm mit", sagte sie und nahm die Krüge. „Es sind alle drinnen."

Aber Clay schüttelte den Kopf. „Ich kann eigentlich nicht bleiben. Ich habe in etwa einer halben Stunde schon was vor", log er. „Ich lade nur Abbys Zeug aus, damit ich zurück in die Stadt kann."

„Schade aber auch." Faith verzog das Gesicht. „Wir haben heiße Schokolade mit Schuss und Kuchen."

„Verführerisch, aber ich kann wirklich nicht. Vielleicht nächstes Mal."

Sie beäugte ihn, in ihrem engelhaften Gesicht stand Argwohn. Sie war ihm auf der Spur. Sie wusste, dass er sich Ausreden ausdachte, damit er nicht ins Townsend-Familientreffen hineingezogen wurde. Was hatte er sich nur gedacht?

Die Tür schwang auf, und Abby kam auf die Terrasse, die Wangen leicht gerötet, ihre Augen leuchteten. Ein leichtes Lächeln trat auf ihre Lippen, und sie sah so hübsch aus, dass er nur wie angewurzelt stehenbleiben konnte, anstatt sie in seine Arme zu heben und sie zu sich nach Hause zu entführen.

„Clay", sagte sie und warf einen Blick von ihm zum Jeep. „Du hättest dir wirklich nicht die Mühe machen müssen, mir mein Zeug zu bringen."

Er räusperte sich. „War kein Ding. Ich war sowieso auf dem Weg hierher."

Faith lachte schnaubend.

„Faith", sagte Abby mit warnendem Unterton.

„Ja?", fragte Faith ganz unschuldig.

„Warum gehst du nicht rein, wo du dich um deinen eigenen Kram kümmern kannst."

Ihre jüngere Schwester lachte, wedelte mit den Fingern Richtung Clay, dann verschwand sie mit den Bierproben zurück ins Haus.

„Tut mir leid, das." Abby sprang von der Terrasse und ging an Clay vorbei zur Rückseite des Jeeps.

Er beobachtete sie, sein Blick richtete sich automatisch auf ihre wohlgeformte Rückansicht. *Verdammt,* dachte er. Sie war sogar noch hübscher, als sie mit achtzehn gewesen war. Sein Inneres spannte sich an, und er zwang sich wegzusehen.

„Das war wirklich lieb von dir", sagte sie, während sie die Heckklappe öffnete. „Ich weiß nicht, was ich mir gedacht habe, als ich mit Wanda weggedüst bin, ohne auch nur meinen Koffer mitzunehmen."

Clay zuckte mit den Schultern. „Ich kann mir vorstellen, dass du einfach unbedingt deinen Vater sehen wolltest. Wie geht's ihm heute?"

Sie schnappte sich ihren Stoffbeutel, den, der mit Unterwäsche gefüllt war, und warf ihm einen Blick zu. „Gut, schätze ich. Er ist draußen im Obsthain, seit ich hier bin. Er kommt vermutlich bald zurück. Du kannst drinnen auf ihn warten, während ich mein Zeug auslade."

Sein Blick wanderte über ihr Gesicht, und ihm fielen die müden Züge und die schwachen Ringe unter ihren Augen auf. Sie war erschöpft, nachdem sie den ganzen Weg von New Orleans auf eigene Faust gefahren war. Er schüttelte den Kopf. „Nein, ist schon gut. Ich helfe dir ausladen."

„Das musst du wirklich nicht –"

Clay hob eine Hand. „Ich weiß, dass ich das nicht muss, Abs. Aber ich will, ok?"

Sie schaute weg, aber nicht, bevor er die Gefühle in ihren klaren blauen Augen aufleuchten sah. Sie hatte ihre Gefühle noch nie verstecken können, und das hatte sich nicht geändert. Machte sie sich Sorgen um ihren Dad, oder war da noch etwas anderes?

„Also gut. Das meiste von dem Zeug kann erst mal in die Garage." Sie ging hinüber zum Truck ihres Dads und griff hinein, um den Toröffner zu drücken.

„Alles klar." Während Abby ihre Reisetaschen herauszog, fing Clay an, die Schachteln mit Zubehör in die Garage zu bringen. Aber als er eine Kiste voller Glasbehälter aufhob, runzelte er die Stirn. „Willst du das Zeug nicht in deinem Atelier?"

„Nein. Die Garage passt."

„Ist kein großes Ding. Ich kann es einfach rüberfahren –"

„Clay, es passt", sagte sie. Ihr Körper war steif und ihr Gesicht ausdruckslos.

Er kannte diesen Ausdruck. Er hatte ihn öfter gesehen, als er zählen konnte. Es bedeutete, dass sie gereizt war, und ganz gleich, was er sagte, sie würde nicht nachgeben. Stur war gar kein Ausdruck für sie, wenn sie ganz und gar gegen etwas eingenommen war. „Darf ich fragen, warum? Wirst du nicht da drüben arbeiten?"

Sie schüttelte den Kopf und drückte sich einen ihrer Stoffbeutel an den Körper.

„Ich verstehe." Er warf einen Blick von dem Stapel Zubehör in der Garage auf das kleine Atelier am Rande des Grundstücks. „Nutzt das derzeit überhaupt jemand?"

Sie schüttelte wieder den Kopf und stieß ein hörbares Seufzen aus.

„Das ist schade." Er beobachtete, wie das Feuer in ihr erlosch und Erschöpfung wich, als sie sich wieder dem Ausladen des Jeeps widmete. Alles an ihr sagte, dass sie müde war. „Hier, ich nehme das." Clay streckte die Hand aus, um ihr die offene Tasche abzunehmen, aber sie ging ihm aus dem Weg und zerrte die schwere Tasche aus dem Jeep. Sie ging rückwärts, verschätzte sich damit, wo sie ihre anderen Koffer abgestellt hatte, und stolperte über den Gepäckhaufen. Die Zeit blieb stehen, und beinahe wie in Zeitlupe fiel die Tasche, die sie gehalten hatte, aus dem Jeep, ihr Inhalt schwebte durch die spätnachmittägliche Luft und verteilte sich überall in der Auffahrt.

Clay war sprachlos, während er die Szenerie betrachtete. Die Tasche war rein zufällig die mit ihrer Unterwäsche gewesen, und rosa, schwarze, rote, grüne und violette Spitze bedeckte den Asphalt, als wäre Victoria's Secret in der Townsend-Auffahrt explodiert.

Abby stieß ein Keuchen aus und kroch herum, um ihre BHs und Höschen einzusammeln, während Clay kicherte.

„Brauchst du Hilfe?", fragte er und wippte auf den Fersen zurück, komplett erheitert.

„Nein." Sie warf ihm einen verärgerten Blick zu, während sie hektisch all ihre Höschen wieder in die Tasche stopfte.

„Ist echt kein Problem. Ich meine, das ist nichts, womit ich es nicht schon zu tun gehabt hätte."

Sie verdrehte die Augen und stand auf, die Hände in die Hüften gestemmt, und versuchte so zu tun, als würde sie der Vorfall kalt lassen. Aber ihr Gesicht leuchtete rot, und sie hatte Schwierigkeiten, ihm in die Augen zu schauen. „Lustig. Können wir einfach so tun, als wäre das nie passiert?"

„Ich glaube nicht, Abs. Ich werde wohl kaum vergessen können, dass ich gesehen habe, wie du deine Unterwäsche in deine Tasche stopfst, so wie damals, als man uns beim Rummachen in deinem Schuppen erwischt hat." Die Worte sprudelten aus ihm heraus, bevor er sie aufhalten konnte. Aber es lohnte sich, da ihr Gesicht noch röter wurde, und ihr Mund sich bewegte, ohne Worte bilden zu können. Er lachte und genoss es zu sehen, wie nervös sie war. Er beugte sich dichter heran und flüsterte: „Keine Sorge, Abby. Deine Geheimnisse sind bei mir sicher."

Mit einem Zwinkern schnappte er sich eine weitere Kiste und trug sie in die Garage. Als er sich umdrehte, war keine Spur mehr von ihr zu sehen, bis auf etwas Kleines, Rotes, das unter dem Jeep hervorlugte. Er griff hinab und hob das vergessene Höschen auf, die Spitze fühlte sich weich wie Samt an.

„Gute Göttin“, murmelte er, während ihm am ganzen Körper heiß wurde.

„Clay?“ Lins tiefe Stimme dröhnte hinter ihm.

Clay schob sich die Spitzenunterwäsche schnell in die Tasche und drehte sich um, in der Hoffnung, nicht so schuldig auszusehen, wie er sich fühlte. Zum Teufel, was war los, war er wieder siebzehn, oder was? Es war ja nicht, als würde er irgendwas anderes machen, als Abby beim Ausladen des Autos zu helfen … außer natürlich, man bedachte, dass er sie sich nur in BH und der Unterwäsche auf dem Boden vorstellte. Er räusperte sich. „Lin, wie geht's dir?“

„Gut.“ Der ältere Mann nickte zum Auto hin und hob eine Augenbraue. „Ziehst du ein?“

„Nicht heute, aber es ist schön zu wissen, dass das eine Option ist.“ Clay grinste den Älteren an.

„Ich würde nicht sagen, dass ich dir das anbiete, aber wenn du dich in arger Not befändest, könnten wir vermutlich im Schuppen Platz für dich finden.“

Clay lachte. „Danke. Ich lade nur Abbys Sachen ab. Nach dem Unfall heute …“

„Unfall?“ Lins Blick musterte die Auffahrt, dann landete er auf der Eingangstür, als Abby wieder heraustrat.

„Dad!“ Abbys ganzes Gesicht hellte sich auf, als sie ihren Vater sah, und sie kam mit ausgebreiteten Armen die Terrasse herab.

Lin fing sie in einer riesigen Umarmung auf und hob sie dabei gleich von den Füßen. „Willkommen zu Hause, kleine Abby.“ Er hielt sie ein paar Augenblicke lang fest, die Füße in der Luft, ehe er sie sorgsam wieder abstellte. Dann musterte er sie eindringlich. „Geht's dir gut? Keine Prellungen oder Brüche?"

„Guter Zeitpunkt für diese Frage, nachdem du mir ordentlich die Luft abgedrückt hast." Sie rieb sich mit der Handfläche über die Brust und fügte rasch hinzu: „Mir geht's gut. Nur ein Blechschaden."

Lin warf einen Blick auf Clay, wo er eindeutig nach Bestätigung suchte.

„Niemand wurde verletzt", bestätigte Clay. „In der Stadt fährt ein Mini Cooper mit eingedrücktem Kofferraum rum, und Abbys Auto muss in die Werkstatt, aber ansonsten scheinen beide Parteien ungeschoren davongekommen zu sein."

„Dad", sagte Abby, die Hände wieder in die Hüften gestemmt. „Clay muss nicht für mich sprechen."

„Natürlich nicht", stimmte er mit einem Kopfschütteln zu. „Aber ich brauche ihn, um für dich zu bürgen. Wenn du deinen Schwestern auch nur ein bisschen ähnelst, dann wollen mich alle schonen, seit wir von dem Krebs erfahren haben. Ich habe gelernt, dass ich bestätigende Zeugen brauche, wenn ich die Wahrheit wissen will."

„Ach, um Tinks willen", sagte sie und verdrehte die Augen, während sie ihm die Arme um die Taille schlang und sich in einer weiteren, seitlichen Umarmung an ihn lehnte. „Wie wäre es damit? Ich verspreche dir, immer die brutale Wahrheit zu sagen, so lange du mir versprichst, mich nicht im Dunkeln zu lassen." Sie warf einen betonten Blick auf Clay. „Wie etwa, dass du mir nicht erzählst, wenn du deine Braumeister-Pflichten jemand anderem überträgst."

Ihr Vater warf einen Seitenblick auf Clay, dann wandte er sich wieder an sie und nickte. „Abgemacht." Er streckte die Hand aus, aber Abby ignorierte sie und umarmte ihn stattdessen fester. Sie flüsterte etwas, das Clay nicht verstand, und ihr Vater nahm sie eine Sekunde lang stärker in den Arm, bevor er sie losließ.

„So. Jetzt muss ich dieses Zeug zu Ende ausladen. Was hast du vor?", fragte Abby ihn.

„Muss kurz mit Clay über die Proben reden, die er rübergebracht hat, dann bin ich drinnen."

„Ok, drin findest du eine Tasse heiße Schokolade mit Schuss, da steht dein Name drauf." Sie lächelte ihren Vater an, schnappte sich ein paar weitere Taschen und eilte wieder ins Haus.

Mit erhobenen Augenbrauen wandte Lin sich an Clay. „Was machst du wirklich hier, Clay?"

Erwischt! Clay hatte Lin noch nie Brauproben gebracht. Obwohl Lin dem Geschäft der Brauerei den Rücken zugekehrt hatte, kam er noch mindestens dreimal die Woche vorbei. Es war sehr wahrscheinlich, dass er am nächsten Tag gekommen wäre. „Ich helfe nur deiner Tochter."

Lin schürzte die Lippen. „Das sehe ich. Du weißt, dass sie drüben in New Orleans jemanden hat, oder?"

Ein vertrauter, dumpfer Schmerz bildete sich gleich über seinem Herzen, und er rieb sich gedankenverloren über die Brust, während er den Kopf schüttelte. „Nein, wusste ich nicht. Aber darum bin ich nicht hier."

„Wirklich nicht?", fragte Lin, der ihn aus stahlgrauen Augen anstarrte.

Verdammt. Er konnte den Alten nicht anlügen. Es war offensichtlich, dass dieser ihn völlig durchschaute. Clay holte tief Luft und stieß sie aus. „Du musst dir um nichts Sorgen machen, Lin. Ich bin nicht daran interessiert, mich in irgendwas einzumischen. Du brauchst dich nicht um sie zu sorgen."

Lin kam näher und senkte die Stimme: „Ich mach mir nicht um Abby Sorgen, Junge. Ich liebe meine Tochter, und die Götter wissen, dass sie ein kluger Kopf ist mit diesem Geschäft, das sie führt. Aber wenn es um Herzensangelegenheiten geht, hat sie die Dinge noch nicht ganz raus. Wenn du sie zurück in dein Leben lässt, sei einfach vorsichtig. Hörst du mich?"

Clay starrte seinen Boss an, ihm fehlten die Worte. Lins Offenheit war willkommen, aber gleichzeitig war er an Abbys Stelle gekränkt. Sie war immerhin eine erwachsene Frau und verdiente es, ihre Entscheidungen ohne Vorverurteilung zu fällen, nicht einmal durch ihren Vater. Schließlich nickte er. „Ich höre, Lin. Und auch wenn ich nicht leugnen will, dass zwischen Abby und mir vermutlich immer was sein wird, lege ich es nicht darauf an, irgendwas wieder anzufachen. Abgesehen davon, dass sie einen … Jemand hat, bin ich nicht auf dem Markt. Mit der Erziehung von Olive und meiner frischen Scheidung habe ich genug um die Ohren."

Lin drückte Clays Arm. „Du bist ein guter Mann, Clay. Deine Ex-Frau wird ihre Entscheidungen eines Tages bereuen."

Clay schnaubte. Das bezweifelte er doch sehr. Wenn er ehrlich war, musste er zugeben, dass Val niemals Gefallen an der Ehe gefunden hatte. Ihre Beziehung war vollkommen körperlich gewesen. Klar, sie hatten sich anfangs gemocht, doch nachdem Olive unterwegs gewesen war und die Wirklichkeit nicht lange auf sich warten ließ, war Val geflohen. Sie blühte auf Partys und Wohltätigkeitsveranstaltungen auf, war am liebsten immer im Mittelpunkt der Aufmerksamkeit. Clay dagegen wollte nur seiner Tochter ein gutes Leben ermöglichen. Selbst wenn sie hätte zurückkommen wollen, hätte Clay sie nicht genommen. Nicht, seit er gesehen hatte, wie sie wirklich war. Wenn er je beschloss, sein Herz wieder zu öffnen, würde es für jemanden sein, der Familie über alles andere stellte; jemand, der nicht weglief. Jemand, der nicht seine Ex-Frau oder Abby war.

„Wird sie. Lass dir das gesagt sein." Lin nickte ihm zu, dann drehte er sich um und begab sich zurück ins Haus.

Clay lud rasch den Rest von Abbys Kisten aus und stieg dann in seinen Jeep, weil er schnellstens Abstand zwischen sich und die eine Frau bringen wollte, die er niemals wirklich hatte loslassen können. Aber als er die Hand in seine Tasche schob und seine Schlüssel suchen wollte, schlossen sich seine Finger um ein weiches Stück Stoff.

Abbys Spitzenunterwäsche.

Heiliger … Er erwog, einfach loszufahren, aber er konnte den Gedanken nicht ertragen, dass er ihr Höschen mit nach Hause nahm wie irgend so ein Widerling. Das ließ ihm zwei Möglichkeiten: Es aus dem Autofenster werfen, damit sie es finden konnte, oder es hineinbringen und ihr diskret übergeben.

Verdammt. Er stieß die Autotür auf, lief auf die Terrasse und klopfte leise.

Gelächter grüßte ihn von der anderen Seite der Tür, und als sie sich öffnete, stand Faith dort und beäugte ihn. „Hat die heiße Schokolade mit Schuss dich zum Umdenken bewegt?"

Er schüttelte den Kopf. „Nein. Ich habe was für Abby."

Sie warf einen Blick auf seine leeren Hände und schaute ihn neugierig an. „Was ist es?"

Seine Lippen verzogen sich zu einem schiefen Lächeln. „Es ist streng geheim."

„Ach ja." Faith verdrehte die Augen und zog die Tür ganz auf. „Sie ist in ihrem Zimmer. Dasselbe wie immer. Daran erinnerst du dich bestimmt noch."

„Ich glaube, ich finde es." Er nickte zum Dank, winkte Lin und Yvette zu, die ihn beide von der Küchentür aus beobachteten, und betrat den Gang. Er fand Abby, wie sie sich über einen Koffer beugte, den Hintern in der Luft, während sie herumwühlte und etwas suchte. „Brauchst du Hilfe?"

Sie zuckte nach oben und wirbelte herum, wobei sie sich ihr blondes Haar aus dem Gesicht schob. „Clay. Hi. Gibt es im Jeep noch was auszuladen?"

Er schüttelte den Kopf und betrat ihr Zimmer, wobei er versuchte, all die alten Erinnerungen fernzuhalten, die ihn zu überwältigen drohten. Es war dasselbe Zimmer, in dem sie stundenlang auf ihrem Bett geknutscht hatten, wo sie ihm zum ersten Mal gesagt hatte, dass sie ihn liebte, und wo sie ihre Träume für die Zukunft geteilt hatten, naive Träume, die an dem Tag gestorben waren, an dem sie nach New Orleans aufgebrochen war.

Sie machte einen Schritt zurück, das Gesicht gerötet, und er fragte sich, ob auch sie sich erinnerte. Sie ließ den Sweater, den sie gehalten hatte, aufs Bett fallen und starrte ihm in die Augen, während er näherkam. „Ähm, was brauchst du dann?"

Clay lächelte und stellte sich vor sie. Ihre Nervosität gefiel ihm viel zu gut. Sie mochte ja mit jemandem zusammen sein, aber es bestand kein Zweifel, dass er trotzdem noch eine Wirkung auf sie hatte. Und selbst wenn ihn das zum Arschloch machte, war er sich nicht sicher, ob ihm das im Augenblick etwas ausmachte. Denn sie hatte verdammt nochmal auch noch eine Wirkung auf ihn. Er beugte sich vor, die Wange ein paar Zentimeter von ihrer entfernt, während er flüsterte: „Du hast was vergessen."

„Ach?"

Ihr Körper neigte sich sichtlich seinem entgegen, offenbar aus eigenem Antrieb. Er wusste, es wäre nur eine winzige

Bewegung nötig gewesen, um sie wieder in den Armen zu halten, wo sie so eindeutig hingehörte. Aber er stand vollkommen still, berührte sie nicht. *Ich habe eine verdammte Medaille verdient,* dachte er. Dann griff er in seine Tasche, zog das Höschen hervor und drückte es ihr in die Hände. „Sosehr ich es zu schätzen weiß, dass du es mir dagelassen hast, vermute ich doch, dass es unangemessen wäre, es zu behalten."

„Waaa…?" Sie warf einen Blick auf das Stoffstück in ihren Händen und keuchte leise auf, während sie es hinter dem Rücken verbarg. „Wo hast du das gefunden? Hat mein *Dad* es da draußen gesehen?"

Er lachte leise, starrte in ihre aufgerissenen blauen Augen hinab. „Nein, ich habe es unter dem Jeep hervorlugen sehen. Ich hatte es bereits aufgehoben, als er ankam."

„Oh, zum Teufel. Natürlich warst *du* derjenige, der es gefunden hat. Einfach perfekt." Sie schloss fest die Augen und schüttelte den Kopf, als könne sie so den Augenblick aus ihrem Gedächtnis löschen.

„Abs?" Er wartete ab, bis sie die Augen öffnete und ihn anschaute. Er schob ihr eine Haarsträhne hinters Ohr. „Wie ich vorhin schon gesagt habe, ist das nichts, was ich nicht schon gesehen hätte. Du hattest schon immer eine Vorliebe für Spitze."

„Nur dass dein Blick inzwischen nichts mehr bei meinen Höschen verloren hat", sagte sie, die Augen sanft, während sie ihn von oben bis unten musterte.

„Das stimmt wohl. Aber es tut mir nicht leid." Sie starrten einander einen Augenblick lang an, und es funkte zwischen ihnen so sehr, dass man damit eine ganze Stadt mit Strom hätte versorgen können. Clays Inneres war ein Bündel aus Nerven, Spannung und reinem Verlangen. Wem machte er denn etwas vor? Es war, als würde man einem Feuer Luft zufächeln, wenn er in ihrer Nähe war. Es fachte nur ein Verlangen an, das niemals ganz verschwunden war.

„Clay?", sagte sie.

„Ja, Abs." Er strich ihr mit dem Daumen über den Wangenknochen.

„Ich habe einen Freund … so in etwa zumindest. Und wie ich zuletzt gehört habe, hast du eine Frau. Ich glaube nicht, dass das … was immer es ist, eine gute Idee ist." Sie schluckte und schaute zur Seite.

„Klar." Clay ließ die Hand sinken und zog sich zur offenen Tür zurück. „Nur zur Info, ich bin frisch geschieden. Aber verstanden. Gute Nacht, Abigail."

Sie begegnete seinem Blick, und ihm leuchteten Verwirrung und Bedauern entgegen. „Gute Nacht, Clay."

„Wow, ist es hier drin *heiß* oder was?" Faith fächelte sich kühle Luft zu, während sie ans Fenster von Abbys Zimmer trat und Clays Jeep nachsah, der über die Auffahrt verschwand.

„Hör auf." Abby ließ das rote Spitzenhöschen in die oberste Schublade ihres Schreibtisches fallen. „Hier ist nichts."

„Lügnerin." Faith starrte ihre Schwester an, forderte sie im Grunde heraus, es zu leugnen.

Abby drückte die Lippen zu einem dünnen Strich zusammen. „Gut. Offensichtlich ist da was, aber das ist nichts anderes als Schnee von vorgestern. Er hat sich *gerade* scheiden lassen, um der Göttin willen."

„Das ist schon ein gutes Jahr her, Abs. Wenn das deine Ausrede ist, dann taugt sie nichts." Faith drehte sich die Haare auf dem Kopf zu einem Knoten zusammen und ließ sich auf Abbys Bett fallen. „Er ist so verfügbar, wie es nur geht."

„Du vergisst, dass er ein Kind hat, und ich habe Logan." Abby öffnete ihre Schranktür und stellte ihre kniehohen Stiefel gleich neben ihre Schnürhalbstiefel aus rotem Leder. Es war Herbst an der Küste Nordkaliforniens, und sie war vorbereitet.

„Logan? Ernsthaft, Abs? Ich dachte, du sagtest, ihr hättet 'ne Pause ... mal wieder."

„Haben wir auch. Oder hatten wir. Er hat mir gerade am Telefon gesagt, dass er das für einen Fehler hält."

„Und was ist mit dir? Hältst du es für einen Fehler? Was hast du gesagt?", fragte Faith.

„Ich weiß nicht. Vielleicht? Ich habe nichts gesagt. Es ist im Moment zu viel zu verarbeiten."

Faith machte ein missbilligendes Geräusch. „In diesem Fall hast du eigentlich keinen Logan. Er hat sich von dir getrennt, aber du musst ihn nicht zurücknehmen. Ernsthaft, Abby, du würdest Clay für diesen Typen stehenlassen?"

Abby richtete sich auf und drehte sich zu ihrer Schwester um. „Was ist verkehrt an Logan?"

Faith verschränkte die Arme vor der Brust. „Außer, dass er ein unverantwortliches, verzogenes Baby mit einem goldenen Löffel im Mund ist?"

„Faith!" Abby verzog das Gesicht. „Sei nicht so voreingenommen. Außerdem ist er nicht unverantwortlich. Er arbeitet schwer."

Faith kniff die Augen zusammen, und der angeekelte Ausdruck auf ihrem Gesicht war etwas, das Abby nur selten bei ihr sah. „Du meinst, du arbeitest schwer, und er heimst Lorbeeren dafür ein."

„Das stimmt nicht. Er –"

„Es stimmt. Ich war da, weißt du noch? Ich habe mich hingesetzt und mir auf die Zunge gebissen, während du seine Galerie am Laufen gehalten, all seine Werbeaktionen durchgeführt und ihm einen Freundschaftspreis für deine Seifen gemacht hast, damit er sich noch etwas länger halten konnte. Diese Galerie blieb so lange auf, weil du dir den Arsch aufgerissen hast, während er hinten saß und immer wieder dasselbe malte."

Abby starrte ihre Schwester mit offenem Mund an und unterdrückte die Selbstgerechtigkeit, die in ihr hochkochte und ihr sagte, dass Faith all das aussprach, was Abby immer gedacht, aber niemals zur Sprache gebracht hatte. Stattdessen schüttelte sie den Kopf und verteidigte ihn. „Diese Kunst hat sich gut verkauft, Faith. Er versuchte nur, den Bedarf zu decken. Es ist schwer, von einer Galerie im French Quarter zu leben."

„Wovon redest du? Er hatte ein ganzes Zimmer voll mit diesen Gemälden, Abs." Ihre Schwester schüttelte den Kopf. „Was hat er gemacht? Vorräte für die nächsten fünf Jahre angelegt?"

„Nein, hat er nicht. Das ist irre. Wir hatten immer zu wenige von diesen Gemälden."

„Ich bin nicht irre, Abby. Wenn du nächstes Mal mit ihm redest, frag ihn, was er in diesem Vorratsraum aufbewahrt hat, der immer abgeschlossen war, ganz hinten. Dein Gemälde von den Hexen des French Quarters hing an der Tür."

Abby öffnete den Mund, um die Behauptungen ihrer Schwester zu leugnen, schloss ihn aber gleich wieder. Warum sollte ihre Schwester über so etwas Lügen erzählen? Sie wusste, dass Faith nicht Logans größter Fan war, aber sie war nicht der Typ, der sich Dinge ausdachte, nur damit ihre Schwester sich von jemandem trennte. „Du hast gesehen, was in diesem Raum war?"

Die Wangen ihrer Schwester röteten sich, und sie lächelte Abby entschuldigend an. „Ich habe vielleicht so irgendwie das Schloss geknackt."

„Echt jetzt? Wie?"

Sie lachte. „Ich habe vielleicht meine Magie eingesetzt."

„Was hast du gemacht, einen Eisschlüssel?", fragte Abby aus reiner Neugier. Ihre Schwester war eine Wasserhexe. Es faszinierte sie immer, wie anders ihre jeweiligen Kräfte waren. Im Fall von Faith konnte sie Wasser auf verschiedene Arten manipulieren. Bedeutsam war dabei vor allem die Verwandlung von Wasser in Eis.

„Ja. Aber da unten ist es so verdammt feucht, es war verflixt schwer, ihn am Schmelzen zu hindern." Ein Ausdruck des Stolzes glitt über ihr Gesicht, als sie eine Geste machte, als würde sie sich die Nägel polieren. „Aber ich habe es letztlich geschafft."

„Natürlich." Abby musste zugeben, dass sie immer neugierig gewesen war, was sich in diesem Raum befand, aber Logan hatte gesagt, es wäre nur ein bisschen Überschuss. Wenn er mit seinen Gemälden gefüllt war, war das wohl keine Lüge. „Es gibt da was, das ich nicht verstehe. Warum warst du so neugierig darauf zu sehen, was in diesem Raum war?"

„Ich habe ihn am Tag meiner Ankunft, als ich nach dir gesucht habe, ein paar seiner Gemälde dort verstauen sehen. Er benahm sich seltsam und schlug die Tür zu, so dass ich nicht sehen konnte, was sonst noch drin war. Ich wusste, ich hätte es bleiben lassen sollen, aber ernsthaft, Abs, ich habe ihm einfach nicht vertraut. Ich wusste, dass er dein Freund ist, und ich lag vielleicht völlig daneben, aber ich wollte dich schützen. Es tut mir leid. Ich weiß, dass es nicht richtig ist, sich rumzuschleichen, aber ich bedauere es nicht. Jetzt weiß ich, dass er nicht der Richtige für dich ist."

Logans Stimme erklang in ihrem Kopf. *Ich liebe dich, Abs.* War das erst vor wenigen Stunden gewesen? Und hatte er das wirklich ernst gemeint? Wie konnte er sie lieben, wenn er sie monatelang angelogen hatte? „Warum hast du das nicht früher gesagt?"

Faith zuckte mit den Schultern. „Ich hab's versucht, doch er war immer da. Aber als ich nach Hause kam und erfahren habe, dass die Galerie schließen würde, tat mir der Typ einfach nur leid. Ich schätze, ich hätte mich mehr ins Zeug legen sollen, aber was hätte es damals wirklich für eine Rolle gespielt? Ihr beide hattet Beziehungspause, und die Galerie war schon verloren, darum musstest du dich damit nicht mehr auseinandersetzen."

Wenn er sie wegen seiner Gemälde angelogen hatte, womit hatte er sie dann noch angelogen? Oder war einfach sein Ego zu zerbrechlich gewesen, um zuzugeben, dass Leute keine hunderte von Dollar für seine Kunst lockermachen wollten? Ihr Magen fing an zu schmerzen, und sie drückte sich die Handfläche auf den Bauch und sehnte sich plötzlich nach dem Beruhigungstrank ihrer Mutter.

„Geht's dir gut?", fragte Faith.

„Ja. Bin nur fassungslos. Und verraten."

„O nein, Abby. Das tut mir so leid." Faith sprang vom Bett und schlang ihr einen Arm um die Schultern. „Ich hätte niemals so herumschnüffeln sollen. Das letzte, was ich wollte, war dein Vertrauen in –"

„Faith", schnitt Abby ihr das Wort ab. „Nicht von dir verraten. Von Logan. Er hat mich angelogen … monatelang. Danke, dass du es mir gesagt hast. Da habe ich wohl was, worüber ich nachdenken muss."

„Es tut mir leid, dass ich nicht schon eher was gesagt habe. Ich hätte es tun sollen. Du hast es verdient, das zu wissen."

„Mach dir deswegen keine Sorgen." Abby setzte ein Lächeln auf. „Ich schätze, es ist für mich Zeit, diese Pause permanent zu machen."

Faith umarmte sie, und als sie sich zurückzog, lächelte sie Abby durchtrieben an. „Nachdem du das getan hast, vergiss nicht, dass es in der Stadt einen heißen Dad gibt, der dich unbedingt in diesem roten Höschen sehen möchte."

Abby riss die Augen auf. „Hast du uns nachspioniert?"

„Nicht absichtlich", sagte Faith lachend. „Aber womöglich habe ich das Ende der Unterhaltung mitbekommen."

Abby schlug nach ihrer Schwester. „Du bist eine Stalkerin."

„Von irgendwoher muss ich mir doch meine Aufreger holen." Faith grinste, schlang einen Arm um den ihrer Schwester und zerrte sie zur Tür. „Komm mit. Yvette hat was zu essen im Ofen."

„WENN WIR DIE Ernte bis morgen früh behandelt kriegen, kommen wir vermutlich mit einem blauen Auge davon", sagte Lincoln Townsend, der einen Blick über die Schulter warf, während er durch die Hintertür trat. Während des ganzen Abendessens hatte ihm etwas auf der Seele gelegen, und ehe Yvette das Dessert hatte auftragen können, hatte er Isaac gebeten, einen weiteren Blick auf die Südseite des Obsthains zu werfen. Sie waren nur zwanzig Minuten weggewesen, aber wenn man nach den Anmerkungen ihres Vaters ging, war er zu einem Entschluss gekommen.

Isaac zog seine schlammverschmierten Stiefel aus und folgte seinem Schwiegervater in die Küche. „Solange wir damit nicht länger warten. Wir wollen nicht riskieren, die ganze Ernte zu verlieren."

„Stimmt was nicht draußen im Obsthain?", fragte Abigail von ihrem Platz am Tresen aus.

Isaac schaute in ihre Richtung und nickte. „Pilzbefall." Der hochgewachsene Mann wandte sich an ihren Vater. „Rufst du Clay an, oder soll ich das für dich übernehmen? Wenn wir ihn früh genug erwischen, schafft er es vielleicht, damit es gleich morgen früh bereitsteht."

„Clay?", entfuhr es Abby, deren Körper immer noch von ihrem Austausch am frühen Abend erhitzt war. „Du willst ihn anrufen? Warum?"

Ihr Vater tätschelte ihr mitfühlend den Arm. „Der halbe Obsthain hat Pilzbefall, und wenn wir die Bäume nicht sofort behandeln, ist womöglich die Ernte im Eimer. Clay ist unsere ansässige Erdhexe. Es ist schade, dass wir nicht schon vorhin Bescheid wussten, als er hier war."

„Und du willst, dass er den Trank herstellt?", fragte sie, obwohl sie die Antwort bereits kannte. Natürlich wollten sie das. Hatte ihr Vater nicht gerade gesagt, dass er die ansässige Erdhexe war? „Was ist mit Tally passiert? Ist sie im Ruhestand oder was?"

„Ja. Seit etwa sechs Monaten", bestätigte ihr Dad.

„Und sie ist mit ihrem neuen Mann nach Scottsdale gezogen", sagte Isaac mit einem Kichern.

Abby hob fragend die Augenbrauen. „Das ist warum witzig?"

„Er ist neunzehn Jahre jünger als sie und hat keine Spur von Magie. Es ist recht offensichtlich, warum sie sich ihn ausgesucht hat. Yvette hat sie erwischt, wie sie zwischen den Regalen ihres Buchladens rumgemacht haben. Er hatte die Hand unten in –"

„Das reicht", sagte Lin milde.

Abby lachte. „Schön für sie."

„Findest du nicht, dass das ein bisschen skandalös ist?", fragte Isaac, der sich nicht die Mühe machte, seine Ablehnung zu verbergen.

„Vielleicht. Aber wen kümmert's? Wenn beide glücklich sind, nur zu."

Isaac gab ein leises Schnauben von sich. „Es ist einfach nicht richtig, wenn man mich fragt."

„Habe ich nicht", sagte Abby freundlich und verzichtete darauf, vor ihm die Augen zu verdrehen. *Was für ein Arsch,* dachte sie und änderte das Thema. „Musst du nicht jemanden anrufen?"

„Stimmt. Hoffen wir, dass Clay heute Abend nichts vorhat."

Beim Gedanken, dass Clay ein Date mit einer anderen haben könnte, drehte sich Abby der Magen um, und plötzlich fühlte sie sich, als wäre sie wieder zwanzig und litte an gebrochenem Herzen, als sie erfuhr, dass Clay weggelaufen war und eine aufstrebende Schauspielerin geheiratet hatte.

„Oder du könntest ihm eine Pause gönnen und Abby die Behandlung machen lassen", sagte Noel, die aus dem Nichts auftauchte. Sie hatte beim Abendessen lediglich ein paar Worte gesagt, und keines davon war an Abby gerichtet gewesen. „Sie würde dafür nicht lange brauchen."

„Du weißt, dass ich das nicht kann, Noel", erwiderte Abby mechanisch.

„Du meinst, du willst nicht", warf ihre Schwester ihr vor. „Und dennoch tränkst du deine Lotionen und Spezialseifen mit Magie und verschacherst sie tagtäglich an nichtsahnende Touristen. Sind wir etwa ein wenig scheinheilig?"

„Noel", sagte ihr Vater, und sein Tonfall war plötzlich matt. „Lass deine Schwester in Ruhe."

Noel warf Abby einen vernichtenden Blick zu, dann machte sie auf dem Absatz kehrt und verließ das Zimmer.

Abigail fummelte am Saum ihres Sweaters, wurde abermals von Schuldgefühlen und Nervosität zerfressen. „Es tut mir leid, Dad. Ich weiß, dass der Behandlungstrank keine große

Sache ist, ich bin nur …" Sie ließ die Worte verklingen, weil sie nicht wusste, wie sie erklären sollte, dass sie unfähig war, ihre Magie für irgendwas anderes als ihre Seifen und Lotionen zu verwenden.

„Es gibt nichts zu entschuldigen", sagte ihr Vater, der ihr einen Arm um die Schulter legte und sie an sich zog. „Deine Schwester versteht das einfach nicht. Sie wird es schon einsehen … früher oder später."

Abby nickte, dankbar für den Trost ihres Vaters, aber sie wusste, dass es leere Worte waren. Noel würde es nie verstehen. Es war ein Jahrzehnt her, seit sie ihren letzten Zauber in Keating Hollow gewirkt hatte. Wenn Noel es bis jetzt nicht eingesehen hatte, würde sie das auch nicht mehr.

„Ich werde mit ihr reden", sagte Faith, die Noel bereits ins Nebenzimmer folgte.

„Faith –", begann Abby, aber ihre Schwester tat es ab.

„Jemand muss sie zur Vernunft bringen", rief Faith über die Schulter, als sie im Gang verschwand.

Abbys Blick traf quer durch die Küche auf den von Yvette. Mit einem Kopfschütteln legte diese nahe, dass Faiths Mission vergeblich sein würde. Abby seufzte, glitt vom Hocker und begab sich ins Wohnzimmer, um Zeit mit ihrer Nichte zu verbringen.

ABBY LAG in ihrem Bett und starrte hundemüde an die Decke, aber sie konnte nicht schlafen. Nach dem Treffen mit Clay und den Enthüllungen ihrer Schwester über Logan rasten ihre Gedanken. Sie war noch nicht einmal vierundzwanzig Stunden zu Hause, und ihr Leben stand bereits auf dem Kopf. Es war nicht zu leugnen, dass sie von Clay angezogen wurde, und so war es schon immer gewesen, seit sie denken konnte. Sie hatte einfach nicht gemerkt, dass die Anziehung selbst nach zehn Jahren nicht nachgelassen hatte … kein bisschen. Und das war beunruhigend.

Ganz gleich, welche Probleme zwischen ihr und Logan bestanden, sie hatte immer noch eine Art Beziehung zu ihm. War eine Pause eine offizielle Trennung? Sie war sich nicht sicher, besonders nach dem letzten Gespräch, das sie mit ihm geführt hatte. Aber sie war es ihm und sich selbst schuldig, herauszufinden, was sie wollte, und zwar schnell, besonders, wenn sie anfing, Tagträume von einem anderen zu haben.

Aufgeregt stieß sie die Laken von sich, legte sich ihren Bademantel um und ging durch den Flur in die Küche. Weiches Licht fiel von der Küche in den Flur, und als Abby um die Ecke kam, bogen sich ihre Lippen zu einem leichten Lächeln, da sie ihren Vater am Tresen sitzen sah, zwei Tassen vor sich.

„Ich dachte mir schon, dass ich dich heute Nacht treffen würde." Er schob eine der Tassen vor und bedeutete damit, dass sie für Abby bestimmt war.

Abby nahm neben ihm Platz und bemerkte, dass auch er seinen Bademantel trug und dazu nicht zusammenpassende Socken angezogen hatte. Sie kicherte. „Immer noch farbenblind, wie ich sehe."

Er warf einen Blick an seinem Bademantel hinab. „Was? Der ist kariert. Wie kann man damit falsch liegen?"

Sie deutete auf seine Füße. „Es sind deine Socken. Eine ist lila und die andere hat Grüntöne."

Er warf einen Blick nach unten und grinste. „Das wusste ich. Wollte dich nur testen."

„Klar." Abby hob die Tasse an die Lippen und nippte. „Woher hast du es gewusst?"

„Was gewusst?", fragte er. „Von dem Pilzbefall?"

„Nein. Dass ich nicht würde schlafen können."

Ihr Vater griff nach vorne und legte seine Hand auf ihre. „Als Vater weiß man das einfach."

„Ist doch eher so, dass eine Erdhexe es erkennt, wenn eine andere Erdhexe etwas unruhig ist", kam Abby gleich zum Punkt.

Er lachte leise. „Das auch. Ich konnte dich immer besser einschätzen als deine Schwestern."

„Zu meinem großen Missfallen", sagte Abby mit einem neckenden Unterton. „Du hast mich nie mit irgendwas durchkommen lassen."

Ihr Vater nahm einen langen Schluck Kakao und nickte zustimmend. „Hat dir auch ein- oder zweimal Ärger erspart, wenn ich mich recht entsinne."

„Du hast mich eher in meinem Zimmer eingeschlossen, während Yvette und Noel fröhlich herumgehext haben."

„Arme Abby. Aber ich erinnere mich irgendwie, dass du diejenige warst, die nie Hausarrest bekam und sehr viel mehr Freilauf hatte, solange du nicht versucht hast, deinen alten Papa hinters Licht zu führen. Darum glaube ich nicht, dass du zu sehr gelitten hast."

„Da hast du mich erwischt." Sie drückte ihrem Vater die Finger, während in ihr die Liebe zu dem Mann hochwogte, der sie großgezogen hatte. Gefühle stiegen auf, und sie zwang sie wieder zurück, weil sie den Gedanken an seine Krebs-Diagnose keinesfalls zulassen wollte. Sie war hier, um Zeit mit ihm zu verbringen, um da zu sein, wenn er sie brauchte, nicht um zusammenzubrechen und sich auf ihn zu stützen.

„Es wird schon gut werden, kleine Abby", sagte er leise.

„Natürlich wird es das." Ihr Tonfall war zu fröhlich, zu

optimistisch, und sie war sicher, dass er sie vollkommen durchschaute.

„Sag mir, was dich heute Nacht beschäftigt hat. Ich weiß, dass es nicht dein alter Vater ist. Fühlt sich mehr nach Liebesdingen an."

Sie starrte auf die Tasse vor sich. „Es ist unheimlich, wie du das machst, weißt du."

„Willst du drüber reden? Ist es, weil Clay wieder Zuhause ist?"

Abby stieß einen Seufzer aus. „Ja. Nein. Ich weiß nicht."

„Du bist ihm immer noch wichtig."

Sie warf einen Blick auf ihren Vater, der Mund stand ihr offen. „Hat er dir das erzählt?"

Lin kicherte. „Nein, meine Kleine. Er würde sich vermutlich eher die Zunge abbeißen, bevor er vor mir seine Gefühle eingestehen würde. Aber er ist heute Abend bestimmt nicht hergekommen, um Bierproben abzugeben. Das, meine Liebe, war auf jeden Fall, um dich zu sehen."

Sie hatte es bereits gemutmaßt. Warum sonst hätte er freiwillig ihren ganzen Scheiß rüberfahren sollen? Er wusste, dass ihre Familie ohne viel Aufhebens helfen würde. So waren die Townsends. Wärme breitete sich in ihr aus, nur weil ihr klar wurde, dass Clay sich immer noch um sie kümmerte, obwohl sie ihn vor all den Jahren verlassen hatte.

Lin wandte sich zu ihr, sein Blick musterte ihren. „Oder ist es wegen Logan? Bist du beunruhigt, weil du nicht bei ihm bist?"

Abby stieß ein überraschtes Schnauben aus, dann schlug sie sich die Hand vor den Mund, beschämt von ihrer Reaktion. Er war den Großteil der letzten beiden Jahre ihr Partner gewesen, und sie benahm sich, als würde das nicht mal eine Rolle spielen. „Ähm, das wollte ich nicht."

„Doch, wolltest du." Lins Augen glitzerten vor Erheiterung. „Es ist schon in Ordnung. Du musst nicht so tun, als wäre er die Liebe deines Lebens. Besonders, da er es nicht ist."

„Woher weißt du das? Du hast ihn noch nicht mal kennengelernt." Ihr Vater war ein paar Mal nach New Orleans gekommen, um sie zu besuchen, aber nicht, seit sie mit Logan zusammen war.

„Du vergisst, dass wir eine einzigartige Verbindung haben." Er schenkte ihr wieder dieses wissende Lächeln. „Aber selbst wenn wir die nicht hätten, könnte jeder Idiot erkennen, dass er nicht der eine ist. Tust du mir einen Gefallen?"

„Welchen denn?", fragte sie.

„Gönn dir eine Pause. Du schuldest niemandem was. Nicht Logan. Nicht Clay. Nicht deinen Schwestern. Noch nicht mal mir."

„Dad, das ist nicht –"

Er hob eine Hand. „Familie ist Familie, und ich liebe dich dafür, dass du hergekommen bist. Aber die Wahrheit ist, dass du genauso für dich selbst hier bist wie für mich. Ich meine ernst, was ich gesagt habe. Du schuldest keinem von uns etwas. Und dieser Mann, mit dem du unten in New Orleans zusammen warst? Er kann sich glücklich schätzen, dass du ihm zur Seite gestanden hast, während er sich als Künstler versucht hat. Nicht andersrum."

Abby blinzelte. „Du hast mit Faith gesprochen."

„Ein wenig. Und ich weiß, dass ich den Kerl nie getroffen habe, aber nach allem, was ich gehort habe, verdient er meine talentierte und hübsche Tochter nicht." Er schlang ihr einen Arm um die Schultern und zog sie an sich.

Das Unbehagen in ihrer Brust löste sich auf, und sie lächelte vor sich hin. „Das sagst du über jeden, der mit deinen Töchtern ausgeht."

Er antwortete nicht, sondern hielt sie stattdessen fest, ließ sie seine Liebe aufsaugen. Schließlich sagte er: „Ich liebe dich, meine kleine Abby. Sei dir selbst treu."

„Ich liebe dich auch, Dad." Sie schaute zu ihm auf, ihm in die Augen. „Und danke. Das war genau das, was ich gebraucht habe."

Er küsste sie auf den Kopf. „Jetzt ins Bett mit dir. Dieser alte Mann braucht seinen Schönheitsschlaf."

„Du siehst keinen Tag älter aus als vierzig", sagte sie mit einem Zwinkern.

„Das hört man gerne. Ich werde Clair auf jeden Fall erzählten, dass sie einen tollen Fang gemacht hat." Clair war die Frau, mit der er in den letzten fünfzehn Jahren zusammen gewesen war. Abby hatte immer angenommen, sie würden eines Tages heiraten, aber die beiden waren zufrieden damit, am Freitagabend essen zu gehen und am Sonntagvormittag zu brunchen. Abby war froh, dass ihr Vater jemanden hatte, aber sie war auch traurig, dass ihr Vater die Ehe aufgegeben hatte, nachdem ihre Mutter ihm vor zwanzig Jahren das Herz gebrochen hatte.

„Ich bin sicher, das weiß sie bereits." Abby küsste ihren Vater auf die Wange und schlurfte zurück in ihr Zimmer.

„Abby?"

Sie hielt inne und warf einen Blick über die Schulter. „Ja, Dad?"

„Was du darüber gesagt hast, dass niemand meine Töchter verdient ..."

„Was ist damit?"

„Einen gibt es da schon."

Abby wartete darauf, dass er weitersprach, aber er lächelte einfach, als er von seinem Stuhl aufstand und sich zu seinem Zimmer am anderen Ende des Hauses begab.

„Du belässt das jetzt doch nicht dabei, oder?“, rief sie ihm nach.

Er winkte, ohne sich umzudrehen, und sie hörte, wie er vor sich hin lachte, während sich mit leisem Klicken die Schlafzimmertür schloss.

KAPITEL 8

Der Nebel wogte über die Küstenberge und legte sich über das Tal von Keating Hollow. Clay stand auf der vorderen Veranda der Brauerei, atmete tief ein, ließ sich von der Luft und dem Geruch der Mammutbäume beruhigen. Er hatte in der letzten Nacht nicht gut geschlafen.

Zunächst hatte er Abbys rote Spitze nicht aus seinen Gedanken verbannen können. Als er dann endlich langsam eingenickt war, hatte ihn ein überwältigendes Gefühl der Furcht übermannt. Um drei Uhr nachts saß er stockstarr im Bett, hellwach und mit dem tiefsitzenden Bedürfnis, nach Olive zu sehen. Nur dass sie nicht ein Stück den Gang entlang in ihrem Bett schlummerte. Sie war über tausend Kilometer entfernt bei ihrer Mutter und Gott wusste, wem sonst noch.

Er war niemand, der Instinkte ignorierte, und hatte sofort auf dem Handy seiner Tochter angerufen. Sie war beim vierten Klingeln mit matter, verschlafener Stimme rangegangen. Nachdem sie ihm versichert hatte, dass es ihr gut ging, hatte er ihr sanft gesagt, sie solle wieder schlafen, und dass sie am nächsten Morgen sprechen würden.

Das hatte natürlich einen Anruf um sieben Uhr von Val zur Folge gehabt, die die Gelegenheit ergriffen hatte, ihn mit allen Beleidigungen unter der Sonne zu belegen. Alles, nur weil er sich Sorgen gemacht hatte. Wie hatte er sich jemals mit einer so toxischen Person einlassen können?

Er kannte die Antwort und wollte nicht darauf herumreiten. Nachdem Abby gegangen war, hatte er jemanden gebraucht, irgendwen, der ihm durch den Schmerz half, sie verloren zu haben. Und Val war dagewesen. Schade nur, dass er so lange gebraucht hatte, um festzustellen, dass sie das genaue Gegenteil von dem war, was er wirklich suchte.

„Morgen, Boss", sagte Rhys, sein Assistent, als er an die Eingangstür kam. „Nimmst du dir noch ‘nen Augenblick, bevor hier die Hölle los ist?"

„Hä?"

Rhys legte finster die Stirn in Falten. „Das Hauptstraßen-Festival. Wir veranstalten ein Tasting, schon vergessen?"

„Genau." Clay schüttelte den Kopf. Er hatte es völlig vergessen. Nach den ärgerlichen Telefonaten mit Val und dem Wiedersehen mit Abby war es verwunderlich, dass er sich überhaupt daran erinnert hatte, bei der Arbeit zu erscheinen. „Wir machen uns dann besser ans Werk."

Rhys nickte, und einen Augenblick später folgte Clay ihm ins Pub.

* * *

„WIR BRAUCHEN NOCH ein Fass Karamell-Festbier, und ob man es glaubt oder nicht, Pumpkin Spice ist komplett alle", erklärte Clay Rhys, während er ein weiteres Glas Schoko-Stout aus dem Zapfhahn einschenkte.

„Himmel. Diese Hexen lieben ihren Kürbiskram, oder?",

fragte Rhys, der sich ein paar Flaschen Moon Pale Ale schnappte.

Clay lachte. „Was glaubst du, warum ich es unbedingt machen wollte? Ich schwöre, wir können im Oktober einfach Pumpkin Spice in irgendwas Beliebiges hauen, und es würde sich verkaufen wie geschnitten Brot."

„Solange du es nicht auf meine Süßkartoffel-Fritten schüttest", sagte Yvette schaudernd von ihrem Platz am Ende des Tresens. „Genug ist genug."

„Dein Wunsch ist mir Befehl", bestätigte Clay. „Keine Fritten werden unter meiner Aufsicht gepanscht, außer auf ausdrücklichen Wunsch."

„Gut." Yvette nahm einen großen Schluck von ihrem Schoko-Stout und biss dann von ihrem Burger ab, wobei sie das geschäftige Treiben um sich herum ignorierte.

Die halbe Stadt muss hier sein, dachte Clay, während er die Menge beobachtete, die geduldig auf Proben seines neuen Biers wartete. Bisher waren alle Geschmacksrichtungen ein Hit gewesen. Er war etwas nervös gewesen, als sie das Herbst-Programm eingeführt hatten. Lincoln Townsend braute verdammt gutes Bier, aber er war ein Traditionalist, der lieber klassische Pale Ales, Lager, Porter und Weizenbiere ausgeschenkt hatte. Ehe Clay Braumeister geworden war, hatte von den Keating-Hollow-Bieren nur das Porter so etwas wie ein Aroma gehabt, das auf natürlichem Wege leicht nach Schokolade schmeckte. Zumindest in einem Bereich seines Lebens lief es gut.

Er nahm ein Handtuch, um sich die Stirn abzuwischen, und füllte dann ein weiteres Tablett mit Proben.

„Du hast nicht auf mich gewartet", sagte eine vertraute weibliche Stimme.

Clay riss den Kopf hoch und erblickte Abby, die gleich

neben Yvette Platz nahm. Die beiden Schwestern waren vollkommen gegensätzlich, eine dunkel und eine hell. Aber wie sie beide dasaßen, in genau gleicher Haltung, die Köpfe im selben Winkel geneigt, ließ sich nicht verleugnen, dass sie dieselbe Abstammung hatten.

„Ich habe dir aber was zu essen bestellt", sagte Yvette und gab Sadie, der Teilzeit-Kellnerin der Brauerei, ein Zeichen. „Sie ist hier."

Sadie nickte und verschwand in der Küche. Ein paar Augenblicke später kam sie mit einer dicken Fischsuppe in einer Brotschale und mit einem Haussalat zurück. Sie warf einen Blick hinüber zu Clay. „Ich brauche ein Schoko-Stout, bitte."

„Kommt schon."

Abby versteifte sich leicht, drehte sich aber nicht um, um von ihm Notiz zu nehmen, und er lachte beinahe. Ihr war bestens bewusst, dass er da war, und sie tat alles in ihrer Macht Stehende, um ihn zu ignorieren. Nun, man würde ja sehen. Er trabte am Tresen entlang und stellte sich direkt vor die beiden Schwestern.

„Guten Nachmittag, die Damen." Er grinste sie an. „Faulenzen wir mal wieder?"

Yvette verdrehte die Augen. „Faulenzen, du liebes bisschen. Ich war bei der Arbeit, aber jemand gibt Freibier aus, und offenbar trinken die Leute dieser Stadt lieber Bier als Bücher zu kaufen. Also habe ich nachgegeben und beschlossen, mich mit meiner Schwester zum Mittagessen zu treffen. Wie die Dinge stehen, bin ich mir nicht mal sicher, ob wir heute genug reinkriegen, um Brinns Gehalt zu bezahlen."

Clay erinnerte sich dunkel an die Frau, die Yvette vor ein paar Monaten eingestellt hatte. Sie war eine neue Hexe in der Stadt, eine Cousine von Wanda, wenn er es richtig im Kopf hatte. Eine weitere Lufthexe, dachte er, womit sie perfekt zum Büchersortieren geeignet war. Lufthexen hatten ein Talent dafür, Dinge durch die Luft zu bewegen. „Ich bin mir sicher, die Börsen der Leute werden sich öffnen, wenn sie erst mal genug Bier intus haben."

Abby lachte. „Das hat auf dem Kunstmarkt in New Orleans immer funktioniert."

Clay pflanzte einen Ellbogen auf den Tresen und beugte sich dichter zu ihr, weil er der stets präsenten Anziehung nicht widerstehen konnte. „Und was ist mit dir, Abby? Hast du Pläne, während du in der Stadt bist? Strand? Wandern? Waghalsige Golfmobiltouren mit Wanda?"

„Wenn du es wirklich wissen musst, Clay, klingen all diese Dinge zwar nach einer wunderbaren Urlaubsgestaltung, aber ich werde tatsächlich die meiste Zeit über arbeiten. Ich habe Bestellungen für die Weihnachtssaison, die ich abarbeiten muss."

„Sie übernimmt den Brauschuppen", sagte Yvette, die Lippen zu einem erheiterten Lächeln gekrümmt.

„Echt?" Clay zuckte zurück, wobei er beinahe Sadie umwarf.

„Achtung", sagte die kleine Blondine, die ihn mit beiden Händen zur Ruhe brachte. „Hier hinten wird gearbeitet."

„Tut mir leid", murmelte Clay und wandte sich wieder zu Abby. „Du wirst hier arbeiten? Wie lange? Eine Woche? Zwei?"

Abby neigte den Kopf und musterte ihn. „Warum? Nervt es dich, dass ich da sein werde?"

„Nein!", sagte er zu schnell, mit viel zu hoher Stimme. Zeus und Hades, er benahm sich wie ein Idiot. Er räusperte sich und versuchte es nochmal. „Ich meine, natürlich nicht. Ich habe mich nur gefragt, wie lange der Brauschuppen besetzt sein wird."

„Warum? Wird doch von niemandem genutzt", sagte Yvette, die Augen argwöhnisch zusammengekniffen.

Clay wusste, was sie dachte. Sie dachte, dass er herauszufinden versuchte, wie lange Abby weniger als drei Meter von ihm entfernt arbeiten würde. Aber das war es nicht … zumindest nicht ganz. Er nutzte den Brauschuppen tatsächlich, wenn er an neuen Rezepten arbeitete. Es war Lins ursprüngliches Brauereigebäude gewesen, damals, als er vor über vierzig Jahren das Pub eröffnet hatte. Heute stand das moderne Equipment im Hauptgebäude, was den Schuppen überflüssig machte. Aber er hatte fließendes Wasser, Heizung, einen Herd, und es war dort ruhig, was er immer brauchte, wenn er an einem neuen Rezept arbeitete.

„Ich schätze, ich werde bis über die Feiertage da sein", sagte Abby. „Und ich werde arbeiten müssen, während ich da bin. Falls es also ein Problem für dich ist, dass ich den Schuppen nutze, sollte ich das lieber jetzt als später wissen, damit ich mir etwas anderes suchen kann."

„Nein." Clay schüttelte den Kopf und versuchte, nicht auf die Vorfreude zu achten, der sich in ihm regte. Das Wissen, dass er sie die nächsten drei Monate lang an den meisten Tagen sehen würde, linderte den Stress des letzten Jahres, der an ihm genagt hatte, und er fühlte sich wieder wie ein verdammter Teenager, der einfach unbedingt in der Nähe des hübschen Mädchens sein wollte, an das er die ganze Zeit denken musste. „Es ist überhaupt kein Problem."

Ihre Augen funkelten unter den Lampen, als sie zu ihm auflächelte. „Gut."

„Oh, Himmel, Arsch und Zwirn", sagte Yvette und verdrehte die Augen, „ich bin hier raus, bevor ihr beiden in Flammen aufgeht bei all den Funken, die hier fliegen." Sie stieg von ihrem Hocker, warf ein paar Scheine auf den Tresen und marschierte aus dem Pub.

Abby musterte die Scheine auf dem Tresen. „Bezahlen wir inzwischen für unsere Mahlzeiten?"

Clay schüttelte den Kopf. „Nein. Alle Townsends essen hier umsonst. Das ist Sadies Trinkgeld."

„Ah ja. Natürlich." Abby wühlte in ihrer Tasche und verdoppelte die Scheine, die ihre Schwester dagelassen hatte. Dann hob sie zum Gruß ihr Bier. „Auf die Zusammenarbeit in den nächsten Monaten."

Clay öffnete eine Flasche Porter, stieß mit ihrem Krug an und wiederholte: „Auf die Zusammenarbeit."

Sie schauten sich in die Augen, während jeder einen langen Schluck nahm. Für Clay war es, als wären das Pub, seine Mitarbeiter und alle anderen Gäste verblasst und nur noch Abby übrig – bis er einen Schrei und das Klirren von Glas hörte, das auf dem Fliesenboden zersprang.

Er fuhr hoch, sein Blick schweifte über den vorderen Bereich des Gebäudes. Dann sah er Sadie, die inmitten von vergossenem Bier und einem Haufen Glasscherben auf dem Boden lag. Blut verschmierte ihren linken Arm und tränkte ihr weißes T-Shirt von der Keating Hollow Brewery.

„Sadie!" Abby sprang von ihrem Hocker und kam an die Seite der Frau. Nachdem sie einen Blick auf sie geworfen hatte, rief sie: „Clay, hol den Erste-Hilfe-Koffer und saubere Tücher."

Er schnappte sich einen Stapel frische Geschirrtücher und warf sie ihr zu. Dann rannte er ins Hinterzimmer, um das Erste-Hilfe-Set zu holen. Als er zu Abby an Sadies Seite kam, hatte Abby deren Arm mit ein paar Geschirrtüchern verbunden. Das Blut war bereits durch die beiden Schichten gesickert.

„Vergiss das Set. Sie braucht einen Heiler. Schnell", sagte Abby.

Clay zögerte nicht. Er hob Sadie einfach in seine Arme und begab sich zur Eingangstür. Kurz bevor er die Schwelle überquerte, rief er über die Schulter: „Abby, behalt alles im Blick, bis ich zurück bin."

„Geht klar", hörte er zur Erwiderung. Dann begann er zu laufen.

Die Sonne war schon lange untergegangen, als Abby schließlich die Türen der Keating Hollow Brewery schloss. Sie hatte nichts von Clay gehört oder gesehen, seit er Sadie zum Heiler gebracht hatte, und sie war mehr als nur etwas besorgt. Gut war nur, dass das Pub so stark besucht gewesen war, dass sie keine Zeit gehabt hatte, deswegen sonderlich nervös zu werden.

Sie konnte sich nicht erinnern, dass das Pub jemals so erfolgreich gewesen war. Praktisch jeder, der reinkam, hatte sich als Stammgast erklärt, und es schien, als wären Clays Biersorten ein Volltreffer in der Stadt. Aber was ihr ein Lächeln aufs Gesicht gezaubert hatte, war die Tatsache, dass zwar alle erklärt hatten, wie sehr es ihnen fehlte, täglich ihren Vater zu sehen, aber auch klar gemacht hatten, dass sie die Arbeit, die Clay verrichtete, sehr zu schätzen wussten.

Aus irgendeinem Grund erfüllte sie ihr Lob mit einem Stolz, als würde Clay noch zu ihr gehören.

„Lass es los, Abs", sagte sie sich und machte sich ans Wischen der Böden. Als sie die Fliesen gewischt und zum

Glänzen gebracht hatte, sehnte sich jeder Muskel ihres Körpers nach Entspannung. Aber sie hatte den Truck ihres Vaters noch nicht ausgeladen, was der Grund gewesen war, warum sie überhaupt erst zum Pub gekommen war.

„Sieht gut aus, Abby", sagte Rhys von seinem Platz hinter dem Tresen aus. Zu ihrer großen Erleichterung war er damit einverstanden gewesen zu bleiben und dafür zu sorgen, dass die Küche in Ordnung war. Der Tresen war makellos, die Fässchen wieder aufgefüllt und die Kasse war gemacht. „Fertig?"

„Geh schon mal", sagte sie und winkte ihn hinaus. „Ich muss noch ein paar Sachen erledigen."

Er hob die Augenbrauen. „Was denn? Ich glaube nicht, dass ich das Lokal schon mal so sauber gesehen hatte, seit Yvette es eine Woche übernommen hat, als dein Vater dich in New Orleans besucht hat."

Abby lachte. Das war keine Überraschung. Yvette war die Art Mensch, die nicht zu Bett gehen konnte, bis die Küche makellos geputzt und alles verräumt war. „Ich muss nur noch Zeug aus Dads Truck ausladen."

„Brauchst du Hilfe?", fragte er und kam bereits zu ihr.

„Nein, nein. Du bist stundenlang hier gewesen. Geh nach Hause. Ich krieg das hin." Sie lächelte ihn ermutigend an und ging ihm die Tür aufschließen. „Ruh dich aus. Ich weiß, dass du früh anfängst."

Das Gähnen, das er nicht ganz unterdrücken konnte, war Beweis genug.

„Siehst du? Du bist erschöpft. Los jetzt. Raus mit dir", befahl sie.

„Ich werde nicht warten, dass du mir das ein drittes Mal sagst." Er lächelte sie dankbar an und verschwand in die Nacht.

Abby ging hinüber zum Tresen, füllte ein Glas mit Stout

von der Zapfanlage und sank auf einem der Hocker zusammen. Ihr ganzer Körper entspannte sich vor Erleichterung. Verdammt, seit wann war sie so außer Form? Als sie noch zur Highschool gegangen war, hatte sie viele Abende mit Kellnern verbracht und konnte sich nicht erinnern, sich so erschöpft gefühlt zu haben wie in diesem Augenblick.

Sie rutschte auf dem Hocker zurück und fuhr zusammen, als ihr Hintern vibrierte. In der Hoffnung, dass Clay anrief, schnappte sie sich ihr Telefon, und ihr wurde schwer ums Herz, als sie sah, dass es Logan war. Sie verzog das Gesicht. Das war nicht die Reaktion, die man haben sollte, wenn der Mehr-oder-weniger-Partner anrief.

Nachdem sie sich im Geiste Vorhaltungen gemacht hatte, ging sie ran und sagte fröhlich: „Hey, was geht?"

„Schau in deine Mails", sagte er, in seinem Tonfall lag ein Hauch Spannung.

„Was?" Abby runzelte die Stirn. „Warum?"

„Du wirst niemals glauben, was heute passiert ist. Es ist irre."

„Ok, was ist heute passiert?", fragte sie und unterdrückte ein Gähnen. Ihre Augen wurden feucht, und sie wollte nichts mehr, als im Haus ihres Vaters ins Bett zu gehen und gute, ordentliche zwölf Stunden lang zu schlafen.

„Rate. Los. Du kommst nie drauf."

„Ähm, ich weiß nicht. Du hast ein paar Gemälde verkauft?" Am anderen Ende herrschte Schweigen, und einen Augenblick lang dachte sie, er hätte den Anruf abgebrochen. „Logan? Bist du noch dran?"

Sie hörte, wie er genervt seufzte. „Ja, ich bin dran. Es hat nichts mit meinen Gemälden zu tun."

„Oh." Frustration stieg weit hinten in ihrer Kehle auf, und

sie wollte schreien, nur um sie herauszulassen. Sie kannte diesen Tonfall. Er war nicht nur genervt; er war verärgert, dass sie seine Gemälde erwähnt hatte. Na, verdammt, er war derjenige, der sie hatte raten lassen. Woher sollte sie wissen, was seine großen Neuigkeiten waren? In den ersten eineinhalb Jahren ihrer Beziehung hatte sich alles um Kunst gedreht ... insbesondere um *seine* Kunst. War es da ein Wunder, dass sie vermutete, er hätte einen Erfolg gehabt? „Ähm, du hast einen dicken Deal abgeschlossen?"

„Schon besser, aber darum rufe ich nicht an."

Seine ganze Aufregung war weg, und Abby war klar, dass er ihr übelnahm, ihm den Wind aus den Segeln genommen zu haben. Na, das war verdammt nochmal dumm gelaufen. Sie war keine Gedankenleserin, und es war ja nicht so, als hätte sie irgendwas gesagt, das völlig daneben wäre. „Ich geb's auf", sagte sie und zwang etwas Leichtigkeit in ihren Tonfall. „Was sind die großen Neuigkeiten?"

„Es sollte eine Überraschung sein."

„Ist es immer noch", sagte sie lachend, „da ich eindeutig keine Ahnung habe, was du mir erzählen willst."

„Das ist offensichtlich."

„Was?" Sie zog das Telefon vom Ohr weg und starrte es ungläubig an. Als sie es sich wieder ans Ohr hielt, sagte sie: „Bist du jetzt ernsthaft sauer auf mich, weil ich deine Gedanken nicht lesen kann?"

„Nein, Abigail, ich bin frustriert, weil es nicht so aussieht, als hättest du mir in den letzten sechs Monaten zugehört. Es wäre nett, wenn du meine Entscheidungen einfach unterstützen könntest, anstatt immer meine gescheiterte Kunstgalerie zur Sprache zu bringen."

Entsetzen durchfuhr sie, und plötzlich erinnerte sie sich daran, wie Faith ihr erzählt hatte, dass er Dutzende Gemälde vor ihr versteckt hatte. „Es tut mir leid“, sagte sie mechanisch, obwohl sie kein Wort über die Galerie gesagt hatte. Das spielte kaum eine Rolle, wenn auf der Hand lag, dass er ein ernsthaft verletztes Ego zu beklagen hatte. „Ich werde sie oder deine Kunst nicht wieder erwähnen.“

„Danke.“

Zwischen ihnen hing Schweigen, aber diesmal war Abby entschlossen, auf ihn zu warten. Sie hatte immer noch nicht das Gefühl, dass sie etwas falsch gemacht hatte. Und wenn er ihr seine Neuigkeiten erzählen wollte, würde sie keine Energie mehr darauf verschwenden, sie ihm aus der Nase zu ziehen. Ehrlich, nach der Fahrt durchs Land und ihrem langen Tag voll Arbeit in der Brauerei hatte sie keinen Nerv mehr, sich durch Logans Probleme zu arbeiten.

„Weißt du was, Abby? Ich muss zu einem Meeting. Schau einfach in deine Mails und lass mich wissen, was du denkst.“

„Ok“, sagte sie, aber ihre Antwort traf auf Schweigen, und als sie das Telefon wegnahm, fiel ihr auf, dass der Anruf beendet worden war. Sie schüttelte den Kopf, starrte das Telefon an und sagte: „Arschgesicht.“

„Ärger im Paradies?“, fragte eine tiefe Stimme leise hinter ihr.

Clay.

Er war zurück. Die Anspannung wich aus ihren Schultern, und als sie sich umwandte und in seine besorgten, dunklen Augen schaute, machte sich Frieden in ihrer Seele breit. Die ganze Nervosität, die vom Gespräch mit Logan übrig war, verflog, und sie fühlte sich *richtig* auf eine Art und Weise, wie es sehr lange nicht der Fall gewesen war. Sie wollte nicht nachforschen, was das bedeutete, aber in diesem Augenblick war sie einfach froh, dass sie jemanden vor sich hatte, den sie unbedingt wieder als guten Freund haben wollte.

„Sieht so aus", bestätigte sie und lächelte ihn schwach an. „Ich gewinne wohl keine Freundin-des-Jahres-Preise." Warum hatte sie Freundin gesagt? Sie war sich nicht mal mehr sicher, ob sie das noch war. Verdammt, sie musste die Dinge mit Logan wirklich lieber früher als später regeln, um ihres eigenen Seelenfriedens willen.

„Wenn das nicht so ist, dann bin ich mir sicher, dass dein Arschgesicht nicht ahnt, was für ein Glück er hat."

Ihr Lächeln wurde breiter. „Das ist nett, dass du das sagst. Danke."

Er zuckte mit den Schultern. „Es ist nur die Wahrheit."

„Das weißt du doch gar nicht. Soweit dir bekannt ist, könnte ich dieser Tage die größte Hexe der Welt sein. Was, wenn ich alles Geld aus seiner Börse gestohlen hätte, bevor ich die Stadt verlassen habe?"

„Hast du's getan?"

„Nein."

„Natürlich nicht. Ich wette, du hast ihm den Kühlschrank mit seinem Lieblingskuchen gefüllt und ihm deine berühmte Lasagne im Gefrierfach gelassen."

Sie lachte, und ihr Inneres erwärmte sich in dem Wissen, dass er sie immer noch so gut kannte. „Kommt ran. Selbstgemachtes Karamelleis und Étouffée."

„Siehst du, du bist immer noch dasselbe liebe Mädchen wie vor Jahren, und wenn er das nicht sieht, ist das sein Problem."

Sie schauten einander ein oder zwei Momente lang in die Augen, dann flüsterte Abby: „Danke."

„Gern geschehen."

Abby lächelte ihn dankbar an, dann verzog sie das Gesicht, als ihr der Grund einfiel, warum sie überhaupt erst im Pub gearbeitet hatte. „Wie geht's Sadie?"

„Ihr geht's jetzt besser, nachdem alles genäht wurde. Es

wird ein paar Wochen dauern, bis sie arbeiten kann, aber sie wird wieder.“

„Oh, gut.“ Abby stieß ein erleichtertes Seufzen aus. Dieser Schnitt war hässlich gewesen.

Clay kam zu ihr und bot ihr eine Hand, um ihr vom Hocker zu helfen. „Also, warum bist du noch hier?“

Sobald sie auf den Beinen war, ließ sie seine Hand los und stopfte die Hände in die Taschen. „Ich muss noch den Truck meines Vaters ausladen. Wir waren so beschäftigt, dass wir nicht dazu gekommen sind.“

„Na dann, laden wir ihn aus.“ Er machte sich schon auf den Weg zur Eingangstür, aber Abby bewegte sich nicht.

„Das musst du nicht tun. Du hast das ganze Zeug bereits von meinem Auto zur Garage meines Dads gebracht.“

„Abby, du hast gerade den ganzen Tag mit meiner Arbeit verbracht. Ich denke, ich kann dir beim Ausladen von ein paar Kisten helfen.“ Er sperrte die Tür auf und machte eine Kopfbewegung, damit sie ihm folgte. „Komm schon. Du siehst erschöpft aus. Bringen wir es hinter uns, damit du dich ausruhen kannst.“

Ihre Füße schienen sich von allein in Bewegung zu setzen, und als sie ihn einholte, berührte sie ihn am Arm und sagte: „Danke.“

Seine Hand drückte sich in ihr Kreuz, und mit leiser, barscher Stimme sagte er: „Für dich doch alles, Abs.“

$\mathcal{A}$bby betrat das Haus ihres Vaters mit einem warmen Leuchten in der Brust. Sie konnte sich nicht erinnern, wann sie sich zum letzten Mal so ... leicht gefühlt hatte. Clay war genau die Art Freund, die sie jetzt brauchte – witzig, unterstützend und locker. Es war erstaunlich, dass sie immer noch in ihre tröstliche Freundschaft schlüpfen konnte, sogar nach ihrer gemeinsamen Vergangenheit.

Das Haus war dunkel bis auf ein Licht über dem Herd. Summend machte sich Abby heißen Kakao und setzte sich an den Tresen, wo sie ihren Laptop öffnete. Nachdem sie eine Liste mit ihren letzten Bestellungen ausgedruckt hatte, öffnete sie ihre Mails.

Ihre gute Stimmung verflog augenblicklich, als sie die ungeöffnete Mail von Logan sah. Ein Seufzen entwich ihren Lippen, gerade als sie einen dumpfen Knall, gefolgt von einem Stöhnen, irgendwo in der Nähe des Schlafzimmers ihres Vaters hörte.

„Dad?" Sie sprang vom Hocker und eilte zur Tür ihres Vaters. Sie klopfte und fragte: „He, Dad, alles in Ordnung?"

Angst überkam sie, und sie klopfte erneut.

Ein leises Schlurfen erklang, kurz bevor er die Tür öffnete und sie schwach anlächelte. „Mir geht's gut, Abby. Bin nur über den Schemel gefallen."

Abby blinzelte, dann musterte sie seinen leicht gebeugten Körper und bemerkte die Hand, die auf seinem Bauch lag. „Du siehst nicht gut aus, Dad."

Er schloss die Augen und schüttelte den Kopf. „Nur Erschöpfung und etwas Übelkeit nach der heutigen Behandlung."

„Du hattest heute eine Behandlung?", fragte sie mit entsetzt offenstehendem Mund. „Wieso hast du mir das nicht gesagt? Wieso hat Yvette nichts gesagt? Ich war mit ihr Mittagessen. Himmel, Dad, wer hat dich hingebracht?"

Er verzog das Gesicht und schluckte sichtlich. „Niemand. Bin selbst gefahren."

„Warum?" Abby war ehrlich verwirrt. „Das musst du doch nicht. Wenn ich es gewusst hätte, wäre ich da gewesen. Deswegen bin ich doch überhaupt erst nach Hause gekommen."

„Abby", sagte er, sein Tonfall war heiser vor Erschöpfung. „Ich bin ein erwachsener Mann. Ich kann selbst zum Krankenhaus und wieder zurück fahren, um die Behandlung zu bekommen." Er sog Luft ein und drehte den Kopf weg, während sein Gesicht ungesund grün wurde. „Ich –" Ihr Vater wandte sich ab und rannte in sein Badezimmer. Innerhalb von Sekunden hörte sie das Würgen.

„Oh, Dad", sagte sie tonlos und zog sich in die Küche zurück, wo sie ein paar Cracker und ein Glas Ginger Ale zusammenraffte. Sie hielt inne, um zu ihrem Atelier hinterm Haus zu schauen. Schuldgefühle nagten an ihr. Es hatte eine Zeit gegeben, da hätte sie einen Trank zusammengebraut, um jene Übelkeit zu vertreiben. Aber das war lange her, und sie war aus der Übung. Wenn sie gewusst hätte, dass ihr Vater die Behandlung bereits begonnen hatte, hätte sie einen Heiler gesucht und im Haus einen Vorrat Anti-Übelkeits-Trank angelegt.

Sie hastete zurück in sein Zimmer, stellte die Cracker und das Ginger Ale auf seinem Nachttisch ab und ging auf und ab, während sie auf ihn wartete. Als er schließlich aus dem Bad kam, bemühte sie sich, ihre Sorge zu verbergen, und eilte ihm zur Seite, um ihm zurück ins Bett zu helfen.

Diesmal ließ er den Arm über ihre Schulter gleiten und stützte sich auf sie. „Diese Chemo macht einen wirklich fertig."

„Hier. Geh wieder ins Bett. Ich habe Cracker mitgebracht."

„Danke, Abs", sagte er und stieß einen erleichterten Seufzer aus, als er sich wieder aufs Bett setzte. Er ließ die Cracker liegen und nahm einen Schluck Ginger Ale. Nachdem er das Gesicht verzogen hatte, stellte er das Getränk wieder auf den Nachttisch und nahm die Fernbedienung zur Hand. „Willst du einen Film schauen?"

„Klar, Dad. Wenn du möchtest."

Er schaltete den Fernseher an und zappte weiter, bis er einen John-Wayne-Film fand. Er grinste sie an und klopfte auf die andere Bettseite. „Mach's dir gemütlich. Es läuft ein Marathon."

Abby stöhnte, aber kicherte freundlich. „Ernsthaft? Schon wieder der Duke? Vielleicht solltest du mal was aus diesem Jahrzehnt probieren."

Ihr Vater stützte sich mit zwei Kissen und schüttelte den Kopf. „Etwas Vollkommenes kann man nicht übertreffen, Abs."

Sie schüttelte nur den Kopf und lehnte sich ans Kopfende. Fünf Minuten später war ihr Vater wieder aus dem Bett zu einer zweiten Runde im Bad. Das Geräusch, wie er sich übergab, trieb ihr die Tränen in die Augen.

Warum er? Sie fragte das Universum zum hundertsten Mal, seit ihre Schwester mit den Neuigkeiten von der Diagnose angerufen hatte. Er hatte das nicht verdient. Niemand hatte das, aber Lincoln Townsend erst recht nicht. Ihr Vater war der Fels der Townsend-Familie, die ruhige Hand, die immer für sie alle da gewesen war, bei gebrochenen Herzen und verpatzten Prüfungen und anderen Enttäuschungen ohne eine Mutter, auf die man sich verlassen konnte. Lin hatte die Mädchen allein großziehen müssen, und er hatte es voller Liebe und Anmut getan und sich niemals über sein Schicksal beklagt. Es verging kein Tag, an dem sie sich nicht von ihrem Vater geliebt und wertgeschätzt fühlte.

Das Geräusch des laufenden Wassers riss Abby aus ihren Gedanken, und sie wischte sich rasch die feuchten Augen ab. Sie wollte nicht, dass ihr Vater sie so aufgewühlt sah. Er würde sich nur Sorgen um sie machen, und sie wollte das nicht zur Liste der Dinge hinzufügen, um die er sich sorgen musste. Diesmal war sie hier, um ihm zu helfen, nicht umgekehrt.

Als er schließlich herauskam, war sein Gesicht aschfahl, und er hatte dunkle Augenringe. Er hatte auch die Jeans ausgezogen und trug nun eine Schlafanzughose aus Flanell und ein frisches T-Shirt. Sie schob sich vom Bett und eilte hinüber, um ihm zur Hand zu gehen, aber er winkte ab.

„Es geht schon. Ich muss mich nur hinlegen und ein wenig schlafen", sagte er.

„Klar. Lass mich nur …"

„Ich *sagte*, es geht."

Abby wich zurück, weil sie verstand, dass er es verabscheute, schwach zu wirken. Sie wusste, dass das seine Art war, zu beweisen, dass er das durchstehen konnte, genauso wie er selbst zum Arzt fuhr, ohne daran zu denken, es einer von ihnen zu sagen. Sie wartete, während er sich aufs Bett setzte und noch einen Schluck Ginger Ale nahm. Als die Flüssigkeit seine Lippen benetzte, verzog er wieder das Gesicht.

„Ich kann dir was anderes holen. Wasser? Ich rufe in der Apotheke an und finde raus, ob sie was gegen die Übelkeit haben."

„Ich habe schon Tabletten, Abby", sagte er leise. „Ich habe sie gleich nach der Behandlung genommen. Es hieß, dass auch mit den Pillen Erbrechen nicht ungewöhnlich wäre."

Abby schnaubte. „Wozu dann überhaupt?"

Seine müden Augen begegneten ihren. „Ohne sie würde ich mich wohl die ganze Nacht im Bad auf dem Boden winden, statt hier vor dem Fernseher."

„Verstehe." Abby verschränkte die Arme vor der Brust und verzog das Gesicht. Sie war dankbar, dass er etwas hatte, das ein wenig half, aber war das das Bestmögliche?

Ihr Vater schlüpfte unter die Decke, und ohne auch nur den Fernseher auszuschalten, rollte er sich auf die Seite und schloss die Augen.

Abby atmete lange aus, ließ die Fernbedienung auf dem Nachttisch und löschte das Licht, während sie sagte: „Nacht, Dad. Ich bin da, falls du irgendwas brauchst."

Er zog die Decke höher über die Schulter und sagte: „Weiß ich doch. Gute Nacht."

Abby schloss die Tür hinter sich und ließ endlich die Tränen laufen, die sie in der letzten Stunde zurückgehalten hatte. Ein winziges Schluchzen entwich ihrer Kehle, als sie sich auf die Ledercouch setzte und das Gesicht in den Händen vergrub, während ihre ganze Angst an die Oberfläche gespült wurde.

Es war, als wäre seine Krebs-Diagnose letztlich wirklich geworden. Ihn so krank zu sehen, zu wissen, dass das von der Chemotherapie kam, war ein Schlag in die Magengrube. Sie wusste, dass er für diesen Kampf bereit war, glaubte, dass er den Krebs besiegen und stärker denn je daraus hervorgehen würde. Aber das änderte nichts an der Tatsache, dass das kleine Mädchen in ihr gerade gesehen hatte, wie ihr Held von einem Schurken zurechtgestutzt worden war, den sie nicht für ihn bekämpfen konnte.

Ihr Vater war nicht mehr unbesiegbar, und es tat zu sehr weh, mit dieser Wahrheit konfrontiert zu werden.

Abby stand auf, ging in die Küche und schnappte sich eine Handvoll Taschentücher, um sich das Gesicht sauberzumachen. Nachdem sie ihre Tränen getrocknet hatte, setzte sie sich wieder an ihren Computer und warf einen weiteren Blick auf ihre Mails.

„Ach, zum Teufel", murmelte sie, als sie die E-Mail von Logan sah. Sie war nicht in der Stimmung, sich mit dem zu befassen, womit auch immer er sie überraschen wollte, und wollte sich schon ausloggen, aber die Vorschau der Mail erregte ihre Aufmerksamkeit: *Der Hexenball.*

Sie klickte auf die Nachricht. Dort hieß es: *Bei unserem Meeting heute habe ich den Bürgermeister getroffen. Er war beeindruckt von unserer Vision, den geschlossenen Vergnügungspark neu zu beleben, und er hat darauf bestanden, dass wir mit ihm zum Hexenball von New Orleans gehen. Ich weiß, wie sehr du dort letztes Jahr hin wolltest. Die Tickets waren verdammt teuer, aber du bist es wert, Baby. Du kannst mir danken, indem du dich sexy kleidest. Ich kann es kaum erwarten, dich in ein paar Tagen zu sehen. Wir machen ein langes Wochenende draus. Ich habe dir schon einen Flug gebucht.*

P.S.: Vergiss nicht, mir was zum Anziehen rauszusuchen. Ich habe die ganze Zeit Meetings, bis du herkommst. Du hast doch meine Maße noch, oder?

Es gab einen Anhang mit einem Flugticket auf ihren Namen. Der Flug von San Francisco ging in zwei Tagen, morgens um halb sieben Uhr.

Abby saß auf dem Hocker und starrte auf die E-Mail. Das war ein Witz, oder? War er so stumpfsinnig, dass er ihr ein Ticket kaufen und erwarten würde, dass sie nur ein paar Tage, nachdem sie zu Hause angekommen war, nach New Orleans zurückkehrte? Nachdem sie ihm bereits gesagt hatte, dass ein Aufbruch nach nur zwei *Wochen* in der Stadt sich nicht richtig anfühlte? War er irre? Je länger sie auf die Mail starrte, desto wütender wurde sie. Ihre Emotionen waren bereits strapaziert, nachdem sie gesehen hatte, wie ihr Dad mit den Nachwirkungen seiner Chemotherapie kämpfte. Sie hatte keine Kapazitäten, sich auch nur einen Deut um Logans zerbrechliches Ego zu scheren.

So ein egoistischer Hexenbastard. Diese Tickets waren nicht für sie. Sie waren für ihn, damit er sich an die Stadtbeamten ranwanzen konnte, in der Hoffnung, sich ihre Unterstützung zu sichern. Zweifellos hatte er irgendein Meeting angesetzt, zu dem er sie mitschleppen würde. Selbst wenn er das nicht tat, reichte seine offene Missachtung ihres Bedürfnisses, zu diesem Zeitpunkt in der Nähe ihres Dads zu sein aus, dass sie ihn anbrüllen wollte.

Sie drückte auf Antworten und fing an zu tippen.

Das ist schon ein starkes Stück. Ich hoffe, du hast ein Flugticket mit Rückerstattungsmöglichkeit spendiert, denn ich fliege nirgendwo hin.

P.S.: Beschaff dir verdammt noch mal deine eigenen Klamotten. Ich bin nicht deine Assistentin. Ich bin nicht mal deine Freundin.

Nicht mehr. Such dir jemand anderen zum Manipulieren. Ich bin durch.

Ehe sie innehalten und darüber nachdenken konnte, drückte sie auf Senden und knallte den Laptop zu. Mit schweren Atemzügen stand sie auf und ging auf und ab. Ihr Herz hämmerte an ihren Rippen. Hatte sie tatsächlich gerade eben in einer E-Mail beendet, was auch immer sie gehabt hatten? Sie nickte. Ja, doch, hatte sie. Sie verdiente etwas Besseres. Etwas sehr viel Besseres.

Die Zeit, die sie heute Abend mit Clay verbracht hatte, war erhellend gewesen. Nicht, weil sie sich allzu bewusst war, dass sie noch etwas für ihn empfand, sondern weil er so umsichtig war. Das war das zweite Mal in zwei Tagen, dass er sich bewusst bemüht hatte, ihr zu helfen, ohne im Gegenzug um etwas zu bitten. Und die Sache war die: So war er schon immer gewesen. Er hatte sich nie benommen, als wären seine Ziele, sein Job oder seine Bedürfnisse wichtiger als ihre. Ihre kurze Zeit mit ihm vorhin hatte ihr in Erinnerung gerufen, wie es sich angefühlt hatte, bei jemandem zu sein, der sich wirklich um jemand anderen als sich selbst kümmerte.

Was immer zwischen ihr und Clay in Zukunft passieren würde oder auch nicht, spielte keine Rolle. Er hatte ihr etwas gezeigt, was sie vergessen hatte, und sie war dankbar.

Ihr Telefon vibrierte. Abby machte eine finstere Miene, als sie Logans Gesicht auf dem Bildschirm aufblitzen sah, und lehnte den Anruf ab. Das Telefon vibrierte erneut.

Sie biss die Zähne zusammen, weil sie wusste, dass er es versuchen würde, bis sie abnahm. *Na, soll er doch,* dachte sie und ignorierte es, während sie sich eine weitere Tasse Kakao machte. Ganz der Alte fuhr Logan unnachgiebig fort, ihr Telefon hochgehen zu lassen. Schließlich holte sie zur Stärkung Luft und ging ran. „Was willst du, Logan?"

„Was zum Teufel, Abigail? Ich habe dir ein tolles Geschenk gekauft, und dann machst du mit mir per Mail Schluss? So revanchierst du dich?"

„Mich revanchieren?", fauchte Abby. „Wofür denn? Dass du mich ignoriert hast, als ich sagte, dass ich für meinen Dad da sein müsse?"

„Ach, komm schon. Deine Schwestern sind da. Du kannst drei Tage lang heimkommen."

Abbys Gesicht wurde heiß, und der Wunsch, loszubrüllen, ließ beinahe ihren Kopf explodieren. Sie hätte es womöglich getan, wenn ihr Vater im Zimmer nebenan nicht zu schlafen versucht hätte. Sie zählte im Geiste bis fünf, dann sagte sie: „Ich bin bereits daheim, Logan. Ich komme nicht zurück nach New Orleans. Du wirst einfach rausfinden müssen, wie du ohne mich weitermachst."

„Was meinst du damit, dass du nicht nach New Orleans zurückkehrst? Natürlich kommst du zurück. Was ist mit meinem Meeting in zwei Wochen?"

Sie schloss die Augen und fragte sich, ob sie eine völlig andere Sprache sprach. War er immer so selbstsüchtig und egoistisch gewesen, oder hatte sich seine Persönlichkeit in den letzten paar Monaten gewandelt? Sie konnte sich nicht vorstellen, dass sie jemanden attraktiv gefunden hatte, der so respektlos war und so gut wie alles ignorierte, was sie sagte. „Logan, hör mir gut zu. Ich komme in nächster Zeit nicht nach New Orleans zurück. Frühestens nach Neujahr, wenn überhaupt. Im Augenblick bin ich hier bei meinem Dad und meinen Schwestern, wo ich hingehöre. Und, nein, ich kann nicht einfach gehen und meine Schwestern mit allem fertig werden lassen. Ich bin genauso sehr für mich hier wie für sie und meinen Dad. Darum … lass es einfach."

Tödliches Schweigen.

Nach einem Augenblick sagte Abby: „Lebwohl, Logan.“

„Abby“, sagte er und zog ihren Namen in die Länge. „Komm schon. Baby. Sei nicht böse. Ich habe einen Fehler gemacht. Es tut mir leid. Ich rufe dich morgen an, und wir können das besprechen.“

„Nein!“, schimpfte sie ins Telefon. „Ruf mich nicht an. Ich bin nicht einfach böse, Logan. Ich bin durch.“

„Aber –“

„Das war's.“ Sie beendete den Anruf, und als er sofort wieder anrief, lehnte sie ab und blockierte seine Nummer.

Eine seltsame Mischung aus Erleichterung und Bedauern strömte über sie hinweg, als das Telefon endlich still war. Es war erledigt. Sie war offiziell frei. Und obwohl eine Last von ihrer Brust glitt, konnte sie nicht verhindern, dass eine neue Woge von Tränen in ihren Augen brannte. Abby blinzelte wild, weil sie sich weigerte, wegen Logan Tränen zu vergießen. Dass sie New Orleans verlassen hatte, hatte ihr nur gezeigt, wie sehr er sie ausgenutzt hatte. Schlussmachen war das Richtige gewesen, und es würde ihr damit besser gehen, aber sie konnte nicht verhindern, dass sie sich ein wenig wie eine Versagerin vorkam. Sie hatte sich sehr bemüht, diese Beziehung am Laufen zu halten. Zu sehr vermutlich. Jetzt musste sie sie einfach loslassen. Es war an der Zeit.

bby stand am Eingang des Bauernmarkts, ein Lächeln umspielte ihre Lippen. Sie hatte die letzten drei Tage damit verbracht, ihren Vater im Auge zu behalten und ihm mit dem Obsthain zu helfen. Das Grundstück hatte sie nur einmal verlassen, um ein paar Bestellungen zu verschicken, die eingegangen waren. Nun waren ihre Vorräte verbraucht, und sie musste ernst damit machen, ihr Inventar wieder aufzustocken, aber nicht, ehe sie den wunderbaren Herbsttag genossen und ein paar Schätze erworben hatte.

Der Markt war voller Künstler und Kleinbauern, und sie konnte es kaum erwarten, bei jedem Stand vorbeizuschauen und sie neu kennenzulernen. Als Kind hatte sie den Markt geliebt. Viele der Künstler waren ihre ersten Mentoren gewesen.

Die Sonne wärmte ihr die Haut, während sie sich rasch zu Miss Maples Stand begab. Die ältere Frau hatte sich ihre grauen Locken auf dem Kopf festgesteckt und trug eine dicke Brille mit Plastikrahmen, ein Korsett und einen Bauernrock. Ihre kniehohen Schnürstiefel perfektionierten den Auftritt.

Abby marschierte an den Stand und wartete geduldig, während Miss Maple ein hübsches kleines Mädchen bezauberte, indem sie mit der Hand über einer Reihe Cupcakes den Guss von Blau in Rosa verwandelte. Abby schätzte das Mädchen nicht älter als acht oder neun.

„Können Sie sie Lila machen?", fragte das kleine Mädchen und klatschte aufgeregt in die Hände, so dass ihre dunklen Locken rund um ihr süßes Gesicht hüpften. „Die Lieblingsfarbe meiner Mama ist Lila."

„Eine anspruchsvolle Kundin." Miss Maple zwinkerte dem Mädchen zu und änderte zwei der Cupcakes in Lila um.

„Jaaaaa." Das Lächeln des Mädchens strahlte zu Miss Maple empor, und Abby fühlte eine Verbundenheit mit ihr. Miss Maple war immer ihr liebster Mensch in der Stadt gewesen, und alles hatte mit einem rosa Cupcake begonnen.

„Los jetzt", drängte Miss Maple. „Nimm dir einen, und einen für deine Mama."

Das Mädchen zögerte einen Augenblick und vibrierte nahezu vor Vorfreude. Dann schob sich ihre Unterlippe zu einem leichten Schmollen vor, und sie kehrte ihre Taschen um. „Ich habe kein Geld."

Miss Maple beugte sich vor und flüsterte: „Dann ist heute dein Glückstag, denn lila Cupcakes gibt's umsonst. Los jetzt. Nimm sie. Einen für dich, einen für deine Mama."

Auf das Gesicht des Mädchens trat ein großes Lächeln, dann schnappte sie sich einen und nahm einen riesigen Bissen, wobei sie sich lila Guss übers ganze Gesicht schmierte.

„Olive!" Eine wunderschöne blonde Frau kam herübergewetzt und schlug dem Mädchen den Cupcake aus der Hand. „Was machst du denn hier bitte?"

Dem Mädchen traten Tränen in die Augen. Sie neigte den Kopf, wobei sie ihre Füße anstarrte.

„Du weißt, dass du das nicht essen kannst. Du hast nächste Woche ein Shooting."

„Miss Maple hat ihn mir geschenkt", sagte das Mädchen mit vor Tränen bebender Stimme.

„Na, Miss Maple ist nicht diejenige, die sich darum kümmern muss, dass du noch in das Kleid passt, dass ich dir gerade gekauft habe, oder nicht?" Die Frau schnappte sich eine Handvoll Servietten und schob sie dem Mädchen in die Hände. „Mach dich sauber, Olive. Wenn diese Lebensmittelfarbe deine Wange färbt, wer weiß, wie lange das dann nicht rausgeht. Wir können es uns nicht leisten, dein nächstes Shooting zu vermasseln."

Die Frau machte auf dem Absatz kehrt und marschierte davon. Dann drehte sie sich um und warf noch einen Blick auf ihre Tochter. „Nachdem du dich sauber gemacht hast, komm zu mir ans Auto. Dein Vater wartet."

Abby blieb der Mund offen stehen, während sie zusah, wie die Frau in der Menge verschwand, und sie trat einen Schritt vor, die Hände locker auf den Schultern des Mädchens, als sie in die Hocke ging. „Brauchst du Hilfe, Kleine?"

Sie schüttelte den Kopf, dicke Tränen standen ihr in den großen Augen, während sie tapfer versuchte, nicht zu weinen.

Abby nahm ihr sanft die Tücher aus der Hand und wischte ihr den lila Guss aus dem Gesicht, tupfte ihr die Träne ab, die sie nicht hatte zurückhalten können. Sie lächelte sie sanft an. „Da, schau mal, meine Hübsche, alles ist sauber."

„Abby? Olive?" Clays unverkennbare Stimme kam von hinter ihr.

„Daddy!" Das Mädchen stieß einen Schrei aus und stürzte sich an Abby vorbei.

Abby drehte sich um und fand Olive in Clays Armen, den Kopf an seiner Schulter, während sie sich an ihn klammerte.

„Hey, Süße. Was ist denn los?", fragte er und starrte über ihre Schulter zu Abby. „Wo ist deine Mutter?"

Olive schüttelte den Kopf und klammerte sich noch fester an ihn.

Abby räusperte sich. „Ich glaube, sie wartet im Auto."

Clays Gesicht wurde unbeherrscht. „Sie hat Olive allein gelassen?"

„Sie war nicht allein, Clay", sagte Miss Maple, die sich herüberbeugte, um seine Schulter zu tätscheln. „Abby und ich waren da."

Er blickte von Miss Maple zu Abby und wieder zurück, dann nickte er. „Danke."

Abby stand da, ihr Herz platzte fast vor Zuneigung und Schmerz. Ihn mit seiner Tochter zu sehen, einer Tochter von einer anderen Frau, war ein Schlag in die Magengrube, den sie nicht erwartet hatte. Sie wusste, dass er mit seiner Ex ein Kind gehabt hatte, sie hatte es nur noch nicht gesehen, und Abbys Reaktion war instinktiv. Und nachdem sie nur Augenblicke zuvor mitbekommen hatte, wie die Mutter das Kind behandelte, wollte Abby das kleine Mädchen in die Arme nehmen und vor der bösen Hexe bewahren.

Clay stellte seine Tochter auf die Füße und ging in die Hocke, genau wie Abby vorhin. „Ich habe dich vermisst, Käferchen."

Olives Lippen krümmten sich zu einem angedeuteten Lächeln. „Ich habe dich auch vermisst."

Er nickte und umarmte sie wieder. „Wann seid ihr beiden zurück in die Stadt gekommen?"

„Gestern Abend."

„Gestern Abend?" Seine Augenbrauen hoben sich rasch. „Wo habt ihr übernachtet?"

„Im Book and Stone. Mami sagte, es wäre zu spät, um nach Hause zu fahren."

Clay mahlte mit den Zähnen, eindeutig genervt, aber er sagte nichts. Er nickte nur und nahm sie bei der Hand. „Sagen wir ihr Tschüss, ok?"

Auf Olives Gesicht trat derselbe unbeherrschte Ausdruck, den Clay nur ein paar Augenblicke zuvor gehabt hatte, und sie verschränkte die Arme vor der Brust.

Er kniff die Augen zusammen. „Was ist passiert, Käferchen?"

Ihr Blick ging zu dem lila Cupcake auf dem Boden, aber wieder genau wie ihr Vater sagte sie nichts.

Was für ein Paar, dachte Abby. Versuchen sich gegenseitig vor dem Verhalten von Olives Mutter zu schützen.

„Was ist passiert, Abby?", fragte Clay.

Toll, mich so in Verlegenheit zu bringen, Clay. Abby warf einen Blick zu Miss Maple, dann zurück zu Clay. „Es gab einen Cupcake-Vorfall. Ich glaube, Olives Mama hielt das nicht für eine gute Idee."

Miss Maple schnaubte. „Sie war davon definitiv nicht angetan."

Clays Blick huschte zu dem Cupcake, der noch auf dem Boden lag. Sein Körper spannte sich an, sein Gesicht verzog sich vor Schmerz, nachdem er eindeutig eins und eins zusammengezählt hatte. Er schob Olive eine Locke hinters Ohr. „Was hältst du davon, wenn wir deinen Lieblingskuchen machen, sobald wir heimkommen?"

Olive schüttelte den Kopf. „Ist schon gut, Dad. Ich soll sowieso keine Süßigkeiten essen."

Ihr Ton war so ausdrucks- und gefühllos, dass Abby dabei fast das Herz brach. Ehe ihre Mutter aufgekreuzt war, war

Olive von reiner Freude erfüllt gewesen. Ihre Mutter hatte der Tochter direkt die Lebensfreude ausgesaugt.

Miss Maple schüttelte den Kopf. „Na, da muss ich aber widersprechen, junge Dame. Wo glaubst du denn, dass die Süße hier drinnen herkommt?" Sie drückte sich eine Hand aufs Herz, während sie zu Clay aufsah und zwinkerte. „Ich werde darauf bestehen müssen, dass du zumindest einen Keks nimmst."

Olive zögerte, dann schaute sie zur Bestätigung zu ihrem Dad auf.

„Es ist ok, Schatz. Mach nur", sagte er.

Jenes überbordende Lächeln trat erneut auf ihr Gesicht, und sie griff nach dem Keks. Als ihre Finger die von Miss Maple streiften, flackerte ein winziger Funken Magie über ihre Finger.

Olive kicherte. „Das hat gekitzelt."

Miss Maple winkte Olive näher, dann flüsterte sie ihr etwas ins Ohr.

Olives Kichern wurde zu einem Aufkeuchen, und sie starrte Miss Maple mit aufgerissenen Augen an. „Wirklich?"

Miss Maple nickte. „Wirklich. Genieß es, Olive. Komm mich nächste Woche besuchen, ok?"

„Mach ich." Sie ließ ihre Grübchen aufblitzen und nahm dann die Hand ihres Vaters, während sie einen großen Bissen vom Keks nahm.

„Danke, Miss Maple", sagte Clay und wandte sich dann an Abby. „Dir auch, Abs."

„Ich habe gar nichts gemacht", sagte sie. „Du brauchst mir nicht zu danken."

Er blieb stehen und hielt einen Moment lang ihren Blick. „Doch, hast du. Danke."

Gefühle stiegen in ihr auf und schnürten ihr die Kehle zu.

Sie schluckte und sagte: „Jederzeit, Clay." Sie lächelte Olive an und streckte die Hand aus. „Wir hatten gar nicht die Gelegenheit uns vorzustellen. Ich bin Abby."

„Olive", sagte Clays Tochter mit dem Mund voller Keks und schüttelte Abby rasch die Hand.

„Schön, dich kennenzulernen, Olive. Wir sehen uns."

Olive winkte und zerrte dann an Clays Hand, die Schritte beschwingt, während sie ihn vom Stand wegführte.

Abby sah ihnen hinterher, ihr Herz trauerte allem nach, was hätte sein können, wenn sie vor zehn Jahren in Keating Hollow geblieben wäre.

„Er ist nicht verloren, weißt du?", sagte Miss Maple.

„Was?"

„Clay. Er hat eine Menge durchgemacht, aber du doch auch. Mit der Zeit kommt die Weisheit, aber du musst offen genug sein, um dich da raus zu trauen."

Abby schüttelte den Kopf, in ihrem Inneren brodelte Bedauern. „Ich weiß zu schätzen, was Sie mir sagen wollen, aber es wird dazu nicht kommen. Kann es nicht."

Miss Maple legte den Kopf schief und musterte Abby. „Warum nicht? Kein Weg ist vorbestimmt."

„Weil ich nicht bleiben kann", platzte es aus Abby heraus. Sie wusste bereits, wenn sie etwas mit Clay anfing, würde sie sich wieder Hals über Kopf in ihn verlieben. Ihn abermals verlassen zu müssen, würde sie umbringen. Und jetzt gab es Olive. Clays Situation war plötzlich allzu wirklich geworden. Er hatte eine Tochter, die er ganz offensichtlich vergötterte, und das kleine Mädchen hatte Abbys Herz bereits nach fünf Minuten erobert. Sie konnte sich nicht an sie gewöhnen und dann aus ihrem Leben verschwinden. Aber am wichtigsten war, dass das Clay oder Olive gegenüber nicht fair war.

„Ich verstehe", sagte Miss Maple. „Hast du dich je gefragt, warum du immer wegläufst, Abby?"

„Das muss ich nicht", sagte Abby hitzig.

Miss Maple hob die Augenbrauen. „Bist du dir da sicher?"

„Ich bin mir sicher."

Miss Maple nickte, aber in ihre haselnussbraunen Augen schlich sich Traurigkeit. „Ich verstehe, warum du gegangen bist. Schmerz ist eine mächtige Motivation, aber du kannst ihn nicht für immer wegschließen. Das Weglaufen lässt ihn nicht verschwinden; das sorgt nur dafür, dass er eitert."

Abby wurde am ganzen Körper kalt, als sie sich Charlottes reglosen Körper in ihrem Schuppen ins Gedächtnis rief, wie ihre leblosen Augen ins Nichts starrten. Bei der Erinnerung wurde sie bleich, und sie schüttelte rasch den Kopf. „Ich schließe ihn nicht weg. Es ist immer gleich da." Abby deutete auf ihr Herz. „Darum bitte, ich weiß, dass Sie mir helfen wollen, aber ich laufe nicht weg. Ich will nur überleben."

Miss Maple streckte eine Hand aus. „Abby –"

„Nein." Abby zuckte zurück. „Ich muss gehen. Es war schön, Sie wiederzusehen." Dann drehte sie sich um und rannte vom Markt, Tränen strömten ihr lautlos übers Gesicht.

KAPITEL 12

Olive deutete auf den schnittigen Mercedes-Mietwagen, der am anderen Ende des Parkplatzes stand. „Der ist es."

Natürlich ist er das, dachte Clay. Seine Ex-Frau fand Geschmack an den schöneren Dingen des Lebens, und er hatte die entsprechenden Kreditkarten-Abrechnungen gesehen. Sparen war nicht ihre Stärke. Clay packte die Hand seiner Tochter fester und ging zum Auto.

Val, die auf dem Fahrersitz saß, hob eine Hand und bedeutete ihnen, zu warten. Ihr Mund bewegte sich, und er schätzte, dass sie gerade telefonierte. Ihr Lachen perlte durch das Fenster, und er verdrehte die Augen. Dieses falsche Lachen verfehlte es nie, ihn zu nerven. Er hatte es viel zu oft gehört, wenn sie versuchte, jemandem in ihrem Sinn zu beeinflussen.

„Daddy, schau!", rief Olive ein paar Schritte entfernt. Seine Tochter war in die Knie gegangen und musterte etwas auf dem Boden.

„Was ist da, Liebes?", fragte er und ging zu ihr, sein Ärger trat dabei in den Hintergrund. Olive schaffte es immer, seine Laune zu heben. Sie war neugierig, freundlich und wild genug, um ihn auf Trab zu halten. Das Leben mit ihr würde immer ein Abenteuer sein.

„Es ist ein Penny." Sie setzte sich im Schneidersitz hin, während sie ihn mit zwei Fingern hochhielt. „Ich wette, er ist magisch. Wünsch dir was."

Clay lächelte zu ihr hinab. „Weißt du, ich wette, du hast recht. Aber warum machst du es nicht? Du bist diejenige, die ihn gefunden hat."

Sie strahlte, drückte die Augen fest zu und bewegte die Lippen zu einem lautlosen Wunsch. Er konnte raten, was sie sich wünschte. Es war dasselbe, was sie sie sich immer wünschte – einen Welpen. Clay hatte versucht, bis zu ihrem Geburtstag durchzuhalten, aber der war noch über zwei Monate entfernt. Er war sich nicht sicher, ob er es schaffen würde.

Als Olive die Augen öffnete, glitzerten sie, und sie sagte: „Ich werde sie Endora nennen."

„Aus *Verliebt in eine Hexe?*", fragte Clay. „Ich dachte, du magst *Sabrina* lieber."

„Mochte ich auch, aber Endora bringt mich zum Lachen." Sie zuckte mit den Schultern. „Glaubst du, das Hündchen würde gern blauen Lidschatten tragen?"

„Olive, du kannst einen Hund nicht schminken", sagte Val missbilligend hinter ihnen. „Jetzt auf mit dir. Du machst deine Kleider dreckig."

Clay hielt seiner Tochter eine Hand hin, um ihr aufzuhelfen. Er konnte nicht verhindern, dass ihm auffiel, wie aus seiner verspielten, offenen Tochter ein Trotzkopf geworden war, der seine Mutter nicht anschauen wollte. Er drückte ihr die Hand, unterstützte sie schweigend.

„Sieh dir nur an, was du mit dieser neuen Hose gemacht hast. Olive, wie oft muss ich dir noch sagen, du musst auf deine Sachen aufpassen."

„Es tut mir leid, Mami", sagte Olive, die eher klang, als wäre sie vier oder fünf, und nicht acht.

„Sollte es auch. Ich kann dich nicht zu Bookings mitnehmen, wenn du so aussiehst."

„Wo wir schon dabei sind", sagte Clay und kniff die Augen zusammen, als er seine Ex ansah. „Ich halte es nicht für eine gute Idee, Olive bei weiteren Shootings dabei zu haben, bis sie etwas älter ist."

„Clay." Val schüttelte den Kopf. „Es ist nicht deine Entscheidung, was sie tut, während wir zusammen sind."

„Ist es verdammt nochmal schon", sagte er und schluckte das Verlangen, sie anzubrüllen, hinunter. „Wenn Olive in Hollywood arbeitet, sollten wir das definitiv besprechen." Er warf einen Blick auf seine Tochter. „Willst du mir von dem Shooting erzählen, das du kürzlich hattest?"

Olive zuckte mit den Schultern, sagte aber nichts.

Das war kein gutes Zeichen. Olive hielt sich nie zurück, wenn ihr etwas Spaß machte. Sie erzählte dann in einem überschwänglichen Redeschwall und plante bereits das nächste Mal. Es war offensichtlich, dass Olive kein Fan dieses ominösen Events in Palm Springs war.

„Val?", fragte er. „Was haben du und Olive an den letzten paar Wochenenden gemacht?"

„Ich habe es dir bereits gesagt, Clay. Wir hatten ein Shooting. Einen Werbeclip. Sie wollten, dass Olive ein Geburtstagskind spielt. Ich dachte, das würde Spaß machen. Warum nicht? Und außerdem ist es für sie eine tolle Möglichkeit zum Einstieg. Je mehr sie übers Filmen lernt, desto besser wird sie in der Pilotstaffel sein."

„Pilotstaffel? Jetzt warte mal –"

„Ich muss los, Clay", sagte sie und breitete die Arme für Olive aus. „Umarm mich, Liebling."

Olive tat, worum ihre Mutter gebeten hatte, und obwohl sie Val fest umarmte, kam Clay nicht umhin zu bemerken, wie schnell sie losließ und sich wieder an seine Seite begab, um ihn festzuhalten, als wäre er ihr Rettungsanker.

„Ich sehe dich nächste Woche, Olive. Und vergiss nicht, keine Süßigkeiten."

Olive versteifte sich und hielt sich noch fester an Clay.

„Nächste Woche?", fragte Clay und rieb mit der Hand über Olives Schulter. „Was meinst du damit? Ihre nächsten Schulferien sind erst zur Wintersonnenwende."

„Wir haben ein Vorsprechen, Clay. Ich habe ihr bereits ein Ticket gekauft. Du musst sie nur ins Flugzeug setzen. Ich komme zum LAX und hole sie ab. Es sind nur vier Tage, dann ist sie zurück. Du kannst dir bei den Lehrerinnen ihre Hausaufgaben holen."

Clay blinzelte sie an. Dann schüttelte er den Kopf. „Nein, Val. Ich werde nicht erlauben, dass sie für irgendeinen Hollywood-Traum, den sie nicht mal will, Schultage verpasst."

Val trat einen Schritt vor. „Du weiß nicht, was sie will. Du hast sie nicht mal gefragt. Und ich werde nicht zulassen, dass du ihr ihre Träume wegnimmst, nur weil dir nicht gefällt, dass ich mich für eine Karriere entschieden habe anstatt für dich."

Clay blieb vor Überraschung der Mund offen stehen, als er ihre Worte verarbeitete. Meinte sie das ernst? Der ungehaltenen Miene nach zu urteilen, war es ihr todernst. Er räusperte sich. „Ich denke, es wäre das Beste, wenn wir das später besprechen, nachdem wir beide etwas Zeit hatten, darüber nachzudenken."

„Du kannst so viel besprechen, wie du willst, Clay, aber du hältst deine Tochter nicht davon ab. Für sie öffnen sich Türen, und ich werde nicht zulassen, dass du ihr diese Gelegenheit vermasselst. Setz sie ins Flugzeug. Ich maile dir ihr Ticket."

„Nein." Clay blieb stur. Er würde seine achtjährige Tochter nicht allein in ein Flugzeug setzen.

Val kniff die Augen zusammen. „Doch, das tust du, oder ich verklage dich und hole mir das Sorgerecht."

Wut strömte durch ihn hindurch, während er seine Ex anstarrte. Er wusste, dass sie nicht bluffte, und um ehrlich zu sein, machte ihm das eine Heidenangst. Aber er wusste auch, ohne zu fragen, dass Olive nicht an dem interessiert war, was ihre Mutter ihr aufdrängen wollte, und er würde nicht zulassen, dass Val Olive zu einem Leben zwang, das sie nicht wollte. „Tu, was du tun musst, Val. Wir lassen das von den Anwälten regeln."

„Das wirst du bereuen, Clay." Val schickte ihm einen giftigen Blick, dann ließ sie den Mercedes aufjaulen und raste vom Parkplatz.

„Vermutlich werde ich das", murmelte er, während er das schnittige schwarze Auto um die Ecke verschwinden sah.

„Dad?"

Er warf einen Blick hinab zu Olive. „Ja, Liebes?"

„Ich kann mit Mom gehen, wenn sie will", sagte sie verschüchtert. „Ich kann es nächstes Mal besser machen."

Er kniete sich vor seine Tochter. „Was meinst du damit, ,es nächstes Mal besser machen'?"

Sie seufzte auf und errötete, während sie wegschaute.

„Olive?" Er griff nach oben und drehte sanft ihr Gesicht, damit sie gezwungen war, ihn anzuschauen. „Bitte erzähl mir, was passiert ist."

Tränen sammelten sich in ihren großen braunen Augen, und sie schniefte. „Mom wollte zu einem Vorsprechen gehen, und anstatt bei ihrer stinkenden Nachbarin zu bleiben, bettelte ich darum, dass ich mitdurfte."

„Weil du mitmachen wolltest?", fragte Clay, der herausfinden wollte, wann seine Tochter entschieden hatte, dass Schauspielerei ihre Leidenschaft war.

Olive schüttelte den Kopf. „Ich wollte nicht bei der stinkenden Nachbarin bleiben. In ihrer Wohnung riecht es immer nach fauligem Fisch."

Clay verzog die Nase. „Das kann ich dir nicht übelnehmen."

Sie belohnte ihn mit einem schüchternen Lächeln. „Es war echt langweilig."

„Das wette ich. Wie bist du in dem Shooting gelandet?"

Sie zuckte mit den Schultern. „Sie baten mich zum Vorsprechen, und Mom wollte, dass ich es mache, also habe ich es gemacht. Dann haben sie mich genommen, aber sie nicht." Olive kaute auf ihrer Unterlippe. „Ich glaube, Mom war sauer auf mich."

Er bezweifelte keinen Augenblick, dass das stimmte. Für Val war der Gedanke unvorstellbar, dass jemand, erst recht ihre Tochter, ihr das Rampenlicht raubte. Ihre Eifersucht fraß sie vermutlich innerlich auf. „Mom war wohl einfach enttäuscht, dass ihr nicht beide genommen wurdet, Liebes."

Sie zuckte die Schultern und kaufte ihm den Mist eindeutig nicht ab.

„Hattest du wenigstens Spaß?", fragte er.

„Nein. Es war kalt."

Es war, als wolle man Saft aus einer Rosine pressen, wenn man ihr etwas entlocken wollte. „Ich dachte, ihr wart in Palm Springs. Ist es da gerade nicht warm?"

Sie nickte, ihre Augen verdüsterten sich, während ihre Stimme bebte. „Aber es war nachts im Pool kalt."

Verdammt. Clay wollte auf etwas einschlagen. Sie hatten sie in den Pool steigen lassen. Wie hatte Val zulassen können, dass ihre Tochter das durchmachte? Kein Wunder, dass Olive keinen Spaß gehabt hatte. Sie hatte Angst vor Wasser, seit sie am Strand von einem Felsen gerutscht und von den Wellen runtergedrückt worden war. Clay war gleich dagewesen und war ihr nachgetaucht, um sie zu retten. Aber die Strömung war so stark gewesen, und Olive hatte sich den Kopf am Fels verletzt, so dass sie ohnmächtig geworden war. Seither hatte sie schreckliche Angst. „Das klingt überhaupt nicht spaßig", sagte er und tat sein Bestes, um ihre Angst nicht noch zu verstärken.

Sie schüttelte den Kopf.

„Hör zu, Olive. Du musst mir etwas sagen. Bist du daran interessiert, mit deiner Mom Werbefilme zu drehen? Gefällt dir die Schauspielerei?"

Die Augen seiner Kleinen füllten sich mit Tränen, während sie langsam den Kopf schüttelte.

„Es ist schon gut, Kleines", sagte er sanft. „Du musst das nie wieder tun, wenn du nicht willst."

„Aber M…mom w…wird wütend sein", stotterte sie, ihr kleiner Körper bebte bei jedem Schluchzer.

Er konnte Val nicht verabscheuen. Sie war die Mutter seines Kinds, des Kindes, das der Mittelpunkt seiner Welt war. Aber in diesem Augenblick wünschte er sich, sie würde wieder aus ihrem Leben verschwinden. Sie fügte Olive in beiden Fällen Schaden zu, dessen war er sich sicher, aber zumindest wäre es ihm dann möglich, sein Mädchen vor der Welt zu schützen, in der Val unbedingt leben wollte. „Das kommt schon in Ordnung", sagte er und streichelte ihr übers Haar. „Ich rede mit ihr. Du musst dir um nichts Sorgen machen."

„Muss ich n...nächste Woche z...zurück?" Sie klang so niedergeschlagen, dass es Clay fast das Herz brach. „Ich will h...hierbleiben."

„Nein. Du musst nicht gehen. Du hast Schule, und die ist wichtig." Er hielt sie noch ein paar Minuten lang fest, bis sie sich beruhigt hatte. Dann zog er sich zurück und wischte ihr die Tränen ab, genau wie Abby es vorhin getan hatte, als er sie zusammen gesehen hatte. „Wie wär's, wenn wir zusammen Mittagessen?"

„Können wir danach ein Eis essen?", fragte sie, und ihre Augen leuchteten.

„Hattest du nicht schon einen Keks?", fragte er, obwohl er die Antwort schon kannte.

„Das war kein Nachtisch. Das war ein Glücklichmachkeks."

Er kniff die Augen zusammen. „Was ist ein Glücklichmachkeks?"

Sie grinste und klatschte in die Hände. Plötzlich hielt sie einen Keks mit gelbem Zuckerguss in der Hand, genau wie den, den Miss Maple ihr vorhin gegeben hatte. „Das. Miss Maple sagte, sie wären magisch."

Das waren sie bestimmt. Clay war der Funke Magie nicht entgangen, den Miss Maple seiner Kleinen hatte angedeihen lassen, und nun kannte er ihr Geheimnis. Sie hatte Olive die Fähigkeit gegeben, ihre Kekse beliebig heraufzubeschwören. Er schmunzelte vor sich hin, weil er wusste, dass das Val um den Verstand bringen würde. Er grinste. „Wenn du dich mit Keksen vollstopfst, glaube ich nicht, dass noch Platz für ein Eis ist."

„Nein, du Dummerchen." Sie kicherte und drückte ihm den

Keks in die Hand. „Er ist für dich. Dich soll er glücklich machen."

Er brauchte keinen Keks, wenn ihn seine wunderschöne Tochter anlächelte, aber er biss trotzdem ab und sagte: „Ich war noch nie glücklicher."

KAPITEL 13

Abby saß vor *Charming Herbals* im Truck ihres Vaters, die Hände immer noch am Lenkrad. Sie war erschüttert von der Erinnerung an Charlottes Tod. Es war ein Ereignis, an das sie sich nie zu denken gestattete, und der Grund, warum sie nur selten einen Fuß nach Keating Hollow setzte. Sie wusste, dass Miss Maple nur helfen wollte, aber es war keine Hilfe, die ihr guttat.

Charlottes Tod war nichts, vor dem Abby fortlief. Sie übernahm die volle Verantwortung dafür und würde ewig mit dem leben, was geschehen war, aber sie konnte nicht tagtäglich mit der so präsenten Erinnerung leben. Zumindest nicht dauerhaft. Drei Monate, das war die Abmachung, die sie mit sich getroffen hatte. Sie würde drei Monate bleiben, bis ihr Vater das Gröbste überstanden hatte, und dann würde sie nach New Orleans zurückkehren. Wenn ihr Vater nicht durchs Gröbste durch war, würde sie sich etwas mit dem Auto leicht Erreichbares an der Küste mieten, damit sie da war, wenn er sie brauchte. Aber in Keating Hollow bleiben ... nein. Das stand nicht zur Debatte.

Ein festes Klopfen am Fenster des Trucks riss sie aus ihren Gedanken, und sie stieß ein Keuchen aus und zuckte zusammen. Das Herz schlug ihr bis zum Halse, während sie das Fenster herabließ. „Noel. Hi."

Noel beugte sich herab, ihre roten Haare fielen ihr übers Auge. „Was machst du da, einfach nur rumsitzen?"

„Nur ... ein paar Sekunden durchatmen, bevor ich reingehe." Sie zwang sich zu einem fröhlichen Lächeln. „Holst du ein paar Sachen ab?"

Sie nickte. „Ich werde Dads Zimmer ausräuchern. Es von allen negativen Energien säubern." Ihr Blick glitt über Abby, während sie die Stirn runzelte. „Wo ich schon bei negativer Energie bin, was verdammt nochmal ist mit dir heute los? Deine Aura ist ganz trüb. Du solltest Bree vermutlich um eine Reinigung bitten, bevor du heimkommst und Dad noch mit dem Zeug ansteckst, das du mit dir herumschleppst."

Abby biss die Zähne zusammen, weil sie es verabscheute, dass ihre Schwester vermutlich recht hatte. Sie verabscheute, dass ihre Laune sehr wahrscheinlich auf ihren Vater abfärbte, und sie war wütend, dass sie daran noch nicht gedacht hatte. „Gut. Ich bitte sie darum."

„Gut." Noel zog die Tür auf. „Komm schon. Daisy wartet drinnen."

Abby war nach Lächeln, als von ihrer Nichte die Rede war. „Genau die Richtige, um meine Laune zu heben. Wie geht es meinem Lieblingsmädchen heute?"

Noel ging vor zur Eingangstür des Ladens. „Frag sie selbst."

Die Glocke über der Tür läutete, als Abby den gemütlichen Laden betrat. Lichterketten erhellten die Holzregale an den Wänden, auf denen verschiedene Kräuter, Kristalle und andere Zutaten lagen. Zwei üppige Sofas standen mitten im Laden, auf denen gerne Kunden saßen und die vielen Zauber durchgehen konnten, die Bree bereithielt. Rechts gab es ein kleines Café, das auf stärkende Tees spezialisiert war. Und hinten war ein kleiner Arbeitsbereich, in dem sie verschiedene Kundentränke zusammenstellte.

„Guten Tag, die Damen", sagte Bree hinter dem Kassentresen. Sie wischte sich die Hände an der Schürze ab, die sie über ihrer Jeans und dem T-Shirt trug, und winkte. Eine Strähne dunklen Haars fiel aus ihrem Dutt, und Bree blies sie sich aus dem Gesicht und grinste sie an. „Lasst es mich wissen, wenn ich euch irgendwie behilflich sein kann."

„Machen wir", sagte Noel.

Abby winkte Bree zu, einer Frau, die sie schon ihr ganzes Leben kannte, dann wandte sie ihre Aufmerksamkeit Daisy zu, die sofort herübergelaufen kam.

„Tante!", rief sie und warf sich Abby in die Arme.

Abby lachte und schwang sie im Kreis. „Hey, du. Was machst du hier drin? Lernst du, wie du deine Feinde in Kröten verwandelst?"

Sie kicherte. „Ich mag Schmetterlinge lieber."

„Oh." Abby grinste und stellte sie wieder auf die Füße. „Deine Feinde haben solches Glück."

„Mama zeigt mir später, wie man Kerzen macht." Sie hielt einen Ratgeber hoch. „Sie sagt, sie werden böse Geister abhalten."

„Wow. Das klingt so cool", sagte Abby und warf einen Blick über Daisys Schulter, eine Augenbraue fragend gehoben.

Alpträume, sagte Noel tonlos.

Ein Schmerz bildete sich in Abbys Herz, und sie fragte sich, ob Daisys Alpträume mit dem Verschwinden ihres Vaters zusammenhingen. Daisy war drei gewesen, als er weggegangen und nicht mehr zurückgekehrt war. Daisy war die letzte gewesen, die ihn gesehen hatte. Als Noel nach Hause gekommen war, hatte sie ihre Tochter auf dem Sofa gefunden, wie sie einen Teddy umarmte und weinte. Er hatte ihr gesagt, er würde gleich zurück sein, aber soweit Noel abschätzen konnte, war ihre Tochter über drei Stunden allein zu Hause gewesen.

Abby drückte Noel die Hand. Zu ihrer Überraschung erwiderte ihre Schwester den Händedruck, aber sie ließ Abbys Hand rasch los und sagte: „Wir sind dann drüben und suchen uns Farben für unsere Kerzen aus."

Noel beugte den Kopf zu ihrer Tochter und flüsterte etwas. Daisy grinste und sauste durch den Laden, lachte über das, was ihre Mutter gesagt hatte. Abby sah den beiden zu, ihr Herz von Liebe und auch einem winzigen Hauch Traurigkeit erfüllt. Nachdem sie Clay mit Olive und Noel mit Daisy gesehen hatte, spürte sie allmählich einen Schmerz tief in der Brust. Früher hatte sie immer gedacht, sie und Clay würden in Keating Hollow bleiben, ein paar Jahre nach der Highschool heiraten und schon bald eine Familie haben. In ihrer Vorstellung hatte sie einen Laden für ihre Lotionen hier in der Stadt und war glücklich verheiratet mit zwei Kindern, einem Hund und einem großen Garten. Stattdessen hatte sie nicht mal einen Freund und war nicht sicher, wo sie in drei Monaten wohnen würde. Sie seufzte und nahm sich einen Einkaufskorb.

Sobald Abbys Korb mit frischen Kräutern und Aromen auf Pflanzenbasis gefüllt war, stellte sie ihre Einkäufe auf den Tresen und fragte Bree: „Machst du noch Tränke gegen Übelkeit?"

„Natürlich. Was ist die Ursache?"

Abby verzog das Gesicht. „Für meinen Vater. Nach seinen Behandlungen."

Bree zog die Stirn kraus und warf einen Blick auf Noel. „Sind sie ihm schon ausgegangen?"

„Bitte?", fragte Abby. „Ausgegangen? Er hat nur das, was die Krankenschwester ihm mitgegeben hat."

„Aber –"

„Er hat all ihre Tränke, Abby", sagte Noel, die zu ihnen herüberkam. „Ich habe sie letzte Woche abgeholt, damit er sie zur Hand hat."

„Warum benutzt er sie nicht?", fragte Abby verwirrt. Ihm war zwei volle Tage lang übel gewesen. Sie verstand nicht, warum er beschlossen hatte, diese Nachwirkungen seiner Chemo durchzustehen.

Noel stieß einen Seufzer aus. „Natürlich nutzt er sie, Abby. Sie funktionieren nur nicht so gut, wie wir uns erhofft hatten."

„Chemotherapie ist ein schreckliches Gift, und das aus gutem Grund", sagte Bree. „Ich tue mein Bestes, aber meine Tränke sind nur geeignet, um Symptome zu lindern. Sie beseitigen sie nicht. Und bei manchen Kunden haben sie kaum eine Wirkung. Es tut mir leid, dass sie für deinen Dad nicht besser funktionieren."

„Es ist nicht deine Schuld", sagte Noel, und obwohl sie mit Bree sprach, schaute sie dabei Abby an. „Du hast es *versucht*, und das ist alles, worum wir bitten können."

Abby zuckte zusammen. Die Botschaft war klar und deutlich. Sie hatte nicht einmal versucht, etwas zu machen, das die Schmerzen ihres Vaters lindern würde. Sie starrte ihre Schwester an und fragte: „Warum hast du mir das nicht gesagt?"

„Hätte es einen Unterschied gemacht?", fragte Noel, den Kopf zur Seite geneigt, und musterte Abby.

„Ich hätte zumindest sicherstellen können, dass er sie nimmt", sagte Abby.

„Hat er doch." Noel schüttelte den Kopf und erhob die Stimme. „Kapierst du das nicht? Er hat es dir nicht gesagt, weil er nicht will, dass du dich schuldig fühlst, weil du deinen Arsch nicht ins Atelier bewegst, um die eine Sache zu machen, die er gerade braucht."

„Ich –"

„Spar es dir, Abby. Wir wissen alle, dass du keine Tränke mehr machen *kannst*. Wir haben es tausend Mal gehört. Was ich nicht verstehe, wie kannst du nur mit dir selbst leben, wenn du weißt, dass Dad leidet, obwohl du etwas dagegen tun könntest?"

Eine Last legte sich auf Abbys Brust, während weit hinten in ihren Augen Tränen brannten. Alles in ihr schrie danach, etwas herzustellen, das ihrem Dad half. Aber dann schnürte es ihr im selben Atemzug alles ab, und sie war wie festgefroren.

Noel schloss die Augen und schüttelte den Kopf. „Ich werde dich nie verstehen, Abby."

„Ich hoffe, das brauchst du auch nie", zwang Abby schließlich heraus. „Musst niemals deine Magie in eine Kiste packen und sie wegschließen, weil du Angst vor dem hast, was sie anrichten könnte."

„Weißt du, Abs, wenn du das all die Jahre tatsächlich getan hättest, würde ich es verstehen. Aber wir wissen beide, dass das nicht so ist." Sie drehte Abby den Rücken zu, zückte ihre Börse und reichte Bree ihre Kreditkarte für ihre Kerzen-Utensilien.

Nachdem sie den Beleg unterschrieben hatte, streckte Noel Daisy eine Hand hin und sagte: „Sag Tschüss zu deiner Tante, Daisy."

„Tschüss, Tante." Daisy schlang Abby die Arme um die Taille und drückte sie fest, ehe sie losließ. „Bis später!"

Abby winkte und sah ihnen nach, dann sank sie an den Tresen.

„Alles gut bei dir?", fragte Bree sie.

„Ehrlich gesagt", erwiderte Abby, „habe ich keine Ahnung." Sie schüttelte den Kopf und sah Bree gequält an. „Kannst du zu meinen Sachen eine Energiereinigung, Fenchel, Zimt und Kreuzkümmel hinzufügen? Und ein paar Verbindungskristalle."

„Bist du sicher?", fragte Bree, die genau wusste, wofür Abby die Kräuter wollte.

Abby stieß ein humorloses Lachen aus. „Nein. Überhaupt nicht. Aber du hast meine Schwester gehört. Ich muss es versuchen, oder?"

Bree nickte. „Einen Augenblick, bitte." Sie verschwand in ihrem Vorratsraum, während Abby sich an den Tresen klammerte. Ihre Knöchel wurden weiß bei der Vorstellung, ihrem Vater einen Trank zu machen. Was, wenn sie es wieder vermasselte? Was, wenn der Trank seine Symptome verschlimmerte? Was, wenn er reagierte und … Sie schüttelte heftig den Kopf, weil sie nicht abermals in diese Richtung denken wollte. Diesmal würde es anders sein. Bei ihrem Dad würde es anders sein.

„Hier", sagte Bree und kam zurück zum Tresen. „Ich habe auch etwas Ingwer und Zitronengras hinzugefügt. Wenn nichts funktioniert, überleg dir mal, ihn zur Akkupunktur vorbeizubringen. Ich habe ein paar Spezialnadeln, die vielleicht was hinbiegen können."

„Danke, Bree. Ich weiß das zu schätzen."

„Gern geschehen", sagte sie und legte die Sachen in eine Jutetasche. „Wenn es sonst noch etwas gibt, das ich tun kann, um zu helfen, weißt du ja, wo du mich findest."

Abby bezahlte ihre Sachen, und während ihr das Herz ans Brustbein hämmerte, verließ sie den Laden und machte sich auf zur Brauerei und ihrem neuen Arbeitsatelier.

KAPITEL 14

Das Nachmittagslicht fiel durch die Fenster des kleinen Brauschuppens und schien auf die Kisten an der Wand. Abby stellte ihre Vorräte auf die Edelstahlanrichte und stieß einen langen Atemzug aus. Sie musste sich beruhigen, oder das würde niemals klappen, und sie würde nicht einmal mehr ihre Seifenrezepte richtig hinbekommen.

Ihren Vater, seine Krankheit und den Übelkeitstrank aus ihren Gedanken zu verbannen, war das Einzige, was sie tun konnte, während sie an ihrem Inventar arbeitete,. Dann, sobald sie sich eingearbeitet hatte, würde sie zu dem Gedanken zurückkehren, etwas für ihren Vater herzustellen. Allein schon die Vorstellung ließ ihre Hände beben. Sie knallte ihr Notizbuch auf den Tresen und schüttelte den Kopf.

Nein, sie würde sich nicht von ihrer Nervosität übermannen lassen. Nicht heute. Nicht an diesem Ort, der von der positiven Energie ihres Vaters erfüllt war. Es war, als könne sie ihn im Raum spüren, und das wärmte sie von innen. Sie erinnerte sich an einfachere Tage, an denen sie ihm bei der

Arbeit an seinen Bieren zugesehen hatte, und machte sich daran, ihre Vorräte zu verstauen.

Es dauerte nicht lang, da stand sie vor dem Herd, rührte ihre Seifenmischung und bereitete sich darauf vor, ihre Spezialzutaten hinzuzufügen. Seifensieden war einfach. Das konnte wirklich jeder. Aber Abbys Produkte waren einzigartig, weil sie sie mit Erdelementen anreicherte, die der Haut halfen, weich und jugendlich zu bleiben. Heute arbeitete sie mit Schlüsselblumensamen. Sie hielt sie in der Handfläche, das Gewicht war vertraut und beruhigend für ihre Seele. Das schwache Wispern der Magie, die sie inzwischen so gut manipulieren konnte, prickelte über ihren Fingerspitzen und sank in die Schlüsselblumensamen ein, so dass sie einen Augenblick lang aufleuchteten.

Da. Perfekt. Sie streute sie in den Topf und rührte. Der Fluss der Magie leuchtete in der Seifenmischung auf und erlosch dann, was hieß, dass die Charge fertig war. Summend goss Abby die Seife in die bereitgestellten Formen, stellte sie auf ein tragbares Regal und machte mit der nächsten Charge weiter.

Stunden vergingen, während Abby in ihre Arbeit vertieft war, und als all ihre Seifenformen voll waren und sie ein halbes Dutzend verschiedener Lotionen abgefüllt hatte, war die Sonne untergegangen und ihr knurrte der Magen. Sie warf einen Blick hinüber zu den Zutaten für den Übelkeitstrank, die Bree für sie zusammengestellt hatte, und beschloss, lieber zuerst etwas zu essen. Es würde sich nicht auszahlen, benommen zu sein, wenn sie ihre Magie erneut anzapfte, vor allem, da es den Einsatz von sehr viel mehr Macht verlangen würde, als sie es gewohnt war.

Nachdem sie ihre Schürze abgenommen hatte, trat Abby vor die Brauerei und begab sich ins Pub. Gesprächsfetzen wurden um sie laut, während sie sich ans Ende des Tresens setzte. Sie warf einen Blick in die Runde und stellte fest, dass das Lokal voll war und die Angestellten von Tisch zu Tisch eilten.

„Willst du mithelfen?", fragte Rhys und stellte ein Glas Eiswasser vor Abby ab.

Sie drehte sich wieder um. „Wenn ihr Hilfe braucht, klar."

Er winkte ab und schüttelte den Kopf. „Nein. Wir haben alles im Griff. Ich ziehe dich nur auf. Willst du was bestellen?"

„Ja. Ich habe den ganzen Tag im Brauschuppen gearbeitet und bin am Verhungern. California Burger und Knoblauch-Pommes."

Er hob eine Augenbraue. „Du lebst gefährlich, wie ich sehe."

Sie lachte. „Ich sorge nur dafür, dass ich für einen plötzlichen Vampirangriff gewappnet bin."

„Ach soooo." Er griff nach einem Glas und wies mit dem Kopf auf die Zapfhähne. „Was darf es heute Abend sein?"

„Für mich nichts. Ich muss noch arbeiten." Wenn sie sich an einem Trank versuchen wollte, konnte sie es nicht riskieren, auch nur leicht angeheitert zu sein. „Wie wäre es mit einem Rootbeer mit Eis?"

Ein Lächeln trat auf sein Gesicht, während er sich ihre Bestellung notierte. „Ich mag Frauen, die keine Angst vor einer herzhaften Mahlzeit haben."

„Ich muss niemanden beeindrucken." Abby zuckte mit den Schultern. „Da kann ich es auch krachen lassen."

„Was ist mit wie-heißt-er-noch-gleich unten in New Orleans?", fragte Clays unverkennbare Stimme in ihrem Ohr, was einen Schauer über ihr Rückgrat laufen ließ.

Sie drehte sich langsam um und beäugte ihn. Er trug ein stahlblaues Hemd, eine dunkle Jeans und abgewetzte Cowboystiefel. Ihre Finger zuckten, weil sie unbedingt sein stoppliges Kinn streicheln wollten. Verdammt, er war toll. Er war heiß auf eine ruhige, raue Art, die jeder bemerkte, nur er nicht. „Kein wie-heißt-er-noch-gleich. Das scheint wohl durch zu sein."

Sein schelmisches Lächeln verschwand, und Sorge blitzte in seinen dunklen Augen auf. „Geht's dir gut?"

Abby winkte ab. „Bestens. Es hat sich längst abgezeichnet. Offenbar ist er ein Arsch, und ich musste wohl meine Familie an erste Stelle setzen, damit sein wahres Gesicht zum Vorschein kommt."

Clay setzte sich auf den Hocker neben ihr und nahm ihre Hand, die er leicht drückte, ehe er wieder losließ. „Das kenne ich."

Abby fragte sich, ob er von Val redete, aber sie wollte nicht nachfragen. Was sie heute Vormittag von seiner Ex mitbekommen hatte, reichte schon ziemlich aus. „Kommt vor, schätze ich. Aber" – sie lächelte fröhlich – „ich bin erleichtert, dass es rum ist, also immer nach vorne schauen, oder?" Rhys kam mit ihrem Rootbeer mit Eis und einem Porter für Clay dazu. Abby dankte ihm und prostete ihm zu. „Auf einen Neuanfang."

Clay lächelte sie verhalten an, während er sein Bier nahm und mit ihr anstieß. „Auf einen Neuanfang."

Sie begegnete Clays Blick und hielt ihn fest, während sie am Rootbeer nippte. Eine eindringliche Intensität baute sich zwischen ihnen auf, etwas, das tiefer ging als alles, was sie als Jugendliche miteinander geteilt hatten. Abby hatte das seltsame Gefühl, dass ihrer beider Erfahrungen im Leben sie auf irgendwelchen kosmischen Wegen genau zu diesem Punkt geführt hatten.

Clay schaute weg und räusperte sich, während er das Bier wieder auf den Tresen stellte und Rhys einen Wink gab.

„Was ist, Boss?", fragte er. „Brauchst du was zu essen?"

„Ja. Burger und Pommes sollten reichen."

„Was für Olive?"

Clay schüttelte den Kopf. „Sie ist auf dem Geburtstag einer Freundin und isst bestimmt genug für drei Tage."

„Die Glückliche." Rhys ging nach hinten, um Clays Bestellung durchzugeben, und obwohl im Pub immer noch der Lärm der Gäste dröhnte, wurde es zwischen Abby und Clay still.

Abby starrte auf das Eis hinab, das in ihrem Rootbeer schmolz, und wünschte sich sehnlichst ein eigenes Bier, irgendwas, das ihre Nerven beruhigte, die plötzlich ganz aufgekratzt waren. Sie wusste nicht, was sie zu Clay sagen sollte. Alles, was sie ihn fragen wollte, ging sie nichts an, und alles, was in ihrem Leben vorging, war zu persönlich, um es mitten im Pub anzusprechen. Sie wollte nicht, dass die Angestellten erfuhren, dass ihr Vater Schwierigkeiten mit der Behandlung hatte. Er verdiente es, dass sie das Bild des starken Mannes behielten, den sie kannten und liebten.

„Danke", sagte Clay, der direkt nach vorne auf die Uhr an der Wand starrte. „Dass du heute Vormittag für Olive da warst, meine ich."

„Ich habe nichts getan, Clay."

„Doch, hast du, und ich wollte, dass du weißt, wie sehr ich das schätze."

Sie drehte sich um und lächelte ihn sanft an. „Gern geschehen. Sie ist ein liebes Mädchen. Und hübsch. Ich weiß nicht, wie du es schaffst, dich von ihr nicht um den Finger wickeln zu lassen."

Er schnaubte. „Wer sagt denn, dass sie das nicht tut?"

Abby lachte. „Na, das klingt logisch."

Ihr Essen kam, und während sie aßen, erzählte Clay eine

lebhafte Geschichte darüber, wie Olive ihn dazu gebracht hatte, ein Kaninchen aufzunehmen, das zwei Tage später Junge bekommen hatte. Er erzählte eine Geschichte nach der anderen, die ein wildes kleines Mädchen mit großem Herzen zeigten. Als er fertig war, war Abby mehr als nur ein bisschen in seine Tochter verliebt.

„Sie klingt wundervoll, Clay. Du hast zwar alle Hände voll zu tun, aber ich würde meinen, mit ihr hast du das große Los gezogen."

„Sie *ist* wundervoll, und du hast mit beidem recht. Sie macht das Leben auf jeden Fall interessant."

Abby stand auf, dankbar, dass er sich entschieden hatte, sie mit Olives Geschichten zu unterhalten. Er hatte sie abgelenkt und entspannt, während sie ihre Mahlzeit zu sich nahm, und jetzt fühlte sie sich besser als den ganzen Tag lang. „Danke für die Gesellschaft. Es war schön, mit dir bei meiner Essenspause zu plaudern."

„Jederzeit, Abs." Er schaute sich um. „Essenspause? Übernimmst du eine Schicht oder was?"

„Oder was. Ich habe draußen im alten Brauschuppen den ganzen Tag gearbeitet. Zeit, wieder zurückzugehen." Sie warf ein großzügiges Trinkgeld auf den Tresen. „Man sieht sich."

„Klar", sagte er und runzelte leicht die Stirn, während er aufstand und sich die Hände in die Taschen schob. „Es war schön, dich zu sehen, Abby."

Sie legte ihm nur einen Augenblick lang die Hand auf den Arm, dann ging sie aus dem Pub und zurück in den Schuppen. Abby lehnte den Rücken an die geschlossene Tür und stieß einen Seufzer aus. Wie war es möglich, dass sie diesen Mann je verlassen hatte? Er war genauso, wie sie sich vorgestellt hatte, dass er werden würde. Und wie er über seine Tochter sprach

… Sie drückte sich die Hand auf ihr rasch pochendes Herz und wartete, bis es sich wieder normalisierte.

„Okay, Abby, Zeit, dich zusammenzureißen." Sie schob sich von der Tür weg und nahm die Zutaten, die sie bei Bree gekauft hatte. Der Trank war nicht schwer herzustellen, es brauchte nur Präzision und Timing. Nachdem sie ihre kupferne Kasserolle hervorgewühlt hatte, füllte Abby sie mit destilliertem Wasser und stellte sie bei niedriger Hitze auf den Herd. Dann ging sie zum Tresen und hackte den Fenchel, Zimt und Kreuzkümmel, ehe sie sie in den Mörser gab und mit dem Stößel alles zu einer glatten Paste verarbeitete.

Dampf stieg allmählich aus dem Kupfertopf auf, und plötzlich kam der Moment der Wahrheit. Zeit zu sehen, aus welchem Holz sie geschnitzt war. Abby löffelte die Paste aus dem Mörser, ließ ihre Macht in ihrer Handfläche zusammenkommen und begann zu singen. „Heil den Körper. Belebe den Geist. Lass die Erde deine Kraft erneuern."

Ein magisches Licht blitzte auf, erleuchtete den Brauschuppen und blendete Abby fast mit seiner Kraft. Sie konnte es nicht sehen, aber sie spürte, wie ihre Magie in die Kräuter einsank. In dem Augenblick, als ihre Handfläche zu prickeln begann, hielt sie die Hand über den Topf und strich die Paste in das köchelnde Wasser.

Lichtfunken schossen aus dem Dampf, der aus dem Topf aufstieg, und Abby lächelte. Ja. Das war genauso, wie es sein sollte. Sie nahm ihren Holzlöffel und rührte, sorgsam darauf bedacht, dass die Mischung nicht kochte. Als die Paste völlig aufgelöst war, nahm sie frische Zitronen aus ihrer Trickkiste und gab eine großzügige Menge Zitronensaft in den Trank. Ihr Gebräu fing an zu blubbern, und Abby nahm es vom Herd. Als es sich abkühlte, hielt sie den Holzlöffel ruhig, nutzte ihn als

Leiter und sagte: „Von Bein zu Erde und Erde zu Bein, möge dieser Heiltrank der Grundstein sein."

Magie in der Form weißen Lichts kringelte sich um den Holzlöffel und sank in den Trank. Er wurde sofort orange wie ein Sonnenuntergang, genau, wie sie es geplant hatte. Abby grinste, Erleichterung raste durch sie hindurch. Sie hatte es geschafft.

Sie griff nach einer leeren Plastikflasche, aber ehe sie den Trank in die Flasche geben konnte, flockte er plötzlich aus und wurde kränklich grün. „Was zum …"

Sie hob die Mischung und schnupperte. „O nein. Igitt."

Frustriert schüttete sie die ganze Mischung in den Ausguss. Sobald der Kupfertopf gereinigt war, spannte sie die Schultern an und versuchte es erneut.

Zwei Stunden und vier Chargen später gingen Abby langsam die Zutaten aus, und sie war mit ihrer Geduld am Ende. Jedes einzelne Mal, ganz gleich, wie sie die Ausrüstung und das Timing abänderte, bekam der Trank denselben ekligen Grünton und roch wie das Innere eines getragenen Turnschuhs.

„Was mache ich falsch?", schrie sie und warf den Holzlöffel durch den Schuppen. Er fiel klappernd zu Boden, hüpfte zweimal und lag still. Abby machte ein finsteres Gesicht. Es war, als würde der Holzlöffel sich über sie lustig machen, wie er dort so unschuldig lag, als hätte er nichts falsch gemacht.

Ein Klopfen erklang an der Tür, gefolgt von Clays besorgter Stimme: „Abby? Ist da drin alles in Ordnung?"

Sie riss die Tür auf. „Nein. Mit mir ist nichts in Ordnung. Mit mir ist nicht mal annähernd was in Ordnung." All die Gefühle, die sie zurückgehalten hatte, während sie versucht hatte, einen Trank herzustellen, den sie zehn Jahre lang nicht gebraut hatte, kochten jetzt an die Oberfläche. Sie drehte sich um, zog sich zur Anrichte zurück und beugte sich vor, den Kopf in die Hände gestützt. „Meine Magie ist kaputt. Ich habe sie zurückgewiesen, darum hat sie mich zurückgewiesen!"

Clay kam herein und begab sich ruhig zu ihrem Arbeitsplatz. Er schaute in den Kupfertopf, verzog das Gesicht und sagte: „Was ist passiert?"

Abby ließ die Hände sinken und starrte ausdruckslos an die Wand. „Ich habe keine Ahnung."

„Was wolltest du machen?"

Sie drehte sich um, die Augen vor Schmerz zusammengekniffen. „Einen Trank, der gegen die Übelkeit meines Dads hilft."

„Oh." Das Wort kam nur geflüstert heraus.

Abby musste nicht erklären, was für eine große Sache es war, dass sie so etwas überhaupt probierte. Er war vor zehn Jahren dabei gewesen, als alles schiefgegangen war, während sie versucht hatte, Charlotte zu helfen.

Clay schob die Schultern zurück und sagte: „Man kann das nur herausfinden, wenn man es Schritt für Schritt durchgeht."

„Das habe ich schon gemacht", sagte sie stur.

„Mit einem zweiten Paar Augen? Hast du jemanden analysieren lassen, was womöglich schiefgeht?"

„Nein."

Er schaute sie leicht ungeduldig an. „Komm schon, Abs. Du weißt so gut wie ich, dass wir manchmal zu dicht an einem Trank oder Rezept dran sind, um zu sehen, wo es schiefgeht. Lass mich zuschauen, während du noch eine Charge versuchst."

„Das hat keinen Sinn. Offensichtlich sind Heiltränke nicht meine Berufung. Das hat man mir vor zehn Jahren glasklar gemacht." Sie starrte ihn an, forderte ihn regelrecht heraus, ihr zu widersprechen.

Er verschränkte die Arme vor der Brust, musterte sie, als würde er entscheiden, ob es einen Streit wert war.

„Leg los, Garrison. Alle anderen haben schon ihren Senf dazu gegeben. Warum du nicht?" Sie war auf einen Streit aus und musste ihre Frustration rauslassen. Und obwohl sie wusste, dass er ihren Zorn nicht verdient hatte, war er der Einzige, der direkt vor ihr stand. „Spuck's aus."

Er stieß ein leises, höhnisches Schnauben aus. „Du willst nicht hören, was ich zu sagen habe."

„Echt?", fragte sie, wütend über seine nicht sonderlich hilfreiche Haltung. „Versuch's doch. Los. Ich warte."

„Ich bin mir nicht sicher …"

„Ich bin mir sicher, verdammt", schrie sie, die Fäuste geballt, während sie das letzte bisschen Beherrschung fahren ließ. „Was hast du denn die letzten zehn Jahre mit dir rumgeschleppt? Sag mir genau, was du von mir denkst. Wie ich dir und allen anderen um mich herum wehgetan habe, und … und …" Ein Schluchzen schnürte ihr die Kehle zu, und sie brachte die Worte nicht heraus, die sie zurückgehalten hatte, seit sie sich erinnern konnte.

Clay machte einen Schritt nach vorn und nahm Abby in die Arme. Sie versteifte sich, hielt die Arme vor der Brust zusammen, als wolle sie sich vor seiner Liebe und Unterstützung abschirmen. Aber das hielt sie nicht davon ab, den Kopf an seine Schulter zu legen, während ihr Körper von stillen Schluchzern geschüttelt wurde.

„Sssch, Abby. Es war nicht deine Schuld." Er strich ihr über die langen blonden Haare, flüsterte es immer wieder. „Charlotte war krank. Sehr krank. Du musst aufhören, dir das anzutun."

Sie schüttelte fast brutal den Kopf. „Der Trank hätte sie stärken sollen. Stattdessen hat er sie ins Koma befördert, und als nächstes …" Sie führte den Satz nicht zu Ende. Sie konnte es nicht. Die Bilder waren da, sie hatte sie direkt vor Augen. Ihre beste Freundin, die sich auf sie verlassen hatte, war weg.

„Du musst eine Möglichkeit finden, das loszulassen, Abby", sagte er sanft. „Charlotte würde nicht wollen, dass du daran ewig festhältst."

Sie wusste, dass er recht hatte, und hatte es sich selbst schon tausend Mal gesagt. Aber zurück in Keating Hollow zu sein und die Krankheit ihres Vaters zu verarbeiten, das war zu viel. Und jetzt konnte sie nicht einmal einen einfachen Trank herstellen, der ihr vor all den Jahren in Fleisch und Blut übergegangen war, und fühlte sich einfach nur kaputt. „Ich weiß", sagte sie schließlich, zog sich zurück und wischte sich über die Augen. „Es ist nur, dass ich wegen der Diagnose meines Vaters und der Tatsache, dass ich diesen verdammten Trank nicht richtig hinkriege, meine Fassung nicht finde."

Er warf erneut einen Blick in den Topf. „Wie wär's, wenn wir es zusammen versuchen? Lass mich sehen, ob ich helfen kann."

Sie zögerte, nicht sicher, ob sie sich nach ihrem Ausbruch konzentrieren konnte.

„Komm schon, Abs. Wer ist besser als eine weitere Erdhexe, um Hexentalente zu beurteilen?" Er grinste sie an und hob herausfordernd die Brauen.

Dieser großspurige, verschmitzte Ausdruck auf seinem Gesicht erinnerte sie an einfachere Zeiten, als das Leben ihnen noch nicht eine Portion Leid und Enttäuschung aufgetischt hatte, als sie einander zum Lernen angestachelt hatten, um bessere, fähigere Hexen zu werden. Mehr als alles andere war es diese Erinnerung an ihre Unschuld und ihren Optimismus, die sie dazu trieb zu sagen: „Ok, Garrison. Aber ich warne dich. Ich habe alles versucht, was mir einfällt, also hast du ein ganz schönes Stück Arbeit vor dir."

Sein Grinsen wurde breiter. „Leg los, Townsend."

Abby ging jeden Schritt durch, genau wie zuvor, während Clay an der Seite stand und sie beobachtete. Er war so still, und sie konzentrierte sich so sehr, dass sie völlig vergessen hatte, dass er da war, als sie schließlich wieder ihre Magie anzapfte und sagte: „Von Bein zu Erde und Erde zu Bein, möge dieser Heiltrank der Grundstein sein."

Die Magie benahm sich genau, wie sie erwartete, und als sie fertig war, wurde die Flüssigkeit abermals eklig grün. Sie warf die Hände in die Luft und wandte sich an Clay. „Ich kann so nicht weitermachen. Entweder sind die Zutaten schlecht, oder meine Macht ist verdorben."

„Ich glaube nicht, dass es die Zutaten sind", sagte er.

„Toll. Also bin ich es. Ich wusste es." Sie fing an, die verschiedenen Utensilien aufzusammeln und stopfte sie in den Topf. Ihre Bewegungen waren fahrig, denn sie fürchtete, dass sie wieder zu weinen anfangen würde, und fügte hinzu: „Du musst vermutlich los. Ich will dich nicht aufhalten."

„Ich muss nirgendwohin." Clay nahm den Kupfertopf und spülte den ruinierten Trank den Ausguss hinab. „Es eilt nicht, dass ich nach Hause komme. Olive ist noch bei ihren Freunden."

Abby schnappte sich ein sauberes Geschirrtuch und ihren völlig natürlichen Zitrusreiniger und wischte damit die Anrichte ab. „Ok, aber du musst ganz bestimmt nicht mein Geschirr spülen. Los jetzt, Clay. Trink ein Bier oder so. Ich bin sicher, Abhängen mit deiner irren Ex stand nicht gerade auf deiner To-Do-Liste."

Er lachte leise. „Überlass meine To-Do-Liste nur mir. In

der Zwischenzeit reden wir mal drüber, warum dein Prozess immer wieder danebengeht, wenn es um diesen Trank geht.“

„Weil meine Magie verflucht ist?“, fragte sie schnippisch.

Clay spülte den Kupfertopf ab und stellte ihn zur Seite, während er sich zu ihr wandte. „Nein, Abby, sie ist mitnichten verflucht. Aber ich glaube, du hältst dich entweder zurück, oder deine Magie ist blockiert.“

Sie schüttelte den Kopf, frustriert von seiner Folgerung. „Keines von beidem stimmt. Ich lege hier alles hinein, was ich habe, und meine Magie ist da, sie kooperiert nur bei *diesem* Zauber nicht. Ich kann meine Seifen und Lotionen immer noch ohne Probleme herstellen.“

„Seifen und Lotionen erfordern sehr viel weniger Talent und Präzision“, sagte er, als ob ihr nicht schon klar gewesen wäre, dass ihre Hautpflegeprodukte minimale Kraft brauchten.

„Und?“

„Um die zu machen, brauchst du nicht alles, was du hast. Aber für einen Heiltrank? Das ist etwas ganz anderes. Wenn du mich fragst, war die Kraft, die von dir ausging … ziemlich schwach, um ehrlich zu sein. Geh nächstes Mal tiefer. Das ist nicht der Zeitpunkt, um vorsichtig zu sein.“

„Ich bin tief gegangen“, murmelte sie. „Alles, was ich dafür bekommen habe, war ekliger Schlonz.“

Er spülte fertig ab und drehte sich um, beobachtete sie, während sie ihre Werkzeuge zur Trankherstellung wegpackte. Als sie schließlich fertig war und nur noch da stand, nicht sicher, was sie mit sich anfangen sollte, sagte er: „Ich glaube, du solltest mit jemandem über das reden, was passiert ist.“

Ihr Gesicht brannte heiß, und alles in ihr verschloss sich. „Ich werde diesen Weg nicht noch einmal beschreiten, Clay. Danke für die Hilfe, aber wir sind hier fertig.“ Er öffnete den Mund, um etwas zu sagen, aber sie griff nach der Tür und machte eine Armbewegung, die ihm zeigte, dass es für ihn Zeit zum Aufbruch war. „Ich will darüber nicht reden. Gute Nacht, Clay."

Er stand da und starrte sie ein paar Augenblicke lang an, dann nickte er schließlich. „Ich gehe. Aber versprich mir erst, dass du dir ansiehst, womit man die Blockierung deiner Gabe aufheben könnte."

Abby schüttelte den Kopf. „Ich glaube nicht, Clay. Es ist … es funktioniert nie."

„Wenn es etwas gibt, das vielleicht funktioniert, würdest du es probieren?"

Sie zögerte. Es war eine gute Frage. Alles an ihrer Magie war ein holpriger Weg. Erinnerungen, Enttäuschungen, Leid. Sie wollte nicht wirklich etwas davon noch einmal durchleben, aber für ihren Vater würde sie tun, was sie tun musste. „Ja, ich schätze schon."

„Ich werde darauf zurückkommen", sagte er, die Lippen zu einem zufriedenen Lächeln geöffnet, während er auf sie zeigte. „Glaub nicht, dass ich das nicht tue."

„Oh, das ist völlig ausgeschlossen", sagte Abby und schob ihn mehr oder weniger aus dem Schuppen. Sobald er weg war, sammelte sie ihre Sachen zusammen und tippte eine Nachricht an Noel.

Ich habe es versucht. Viele Male. Alle Chargen gingen schief. Es tut mir leid.

KAPITEL 15

Der mittägliche Ansturm war gerade durch, als Clay sich in sein Büro begab. Er hatte diese Woche bereits viel zu viel Zeit hinter dem Tresen verbracht, mehr als sonst. Er hatte Rhys gesagt, es läge daran, dass Sadies Verletzungen noch nicht verheilt waren. Sie hatte zwei tiefe Schnitte davongetragen und mehr Stiche gebraucht, als er zählen konnte, und sie hatte strikte Anweisung, nichts zu heben, das schwerer als ein paar Pfund war, bis sie wieder gesund war.

Aber die Vertretung von Sadie war nicht der einzige Grund gewesen, warum er mehr Zeit im Pub verbracht hatte. Wenn er ehrlich war, war das noch nicht mal der Hauptgrund. Die anderen Kellner konnten zusammen mit Rhys ihr Fehlen problemlos ausgleichen. Aber jedes Mal, wenn Clay sich in seinem Büro verbarrikadierte, stellte er fest, dass es ihn drängte, nach draußen ins Restaurant zu gehen, wo er den Großteil seiner Zeit damit verbrachte, auf die Vordertür zu starren und darauf zu warten, dass eine gewisse Blondine wieder ins Pub kam.

Natürlich war es dazu nicht gekommen. Er hatte sie nicht gesehen, seit sie ihn vor ein paar Tagen aus dem Brauschuppen geworfen hatte. Sie war nicht einmal mehr hergekommen, um weitere Seifen und Lotionen herzustellen, zumindest nicht, wenn er da gewesen war. Ihre Abwesenheit machte ihn kirre. Nun, da er wusste, dass sie keine bessere Hälfte mehr hatte, bekam er sie nicht aus dem Kopf. Als er sie in den Armen gehalten hatte, hatte er Dinge gespürt, die er schon sehr lange nicht mehr gespürt hatte. Er wollte sie schützen, für sie da sein, sie lieben.

„Halt", murmelte er vor sich hin und konzentrierte sich auf die Notizen, die er sich für sein derzeitiges Bierrezept gemacht hatte. Er schrieb Winter-Braufestbier oben auf das Blatt und machte sich an daran, die Liste der Zutaten auf eine große Charge umzurechnen.

„Clay?", fragte Rhys, nachdem er kurz geklopft und die Tür geöffnet hatte. „Ich will nicht stören, aber es ist jemand da, der dich sehen will."

Abby. Aber noch während er den Stift fallen ließ und aufstand, erkannte er, dass er mit seiner Einschätzung falsch lag. Wenn Abby da gewesen wäre und ihn hätte sprechen wollen, hätte Rhys sie einfach nach hinten geschickt, und er hätte sie sicherlich nicht als ‚jemand' bezeichnet.

„Wer denn?", fragte Clay, der Rhys zum vorderen Teil des Hauses folgte.

„Keine Ahnung. Sie ist aber ganz hübsch." Sein Assistent lächelte ihn anerkennend an. „Warum scheinst du immer alle heißen Schnitten der Stadt in deinen Bann zu ziehen? Gibst du ihnen ein Bier mit Schuss oder was?"

„Oder was", sagte Clay ehrlich. Er verzauberte das Bier tatsächlich … zumindest die Zutaten. Aber soweit er sagen konnte, hatten seine Bemühungen noch nie zu einem

Liebeszauber geführt, den Göttern sei es gedankt. „Es ist vermutlich eher mein sprühender Charme."

Rhys antwortete mit einem Schnauben und deutete auf eine Frau am Ende des Tresens. Sie trug einen figurbetonten Anzug und hatte die Haare schick hochgesteckt. Goldreife lagen um ihr Handgelenk, und ein dazu passender Anhänger saß genau über ihrem Ausschnitt.

Teuer war das Wort, dass Clay in den Sinn kam, als er sie einschätzte. Verkäuferin? Vertreterin? Vertriebsleiterin, die etwas von den Einkünften der Keating Hollow Brewery abgraben wollte? Es spielte keine Rolle. Er war verantwortlich, und er war derjenige, der sich mit ihr herumschlagen musste.

Clay ging zu der Frau und legte die Hände auf den Tresen. „Was kann ich für Sie tun?"

Sie schaute ihn von oben bis unten an, als würde sie ihn abschätzen, und sagte dann: „Clayton Garrison?"

„Ja."

Sie griff in ihre Umhängetasche und holte einen Umschlag hervor. „Das ist damit zugestellt. Einen schönen Tag noch."

Clay griff nach dem Umschlag und starrte ihr nach, während sie aus der Bar rauschte. Dann kam der Zorn. Es gab nur eine Person, die ihn verklagen würde. Mit zusammengebissenen Zähnen riss er den Umschlag auf und fluchte, als er das Anschreiben las.

Val verklagte ihn wegen des Sorgerechts.

Die Gespräche und der Lärm des Restaurants verklangen um ihn herum, und er hörte nur das Rascheln des Papiers, als sich seine Faust um das Schreiben schloss. Sie hatte gedroht, ihm das Sorgerecht zu nehmen, aber er hatte ihr nicht wirklich geglaubt. Er hatte gedacht, dass sie vielleicht bluffte, damit er einfach einlenkte und sie Olive mit nach Südkalifornien nehmen lassen ließ, für eine Schauspielkarriere, die seine Kleine nicht mal wollte.

Alles in ihm spannte sich an, und Zorn sammelte sich in seinen Eingeweiden, floss ihm rasch durch die Adern, bis er mehr oder weniger vor dieser toxischen Emotion sprühte.

„Boss?", fragte Rhys. „Alles in Ordnung?"

„Nein." Clay wandte seinen harten Blick zu seinem Assistenten. „Ich muss weg und mich um etwas kümmern. Schaffst du den übrigen Nachmittag hier ohne mich?"

„Klar. Kein Problem. Was ist los?"

Clay faltete das zerknüllte Schreiben sorgsam und steckte es wieder in den Umschlag. Dann antwortet er mit einem Wort. „Val."

* * *

CLAY BETRAT das Büro von Lorna White und besah sich die gemütliche Einrichtung. Plüschige cremefarbene Sessel füllten den Platz vor dem Frontfenster. Ein dazu passender Zweisitzer stand vor einem knisternden Kamin.

„Clay, hallo", sagte Paige, Lornas Tochter, während sie aufstand und zu ihm herüberkam. „Mom hat sich schon gefragt, wann du endlich bei uns vorbeikommen würdest."

„Sie hat mich erwartet?", fragte er und überlegte, ob Yvette ihr wohl etwas gesteckt hatte.

Paige schob sich eine schwarze Strähne aus den Augen und zuckte mit einer Schulter. „Sie hat Val kennengelernt. Niemand hat erwartet, dass du ohne einen Kampf aus dieser Ehe kommst."

Er stieß ein humorloses Lachen aus. „Tja, nun, aus der Ehe bin ich gekommen. Aber jetzt haben wir ein Sorgerechtsproblem."

„Oh, Clay, es tut mir so leid, das zu hören“, sagte sie. Ihr Ton drückte Sorge und Mitgefühl aus.

„Danke“, sagte er. „Hat Lorna Zeit?“

Sie hielt einen Finger hoch. „Gib mir nur einen Augenblick.“

Während Paige im Büro ihrer Mutter verschwand, nahm Clay in einem der Plüschsessel Platz. Das Büro war anders als alles, was er von einer Anwaltskanzlei erwartet hätte. An diesem Ort war gar nichts Steriles, und hätte er es nicht besser gewusst, hätte er gedacht, Lorna White wäre Innenarchitektin oder sogar Eventplanerin. Die Atmosphäre war einfach zu gemütlich.

„Mr. Garrison.“ Lorna kam aus dem Büro und setzte sich auf den Sessel neben ihm. „Ich kann nicht sagen, dass es schön ist, Sie zu sehen. Jedenfalls nicht unter diesen Umständen.“

Clay bot ihr seine Hand, und sie nahm sie in beide Hände. „Ich muss zugeben, ich wäre glücklicher, wenn das einfach nur ein netter Besuch wäre, Lorna.“ Er reichte ihr die Vorladung zur Sorgerechtsanhörung. „Sie will auf alleiniges Sorgerecht klagen.“

Lorna verzog das Gesicht. „Kämpft wohl mit harten Bandagen, was?“

„Was anderes kennt sie nicht.“

Sie nickte verstehend. „Wie geht Ihr hübsches kleines Mädchen mit all dem um?“

Er schüttelte den Kopf. „Sie weiß es noch nicht. Aber Val hat sie zum Schauspielern gezwungen. Olive hat kein Interesse daran, aber sie macht mit, um ihrer Mutter zu gefallen.“

„Schauspielerei? Wow. Das ist eine Menge für eine Achtjährige. Wie finden Sie das?“

Clay schüttelte den Kopf. „Um ehrlich zu sein, Lorna, finde ich es schrecklich. Und ich fürchte, Val glaubt, wenn sie Arbeit für Olive buchen kann, würde das irgendwie ihre eigene Karriere vorantreiben."

„Haben Sie dafür irgendwelche Beweise?"

„Nein." Clay seufzte. „Nur ein paar Dinge, die mir Olive erzählt hat, wie ihre Mutter versuchte, Jobs für sie beide zu buchen."

„Ok." Sie klappte ein Notizbuch auf und schrieb sich ein paar Dinge auf. „Ich nehme an, Sie sind hier, weil Sie sich von mir vertreten lassen wollen?"

„Ja, aber ..." Clay verzog das Gesicht.

„Was ist, Clay?" Lorna musterte ihn mit schief gelegtem Kopf.

Er stieß den Atem aus. „Ich habe nicht viel Geld übrig. Da ich Olive von hier nach Los Angeles bringen und Val unterstützen muss, ist alles etwas knapp."

Sie winkte ab. „Machen wir uns darum erstmal keine Sorgen. Es ist wichtiger, dass wir Ihr Mädchen hier in Keating Hollow halten."

„Aber ich weiß nicht, wie ich dafür bezahlen –"

„Wir überlegen uns was, Clay. Bitte, machen Sie sich keine Sorgen darum."

Clay ließ die Schultern kreisen und lockerte ein wenig seine Anspannung. „Ok. Ich werde bezahlen, so viel ich kann. Brauchen Sie einen Vorschuss?"

Sie schüttelte den Kopf und stand auf. „Gehen wir in mein Büro. Wir können alles durchgehen, was ich wissen muss."

„Gut." Als Clay aufstand und Lorna in ein Büro folgte, das dasselbe Ambiente ausstrahlte wie ihr Empfangsbereich, erkannte er ihre Genialität. Er war angespannt und aufgewühlt in die Kanzlei gekommen, weil er wütend gewesen war. Aber das Sitzen im Wartebereich und das lockere Gespräch hatten bereits einen Teil seiner Anspannung gelöst. Für ihn war es genau, was er gebraucht hatte. Ansonsten hätte er den Verstand verloren.

In Lornas Büro setzte sich Clay in einen gemütlichen Ohrensessel vor ihrem Schreibtisch. Sie schenkte ihnen beiden Kaffee ein und setzte sich ihm gegenüber, einen Füller in der Hand. „Ok, erzählen Sie mir alles über Val, das Gute, das Schlimme und das Hässliche. Und halten Sie nichts zurück."

Clay holte tief Luft. „Ok, aber vergessen Sie nicht … Sie wollten das so."

KAPITEL 16

Abby saß am Esstisch und ging ihre Mails durch. In den letzten Tagen waren viele Produktanfragen für die Feiertage eingegangen, was hieß, dass sie sich zusammenreißen und wieder an die Arbeit gehen musste. Seit sie daran gescheitert war, ihrem Vater einen Trank zu brauen, hatte sie davon abgesehen, neue Sachen herzustellen. Sie hatte einfach nicht das Zeug dazu, ihre Magie zu benutzen, auch wenn sie wusste, dass sie für ihre Produktreihe ausreichend gut funktionierte.

Die Mine des Druckbleistifts kratzte auf dem Papier ihres Notizbuchs, während sie die Zutaten zusammenschrieb, die sie nachkaufen musste. Sie war so in ihre Arbeit vertieft, dass sie einen Augenblick brauchte, um zu erkennen, dass jemand vor ihrem Haus ordentlich hupte.

Sie stand auf und sah nach ihrem Dad, den sie in der Küche fand, wie er die Brownies genoss, die sie am vorigen Abend gemacht hatte. *Endlich,* dachte sie. In den letzten Tagen hatte er kaum etwas gegessen, und ein Brownie war zwar kein

Wunderwerk an Nährstoffen, aber die Kalorien waren sehr zuträglich.

„Hey", sagte sie. „Erwartest du Besuch?"

„Nein", erwiderte er und nahm einen Schluck Kaffee. „Von meinen Freunden fährt keiner einen Golfwagen."

„Was? Woher weißt du, dass da draußen ein Partymobil steht?", fragte sie lachend.

„Das erkenne ich an der traurigen Hupe." Er nickte ihr zu. „Geh schon. Wanda wartet."

Abby schüttelte den Kopf. Woher er wusste, dass Wanda wartete, erschloss sich ihr nicht. Manchmal hatte er in solchen Dingen einfach einen seltsamen sechsten Sinn. Sie ging hinüber und küsste ihn auf die Wange. „Du bist schon was Besonderes, weißt du das?"

„Das sagt mir die Damenwelt nach, ja."

Abby stöhnte und verließ durch die Vordertür das Haus. Und da saß auch schon Wanda in ihrem Partymobil, während Bruno Mars aus den Lautsprechern dröhnte. Ihr frisch gefärbtes rotes Haar wippte um ihr Gesicht, während sie mit hoch erhobenen Armen auf dem Sitz tanzte.

„Na, hallo du", sagte Abby und grinste sie an. „Was geht?"

„Ich bin gekommen, um dich zu kidnappen. Spring rein." Sie klopfte auf den Sitz neben sich.

Abby warf einen Blick zurück aufs Haus und kaute auf ihrer Unterlippe. Ihr Vater hatte einen guten Tag.

„Komm schon. Leb auch mal, Townsend. Du bist seit einer guten Woche daheim, und niemand hat dich gesehen. Also, niemand außer Clay." Sie wackelte mit den Augenbrauen. „Ich wette, das war *interessant*."

„Wie kommst du drauf, dass ich Clay getroffen habe?"

„Bitte." Sie lachte, ein so ansteckendes Geräusch, dass es Abby zum Lächeln brachte. „Jeder in der Brauerei tratscht darüber, wie ihr beide euch im Brauschuppen verschanzt habt. Versuch gar nicht erst, es zu leugnen."

„Mache ich nicht", sagte Abby, während sie um den Wagen ging und einstieg. „Ich wollte nur wissen, wer über mich tratscht." Sie zuckte mit den Schultern. „Er hat mir geholfen."

„So nennt man das heutzutage also?" Sie zwinkerte, um klarzumachen, dass sie nur scherzte.

Abby zog in Erwägung, ihr zu erklären, woran genau sie gearbeitet hatte, aber sie verwarf den Gedanken. Sie brauchte nicht von jedem einen Rat, wie sie ihre Magie zu reparieren hatte, und genau das würde sie bekommen, wenn die Stadt herausfand, dass sie sich wieder daran versuchte. „Wenn du mit ‚das' einfach nur Freunde meinst, dann klar."

Wanda schüttelte den Kopf, ihre Miene erheitert. „Mädel, nichts an dir und Clay war jemals ‚nur Freunde'. Aber wenn du darauf bestehst, bin ich ganz bei dir."

„Weißt du, du hast recht. Aber diesmal, Wanda, stimmt es. Wir sind nur Freunde, oder zumindest pflegen wir freundlichen Umgang. Wir haben eine Menge Vergangenheit aufzuarbeiten, bevor wir beste Freunde sein könnten."

„Alles klar." Wanda legte den Gang ein und machte kehrt. „Du hast mich nie wegen dieses Mitternachtsrennens unten am See angerufen. Wie wär's mit diesem Wochenende?"

Die Sonne schien auf sie herab, wärmte nicht nur Abbys Haut, sondern auch ihr Herz. Und da es ihrem Dad gut ging, konnte Abby nicht widerstehen. „Ja. Ich bringe den irischen Kakao mit."

„Jetzt verstehen wir uns." Wanda wies auf den Getränkehalter. „In dieser Wasserflasche ist flüssiger Mut, falls du ihn brauchst."

„Flüssiger Mut? Wozu?", fragte Abby.

„Ich habe rausgefunden, wem dieser weiße Mini Cooper

gehört, den du an deinem ersten Tag in der Stadt plattgemacht hast." Wanda hielt am Ende der Zufahrt inne und bog dann nach links ab, weg von der Stadt. In dieser Richtung lagen nur wenige Häuser, darunter eins, das Abby so gut kannte wie ihr eigenes.

„Wanda?", fragte Abby mit rasendem Herzen. „Bitte sag mir, dass wir nicht dahin fahren, wo ich denke."

„Tut mir leid. Kann ich nicht." Es kam ein neuer Song, und Abba dröhnte aus den Lautsprechern. „Offenbar gehört der Mini Cooper niemand anderem als Mary Pelsh."

Abby schloss die Augen und holte tief Luft, während sie sich zu beruhigen versuchte. Sie hatte Charlottes Mom seit der Beerdigung nicht getroffen, obwohl Hanna ihr bei jeder erdenklichen Gelegenheit sagte, dass Charlottes Eltern Abby wirklich sehen wollten. Und nun würde sie ihren großen Auftritt hinlegen, indem sie eingestand, dass sie auf ihr brandneues Auto aufgefahren war.

„Einfach perfekt", murmelte sie. Natürlich gehörte es Mary. So, wie sich das Universum gegen sie verschworen hatte, ergab diese neue Entwicklung wunderbar Sinn. Sie drehte sich zu Wanda. „Müssen wir das genau jetzt machen?"

„Nein, aber du weißt doch, wie sich Gerüchte in dieser Stadt ausbreiten. Sie wird eher früher als später rausfinden, dass es du warst, und ich schätze, das ist nichts, was du gären lassen willst." Sie deutete auf die Wasserflasche. „Trink. Du brauchst es."

Abby beäugte die Flasche und hob neugierig eine Augenbraue. „Was ist es?"

„Alk! Stell keine blöden Fragen. Tu einfach, was du tun musst."

„Gut", sagte Abby und nahm die Schnapsflasche. Dann, ehe sie zu sehr darüber nachdenken konnte, schraubte sie den

Deckel ab und trank einen großen Schluck. Der Whiskey-Cola-Geschmack hämmerte ihr in die Kehle, und sie zuckte zusammen, während sie es hinunterzwang. Abby trank nicht oft Hochprozentiges, aber das musste sie Wanda lassen; wenn dafür jemals der richtige Zeitpunkt war, dann jetzt.

Wanda zwinkerte ihr zu und steuerte den Wagen über die lange, kurvenreiche Zufahrt, die zum Grundstück der Pelshs führte. Abby stellte die Flasche wieder in den Getränkehalter, weil sie nicht so dumm war, dort angeschickert aufzutauchen. So wollte sie nicht zum ersten Mal seit Jahren mit ihnen reden. Sie musste sich in den Griff kriegen.

„Bereit?", fragte Wanda und hielt vor dem bescheidenen Bungalow.

„Nein." Abby stieg trotzdem aus. Nun, da sie da war, war das Bedürfnis, Mary zu sehen, überwältigend. Gefühle wogten in ihrer Brust, und plötzlich fiel ihr das Atmen etwas schwerer. Trotzdem schienen ihre Füße sich wie von allein über den blumengesäumten Weg zu bewegen, bis sie vor der Haustür stand.

Wanda war gleich hinter ihr, und ehe Abby es sich noch einmal überlegen konnte, drückte Wanda auf die Klingel. Abby hörte es im Haus läuten, gefolgt vom lauten Bellen eines Hundes.

Die Tür schwang auf, und da stand Mary Pelsh in Leggings, einer langen Tunika und schicken, schwarzen, kniehohen Stiefeln. In ihrem Gesicht stand der Schock, während ihre dunklen Augen groß wurden und ihr der Mund offenstand. Dann keuchte sie auf, während sie auf die Veranda trat und Abby in die Arme schloss.

„Abigail", sagte sie mit einem erleichterten Seufzen. „Hanna hat mir erzählt, du wärst in der Stadt. Ich hatte so gehofft, dass du vorbeikommen und uns besuchen würdest."

„Tut mir leid", stieß Abby hervor und drückte die Frau, die ihr wie eine zweite Mutter gewesen war. „Es tut mir so, so leid."

Mary zog sich leicht zurück und musterte Abbys Gesicht. „Was muss dir denn leidtun?"

Abby schüttelte den Kopf, weil sie nicht reden konnte, während ihr Tränen über die Wangen liefen.

„Oh, mein Liebes. Komm rein. Ich hol dir ein Taschentuch und was zu trinken." Mary warf einen Blick über Abbys Schulter und nickte Wanda zu. „Du auch. Setzen wir uns zusammen und reden ein bisschen."

Mary ließ ihren Arm um den von Abby geschlungen, während sie sie in die helle, sonnige Küche führte. „Setzt euch", sagte sie und wies auf den Frühstückstisch. „Ich mache uns Tee."

„Danke, Mary", sagte Wanda und setzte sich neben Abby in die Nähe des Erkerfensters, durch das man den Mammutbaumwald sah.

Mary schnappte sich einen glitzernden Zauberstab, richtete ihn auf den Kessel auf dem Herd und sagte: „Mach den Tee." Die Küchenschranktür gleich links vom Herd öffnete sich, und ein Behälter mit Tee aus losen Blättern flog heraus. Der Kessel schwebte zur Spüle, wo sich der Wasserhahn von selbst aufdrehte und den Kessel füllte.

Abby konnte nicht verhindern, dass sie lächelte, während sie das Spektakel betrachtete. Mary war eine Lufthexe und äußerst begabt in Telekinese. Nur dass es mehr war, als nur Gegenstände mit den Gedanken zu bewegen. Es war beinahe, als wäre sie mit der Luft um sich herum im Gespräch, würde sie dazu bringen, den Tanz zu choreographieren, der erforderlich war, damit alles zusammen kam, um die perfekte Tasse Tee herzustellen.

„Wie wäre es mit etwas Gebäck?" Ohne die Antwort abzuwarten, deutete Mary mit dem Stab auf ein Tablett mit Teilchen und schickte es zum Tisch. Servietten, Teller und Löffel folgten und landeten sanft vor Wanda und Abby.

„Ihr Talent hat sich wirklich verfeinert, Mrs. P.", sagte Abby. „Ich kann mich noch an die Zeit erinnern, als Sie Cupcakes zu Charlottes Geburtstag gemacht haben." Sie wandte sich an Wanda. „Aber als sie sie zum Tisch schicken wollte, flogen sie wirbelnd durch die Luft, und der Großteil endete verschmiert auf dem Tisch." Abby lachte, weil sie sich noch immer an Charlottes entsetzten Gesichtsausdruck erinnerte. „Aber das ist nichts im Vergleich zu dem einen, der Andrew Baker traf, und zwar genau in die … äh …" Abby deutete auf ihren Schoß. „Die Kinder nannten sie dann Eier-Cupcakes."

„Oh, das war furchtbar. Charlotte hatte sich auch in ihn verguckt", fügte Mary hinzu.

Abby nickte. „Auf jeden Fall. Und als sie in der Highschool endlich zusammenkamen, nannte sie ihn immer ganz liebevoll Cupcake."

„Daher kommt also dieser Kosename." Wanda lachte. „Du weißt, dass er inzwischen bei der Polizei arbeitet, und so nennen ihn die anderen Polizisten. Ich habe mir gedacht, das wäre nur, um den Neuling zu nerven."

Abby schüttelte den Kopf. „Nein."

„Zum Glück ist er immer schon ein gutmütiger Kerl gewesen, sonst hätte ihn das vielleicht ein Leben lang gezeichnet", sagte Mary bebend. „Danach habe ich das Prahlen sein lassen, wenn die Kinder Freunde zu Besuch hatten. Ich wollte nicht noch einen Eier-Cupcake-Zwischenfall."

„Sie müssen sich jetzt keine Sorgen mehr machen, Mrs. P. Charlotte wäre stolz", sagte Abby und stellte überrascht fest, dass das Sprechen über Charlotte sie ausnahmsweise nicht dazu brachte, sich übergeben zu wollen. Eigentlich war es irgendwie schön, sich an sie zu erinnern, ehe sie krank geworden war.

„Danke. Das denke ich auch gern." Mary nahm neben Abby Platz und schob ihr die Teilchen hin. „Iss. Du brauchst etwas, um den Alkohol in deinem Körper aufzunehmen."

„Ich …" Abby kniff die Augen zusammen. „Woher wissen Sie, dass ich etwas getrunken habe? Es war nur ein Schluck."

„Lufthexe, weißt du?" Sie berührte sich an der Schläfe. „Ich weiß Dinge einfach."

Wanda schnaubte. „Riecht sie, würde ich sagen."

„Das auch." Mary nahm einen Quarkplunder und riss ein Stück ab, ehe sie anfügte: „Ich habe eine extrem empfindliche Nase. Wenn es in der Luft liegt, dann weiß ich es auch."

Natürlich. Abby hätte das wissen sollen. Mrs. P. konnte fast alles erschnüffeln – Jungs, Alkohol, Unfug. Sie hatte sie definitiv auf Trab gehalten. Abby schnappte sich ein eigenes Teilchen und knabberte daran, bis der Tee durch die Luft schwebte und sanft direkt vor ihr landete. Sie nahm die Tasse und trank einen Schluck der Heidelbeer-Salbei-Mischung. „Der ist köstlich."

„Es ist einer meiner liebsten." Mary trank selbst einen Schluck und beäugte Abby. „Nun, Abigail, ich glaube, es ist an der Zeit, dass du mir verrätst, warum genau du so lange weggeblieben bist. Du weißt, dass wir dich sehen wollten."

Abby schluckte den Rest ihres Gebäcks, ihr Mund war plötzlich trocken, und sie schüttelte den Kopf. „Ich … ich konnte einfach nicht. Nicht nach dem, was passiert war."

Marys Hand schloss sich um die von Abby. „Und was, glaubst du, ist passiert?"

„Ich …" Abby schaute zu Wanda, als ob sie die Antwort hätte, aber Wanda war nicht dabei gewesen. Sie wusste nicht, was Abby wusste. Schließlich drehte sie sich um und schaute Mary in die Augen. „Es ist meine Schuld, dass Charlotte gestorben ist. Ich habe ihr einen Energietrank gegeben, der ihre Symptome verschleiert hat, und anstatt um Hilfe zu bitten, wollte sie zu diesem dummen Ball gehen."

Marys Augen füllten sich mit Tränen, während sie Abbys Hand fester drückte. „Du bist nicht der Grund, warum Charlotte nicht bei uns ist, Abby. Du wolltest nur helfen. Niemand macht dir einen Vorwurf."

„Ich schon." Abbys Stimme klang dumpf, völlig emotionslos. „Wenn ich nicht gewesen wäre, wäre sie zu schwach gewesen, um das Haus zu verlassen. Sie oder Ihr Mann hätten es gemerkt und sie zu einem Heiler gebracht, einem echten Heiler, der wusste, was für sie zu tun war. Stattdessen hat sie sich meinetwegen an diesem Abend gut gefühlt. Gut genug, um dieses Abschlussballkleid anzuziehen und so zu tun, als wäre alles in Ordnung. Aber das war es nicht. Sie starb, und wir tanzten, feierten, als hätten wir unser ganzes Leben vor uns. Wenn ich es gewusst hätte, hätte ich nie … na, es gibt viele Dinge, die ich anders gemacht hätte."

Mary saß schweigend da, die Augen geschlossen, und schüttelte den Kopf.

„Es tut mir so, so leid", sagte Abby wieder und erhob sich vom Tisch. „Ich sollte jetzt gehen. Ich wollte niemals Ihren Schmerz verstärken. Darum bin ich nicht –"

„Abby!" Mary packte ihre Hand und hielt sie ganz fest. „Es gibt etwas, das du nicht weißt. Setz dich bitte hin."

Abby erstarrte, wusste nicht, wie sie weitermachen sollte. Sie war so sicher gewesen, dass die Pelshs sie verabscheuen würden, nachdem sie herausgefunden hatten, dass sie Charlotte einen Trank gegeben hatte, obwohl sie sie eigens darum gebeten hatten, das nicht zu tun. Sie hatten sie gebeten, die Heiler sich um Charlottes Krankheit kümmern zu lassen. Aber Charlotte hatte Abby gesagt, es wäre nur eine Infektion. Was hätte schiefgehen sollen? Die Medikamente, die sie bekam, würden das schon richten. Was würde ein kleiner Energietrank schon schaden?

Marys trauriger Blick musterte den von Abby. Dann wandte sie den Blick ab und starrte auf das Gebäck vor sich. „Charlotte war sehr lange krank."

„Was?", fragten Abby und Wanda gleichzeitig.

„Sie hatte eine Autoimmunerkrankung, die dafür sorgte, dass ihr Immunsystem geschwächt war."

Abby blinzelte. „Sie hatte eine Autoimmunerkrankung? Aber wie … ich meine, warum hat sie uns das nie gesagt?"

„Sie wollte nicht, dass man sie irgendwie anders behandelte", sagte Mary mit einem Seufzen. „Du erinnerst dich, dass sie alle paar Monate mal krank zu Hause war?"

„Aber sie war nicht wirklich krank. Sie hat uns erzählt … oh." Abby schüttelte den Kopf. Wie konnte sie so dumm sein? Charlotte hatte ihnen erzählt, dass ihre Mom gerne spontane Mutter-Tochter-Tage mit ihr verbrachte, an denen sie an den Strand fuhren oder für verlängerte Wochenenden die Stadt verließen. Abby war so neidisch gewesen, hatte sich niemals gewundert, ob das vielleicht nicht der Wahrheit entsprach.

„Meistens war sie nicht wirklich krank. Wir waren weg, um ihr Behandlungen bei einem Spezialisten in Salem zukommen zu lassen. Die Krankheit, die sie hatte, ist selten, und zeigt sich nur bei einem Prozent weiblicher Hexen. Ein Heiler drüben im Osten behandelte sie. Aber letztlich wirkten die Behandlungen nicht mehr."

Sie wirkten nicht mehr. Die Worte schrillten durch Abbys Verstand. Ihre Freundin war sehr krank gewesen, und sie hatte nichts davon gewusst. „Was haben Sie gemacht?"

Mary drückte die Lippen fest zusammen, hatte eindeutig Mühe mit diesem Gespräch. „Wir haben einige experimentelle Behandlungen bei einem Heiler versucht, der an der Humboldt State forschte. Es waren alles Tests. Die meisten führten zu nichts, aber einer war vielversprechend und schien zu helfen. Dann bekam sie diese Lungenentzündung. Zu diesem Zeitpunkt hatte sie zehn Jahre gegen die Krankheit angekämpft, Abby. Sie hatte es satt und wollte einfach ihr Leben weiterleben. Ich bin nicht überrascht, dass sie dich um den Energietrank gebeten hat. Sie war es leid, ihr Leben zu verpassen."

„Ich weiß das zu schätzen, Mrs. P. Aber ich verstehe immer noch nicht, warum man mir das nicht vorwerfen sollte. Wenn ich keinen –"

„Sie lag im Sterben, Abby. Als sie die Lungenentzündung bekam, war die neue Behandlung nicht mehr wirksam. Es gab nichts dort draußen, das sie retten konnte", sagte Mary sanft. „Verstehst du nicht? Charlotte ist mitten im Leben gestorben. Das hat sie sich gewünscht. Sie wollte nicht in einem Bett dahinsiechen. Sie wollte das Leben ganz auskosten, und du hast ihr dabei geholfen."

Abby erhob sich abrupt, konnte nicht annehmen, was die Mutter ihrer Freundin da sagte. „Ich weiß, dass Sie mich hier aus der Verantwortung entlassen wollen, und ich weiß die Mühe zu schätzen, aber ich kann die Tatsache nicht leugnen, dass mein Trank zu ihrem verfrühten Tod geführt hat." Erneut füllten ihre Augen sich mit Tränen, und sie tat nichts, um zu verhindern, dass sie ihr über die Wangen liefen. „Damit muss ich mein restliches Leben lang klarkommen, in dem Wissen, dass Sie sich nicht verabschieden konnten, dass sie noch mehr Zeit hätte haben sollte, dass ich mich gegen Ihre Wünsche gewandt habe. Ich war arrogant und dachte, ich wüsste es besser. Also, bitte, versuchen Sie nicht, mir ein besseres Gefühl zu geben.“

Schweigen erfüllte die Küche. Abby fühlte sich langsam wie ein Tier in der Falle, bereit die Wände hochzugehen. Sie musste hier raus. Jetzt. Sie wandte sich zum Gehen, aber Mary stand genauso abrupt auf und schlang die Arme um Abby, zog sie so dicht an sich, dass Abby die Rippen wehtaten.

„Es ist nicht deine Schuld. Es ist nicht deine Schuld“, sagte Mary immer wieder. „Ich hoffe, eines Tages lernst du, dir das nicht mehr vorzuwerfen, denn es ist nicht deine Schuld. Das war es nie und könnte es nie sein.“

Abby klammerte sich an Mary, ließ sich von der Umarmung trösten, kannte aber trotzdem die Wahrheit. Ihre Taten hatten ihre beste Freundin zu früh von ihnen gehen lassen. Der Schmerz, den dieses Wissen ihr verursachte, würde vermutlich nicht nachlassen.

„Versprichst du mir etwas?“, fragte Mary.

„Alles“, sagte Abby, weil sie wusste, dass sie Mary schuldig war, worum auch immer sie bat.

„Such dir Hilfe. Sprich mit jemandem darüber.“

Abby versteifte sich. „Ich brauche –“

„Bitte, Abby.“ Mary ließ sie los und eilte um den Tresen. Sie griff in eine Schublade und holte eine Visitenkarte heraus. „Sprich mit Doktor Kass. Sie hat mir echt geholfen, durch den Schmerz zu kommen, nachdem wir Charlotte verloren hatten.“

„Ich habe in New Orleans mit jemandem gesprochen.“ Abby strich mit den Händen über ihr tränenverschmiertes Gesicht. „Es ging nicht … Sagen wir einfach, es machte alles schlimmer.“

„Oh, Liebes.“ Mary nahm wieder ihre Hände. „Es tut mir leid, dass es nicht funktioniert hat. Aber Doktor Kass war eine Lebensretterin. Sie war mir nichts als ein Trost. Versuch es zumindest. Versuch es für Charlotte. Sie würde nicht wollen, dass du nach all den Jahren noch solche Schmerzen hast.“

Wie hätte Abby Nein zu ihr sagen können? Das konnte sie nicht. Mit einem Nicken sagte sie: „Ich rufe an.“

„Gut, das ist gut“, erwiderte Mary und klang erleichtert. „Du wirst es nicht bereuen.“

Abby war hundertprozentig sicher, dass sie es bereuen würde, aber sie lächelte Mary trotzdem matt an und sagte: „Wir sollten vermutlich gehen.“ Sie schaute sich um und runzelte die Stirn. „Wo ist Wanda?“

Mary warf einen Blick durch die Küche. „Vielleicht wollte sie uns einfach einen Augenblick geben.“

Das war naheliegend. Abby wollte zur Haustür gehen, aber dann fiel ihr der Grund ein, aus dem sie überhaupt hergekommen war. „Äh, Mrs. P.?“

„Ja?“ Sie zückte ihren glitzernden Zauberstab, so dass Tee und Gebäck wieder auf den Küchentresen schwebten.

„Haben Sie einen weißen Mini Cooper?“

„Ja, warum?“

„Hat Ihre Nichte den vor einer Woche zu einer Spritztour ausgeborgt?“ Abby verzog das Gesicht. „Und kam er mit eingedrückter Rückseite zurück?“

Mary beäugte sie argwöhnisch. „Borgen ist nicht das Wort, das ich benutzt hätte, aber ja, sie ist mit meinem Auto gefahren. Woher weißt du davon? Candy sagte, es wäre Fahrerflucht gewesen.“

Abby seufzte. „Ich schätze, so könnte man es nennen. Ich bin diejenige, die auf Ihr Auto aufgefahren ist.“

„Abby.“ Mary zog ihren Namen in die Länge, während sie den Kopf schüttelte.

„Aber ich bin nicht diejenige, die geflohen ist. Sie können das auch bei Pauly Putzner abgleichen. Er war dort, um meine

Aussage aufzunehmen, aber ehe er die ganze Info aufnehmen konnte, fuhr Ihre Nichte – Candy – weg. Es tut mir so leid. Es war nur ein Unfall. Ich habe meine Versicherung bereits verständigt. Sie brauchen nur den Polizeibericht und eine Schätzung."

„Sie ist weggefahren?" Mary kniff wütend die Augen zusammen. „Warum?"

„Ich glaube, sie hatte Angst, sie würde Schwierigkeiten bekommen. Ich weiß nicht. Weil sie geflüchtet ist, hatte ich keine Ahnung, an wen ich mich wenden sollte. Wanda war diejenige, die herausfand, dass das Auto Ihnen gehört, darum bin ich hergekommen, um die Sache richtigzustellen."

Marys Blick wurde weich. „Danke, Abby. Lass die Daten deiner Versicherung da, und ich leite sie an meinen Vertreter weiter. Ich weiß es wirklich zu schätzen, dass du heute vorbeigekommen bist." Sie streckte die Arme aus und bot eine weitere Umarmung an. Da sie nicht widerstehen konnte, trat Abby an sie heran.

Sie hielten einander einen langen Augenblick fest, dann machte Abby einen Schritt zurück und strich sich die neuerlichen Tränen aus den Augen. Sobald sie die Versicherungsdaten dagelassen hatte, winkte sie und ging nach draußen, wo sie Wanda fand, die sich in ihrem Golfmobil räkelte.

„Was machst du hier draußen?", fragte Abby.

„Ich tanke nur etwas Sonne. Ich dachte, ihr beiden braucht vielleicht einen Moment." Sie hielt eine Flasche Schoko-Stout hoch. „Außerdem hatte ich Durst auf etwas Stärkeres als Tee."

Abby lachte, als sie auf ihren Sitz ins Auto stieg.

„Abby, warte!", rief Mary, die mit einer mittelgroßen Geschenkschachtel in der Hand aus der Tür kam. „Ich habe das für dich aufgehoben." Sie reichte es herüber. „Es sind ein paar von Charlottes Erinnerungsstücken, von denen ich dachte, dass du sie vielleicht eines Tages haben wollen würdest."

Abby umklammerte die Schachtel, zugleich neugierig und etwas ängstlich zu sehen, was darin war. Aber in Wahrheit vermisste sie ihre Freundin. Nachdem sie zehn Jahre versucht hatte, nicht an sie zu denken, hatte es ihr wirklich gefallen, sich mit Mary an sie zu erinnern. Die Cupcake-Geschichte hatte geholfen, ein wenig die Last von ihrem Herzen zu nehmen, und wenn der Inhalt der Schachtel etwas Ähnliches vollbringen konnte, glaubte Abby, dass sie bereit war für eine weitere Welle von Erinnerungen. „Danke, Mrs. P. Das weiß ich zu schätzen."

Diese winkte nur ab. „Das ist kein Ding. Bleib nicht zu lange weg, Abby, hörst du?"

„Werde ich nicht", versprach Abby. Und diesmal meinte sie es ernst.

KAPITEL 17

Nach seinem Besuch in der Anwaltskanzlei hielt Clay am Haus seiner Mutter an, um bei Olive vorbeizuschauen. Seine Kleine war so frech und wild wie immer, während sie im Baumhaus mit dem Jungen von nebenan spielte. Er beobachtete aus dem Küchenfenster seiner Mutter, wie Olive und ihr Spielkamerad so taten, als wäre das Baumhaus eine Festung, die sie mit Pfeilen vor einer bösen Geisterarmee von jenseits des Schleiers verteidigten.

Er kicherte, sein Herz war voll.

„Sie ist so gern hier", sagte seine Mutter, die neben ihm stand. Sie trug eine Schürze über ihrer verstaubten Jeans und dem T-Shirt, und unter ihren Fingernägeln war Dreck, ein sicheres Zeichen, dass sie in ihrem Garten gewerkelt hatte. „Ich habe sie niemals so gesehen, als ihr noch in L.A. gewohnt habt."

Clay nickte. „Du hast recht. Aber da unten hatte sie auch nie die Freiheiten, die sie hier hat. Die Stadt ist zum Aufwachsen was ganz anderes."

„Ich bin mir nicht sicher, ob es die Stadt war, oder vielleicht doch der Ehrgeiz ihrer Mutter."

Er verabscheute es, dass seine Mutter recht hatte. Val hatte immer gewollt, dass Olive ein sauberes, ordentliches kleines Mädchen war, perfekt erzogen, perfekt frisiert, als wäre sie eine Porzellanpuppe. Es war weniger so, dass Val der Theorie folgte, dass man Kinder sehen, aber nicht hören sollte, sie benahm sich nur einfach, als würde Olives kleinste Bewegung auf Val und die Möglichkeit abfärben, ihren nächsten Job zu landen.

Clay verfluchte sich dafür, je zugestimmt zu haben, dass Val sie überhaupt zu irgendwelchen Vorsprechen mitnahm. Val hatte schnell gelernt, dass Olive ein Gesicht fürs Fernsehen hatte. Die Besetzungschefs liebten sie – zumindest so lange, bis Olive ungeduldig wurde und ihnen mit ihrem ausgiebigen Geplapper auf die Nerven ging, das sie aus purer Langeweile begann.

„Du hast schon recht", sagte Clay.

„Sie mag die Schauspielerei nicht, das weißt du, oder?"

Clay nickte. „Ja. Sie sagt es nicht direkt, aber es ist sehr offensichtlich."

Seine Mutter hob die Augenbrauen. „Wirklich? Mir hat sie das schon mehrfach gesagt."

Er wandte sich ihr zu. „Wann?"

„Die ganze Zeit. Im Grunde jedes Mal, wenn sie von den Treffen mit ihrer Mutter zurückkehrt. Sie spricht mit dir nicht darüber?"

„Nein." Er schob sich die Hände in die Hosentaschen und ließ die Schultern hängen. „Sie nimmt Val in Schutz."

Seine Mutter schüttelte den Kopf, und ihre frisch gefärbten, honigblonden Locken hüpften um ihr Gesicht. „Na, ich werde sie nicht in Schutz nehmen. Du weißt, dass ich Olives Mutter nicht gern kritisiere –"

„Echt?", fragte Clay mit leisem Lachen. „Seit wann?"

Sie stemmte die Hände in die Hüften. „Hey, ich habe den Mund gehalten, während ihr beide noch verheiratet wart."

„Stimmt. Hast du. Und das wusste ich zu schätzen, auch wenn du mir deine Gefühle in den letzten eineinhalb Jahren nicht gerade vorenthalten hast."

Marina Garrison sah Clay fest in die Augen und sagte: „Junge, ich respektiere dich und deine Entscheidungen. Ich liebe dich und Olive. Aber ich kann und werde nicht tatenlos zusehen, während ihre Mutter ihr Bestes tut, um den Geist dieses kleinen Mädchens zu brechen. Und das macht sie jedes Mal, wenn sie sie mit nach L.A. nimmt. Hast du gewusst, dass sie zwei Tage lang mit niemandem geredet hat, als sie zum letzten Mal heimkam?"

„Mit mir hat sie geredet", sagte er mit finsterem Gesicht.

„Ja. Nur mit dir. Aber nicht mir. Oder Randy." Sie wies mit der Hand auf den Jungen draußen. „Sie hat auch mit kaum jemandem in der Schule gesprochen. Ihre Lehrerin sagte, es wäre, als ob ihr Licht erloschen wäre, aber dann hätte plötzlich jemand den Schalter umgelegt."

„Ich weiß, dass sie durch den Wind war, nachdem Val einen solchen Abgang hingelegt hatte, aber mir war nicht klar, dass es so schlimm war. Warum hast du mir das nicht gesagt?"

„Ich wollte, aber dann hat sie ihr Verhalten geändert, und du warst schon wütend genug auf Val. Aber jetzt, da sie um das Sorgerecht streiten will, dachte ich, du solltest das wissen."

Clay nickte. „Ja. Danke."

„Tut mir leid, Liebling."

Er warf ihr einen Blick zu. „Dir muss nichts leidtun, Mom."

* * *

IN CLAY BRODELTE es immer noch, als er in die Brauerei ging. Valerie war ein Miststück. Kümmerte es sie überhaupt nicht, was sie ihrer Tochter antat? Er schüttelte den Kopf. Ganz offensichtlich nicht. Nicht, wenn sie sie unbedingt dazu zwingen wollte, etwas zu tun, das sie nicht tun wollte.

Statt nach Rhys und den anderen Angestellten zu sehen, begab er sich direkt in sein Büro. Er war nicht in der Stimmung, mit jemandem zu sprechen. Er setzte sich an seinen Schreibtisch und starrte blicklos auf das Rezept, an dem er gearbeitet hatte, aber es brachte nichts. Sein Ärger war in Nervosität umgeschlagen, und er war unruhig.

Er stand auf, schnappte sich den Baseball von seinem Tisch und warf ihn von einer Hand in die andere, während er in seinem Büro auf und ab ging. Der Gedanke, dass Val ihm das Sorgerecht streitig machen wollte, war lächerlich. Gewiss würde die Tatsache, dass sie sie beide verlassen hatte, vor Gericht gegen sie stehen. Er hatte nie verstanden, wie Abbys Mutter ihre Töchter im Stich hatte lassen können. Und er verstand auch absolut nicht, wie Val Olive im Stich hatte lassen können.

Da ihm Abby in den Sinn gekommen war, schaute er aus dem Fenster zum alten Brauschuppen. Und da sah er sie. Sie stand am Fenster, den Kopf gebeugt und auf ihre Arbeit konzentriert. Etwas in Clay veränderte sich, während er sie beobachtete. Er wurde ruhiger, als würde ihre Anwesenheit ihn erden. Genau in diesem Augenblick schaute Abby auf und ihre Blicke trafen sich. Ihre Lippen krümmten sich zur Andeutung eines Lächelns, das einen unerwarteten freudigen Impuls direkt zu seinem Herzen sandte. Ohne einen weiteren

Gedanken legte er den Baseball auf den Schreibtisch und ging zum Schuppen.

„Hey du." Abby grinste ihn in dem Augenblick an, als er zur Tür hinein kam. „Ist schon ein paar Tage her, oder?"

„Nur, weil du faul warst", sagte er und lächelte sie träge an.

„Faul?" Sie lachte mit funkelnden Augen.

Er grinste sie an wie ein Idiot, weil ihm nur zu bewusst war, dass er eine glücklichere, befreitere Abigail sah als diejenige, die vor einer guten Woche in die Stadt gekommen war. Die jetzige Abby wirkte wie die, die er in der Highschool gekannt hatte, die, in die er sich verliebt hatte.

„Woher weißt du denn, dass ich faul gewesen bin? Hast du mich etwa im Blick behalten, Garrison?"

„Und wenn?", sagte er und trat näher an sie, weil er ihrer magnetischen Anziehungskraft nicht widerstehen konnte. Das hatte er noch nie gekonnt. Es gab keinen Grund zur Annahme, dass er inzwischen immun sein sollte. Nicht, wenn sie so offensichtlich dieselbe war, nur reichhaltiger, mit mehr Schichten, komplizierter.

Sie legte ihm die Hände auf die Brust und neigte den Kopf, um ihm in die Augen zu schauen. „Ich glaube, du weißt, wo du mich findest, falls du nach mir suchst."

Ihm stockte der Atem, während er ihr hübsches Gesicht ansah, die Offenheit, die ihm entgegenleuchtete, das Vertrauen, die Güte. Sie war alles, was Val nicht war, und das raubte ihm den Atem.

„Du weißt schon, zu Hause, ich kümmere mich um den Obsthain und sorge dafür, dass Dad ein ordentliches Mittagessen hat. Wer hätte je gedacht, dass ich mich für die Familie in eine Haushaltsgöttin verwandle?"

Er schmunzelte und trat einen Schritt zurück. „Ich nicht.

Aber wo du deine Familie erwähnst, kommen deine Schwestern rum, um dir zu helfen?“

„Klar. Faith schaut fast jeden Tag dabei. Aber Yvette hat in ihrem Laden zu tun, und Noel hat Daisy. Es ist einfach so, dass ich diejenige bin, die dort wohnt. Darum lenkt Faith Dad zum Großteil ab und hält ihn bei Laune, während ich dafür sorge, dass alles glatt läuft. Es ist nicht belastend.“

„Ich hätte nicht im Traum daran gedacht, dass es eine Last wäre, zumindest nicht für dich. Familie war schon immer deine Priorität“, sagte er.

„War sie … bis ich weggegangen bin.“ Sie drehte sich um und konzentrierte sich darauf, an ihrem Arbeitsplatz eine Kiste zu öffnen.

Erst da merkte er, dass sie gar nicht gearbeitet hatte. Oder zumindest noch nicht mit der Arbeit angefangen hatte. Auf dem Edelstrahltresen befanden sich nur die Kiste und zwei Fotos. Er warf einen Blick darauf und erkannte die Fotos von ihr und Charlotte am Strand, Fotos, die er gemacht hatte. „Mensch“, sagte er leise. „Ich habe die nicht gesehen, seit wir sie entwickeln ließen. Wo hast du die her?“

„Von Charlottes Mom. Ich war heute bei Mrs. P.“

Mitgefühl, in das sich Überraschung mischte, trat auf sein Gesicht, während er große Augen machte. „Sieht aus, als wäre es ganz gut gelaufen. Alles in Ordnung bei dir?“

„Ja“, sagte Abby leise. „Ganz ok. Es war schwer, aber auch gut. Wir haben ein wenig in Erinnerungen geschwelgt. Mit ihr zu reden war leichter, als ich erwartet hatte.“

Clay ging das Herz auf. Er hatte Abby seit Charlottes Tod nicht mehr so friedlich gesehen. Er wollte für immer in diesem Augenblick leben. Er hatte *diese* Abby vermisst. „Sie hätte nicht gewollt, dass du sie in deinen Erinnerungen wegsperrst. Das weißt du, oder?“

„Weiß ich." Sie sah zu ihm auf, ihre Augen glänzten wegen der Tränen, die sie zurückhielt. „Es tut normalerweise nur zu sehr weh."

„Und jetzt?" Er konnte nicht widerstehen und griff nach oben, um ihr eine Strähne ihrer blonden Haare hinters Ohr zu schieben.

Sie blinzelte, und ihre Augen wurden wieder klar. „Es tut immer noch weh, aber das Sprechen über sie scheint auch heilsam zu sein. Mrs. P. will, dass ich eine Therapie mache."

Er wünschte, sie wäre schon vor zehn Jahren in Therapie gegangen. Als sie sich von ihm getrennt und klar gemacht hatte, dass sie die Stadt verlassen würde, hatte er sie darum gebeten, mit einem Profi zu reden, ehe sie solch eine große Lebensentscheidung traf, aber sie war geflohen. „Wenn du die richtige Person findest, hilft das in der Regel. Was hast du gesagt?"

Sie stieß ein ersticktes Lachen aus. „Ich habe ihr von dem Scharlatan erzählt, bei dem ich in New Orleans war, der nur dafür gesorgt hat, dass ich mich wegen allem noch schlechter fühle."

Er hob die Augenbrauen. „Du bist zu jemandem gegangen? Ich dachte … naja, ich dachte, der Gedanke gefiel dir nicht."

Sie drückte ihm eine Hand auf die Brust, gleich über dem Herzen. „Du hast mich gebeten, direkt nachdem wir Charlotte verloren hatten, also bin ich gegangen, als ich in New Orleans ankam."

Clay hob seine Hand und legte sie auf ihre, die er dort festhielt. „Es tut mir leid, dass es nicht gut gelaufen ist."

„Mir auch. Mrs. P. sagt, dass man manchmal weiterprobieren muss, bis man die passende Person findet."

„Das stimmt normalerweise. Ich habe das gemacht, bis ich Doktor Bell gefunden habe."

„Du bist zur Therapie gegangen?" Ihre Stimme war hoch und ungläubig.

Er lächelte sie schief an. „Ja, sicher. Ich habe unter ernsthaften Verlustproblemen gelitten. Als Val ging, nahm ich es allmählich persönlich, weißt du? Erst du, dann sie. Das richtet schon was an im Kopf." Abby zuckte zusammen und wollte sich zurückziehen, aber Clay hielt seine Hand fest auf ihrer, damit sie dort blieb, und fügte hinzu: „Lauf nicht wieder weg, Abs. Nicht mehr. Wir müssen uns noch um etwas kümmern."

„Clay, ich –"

„Du musst nichts sagen, Abby. Darum habe ich das nicht erwähnt. Ich wollte nur, dass du weißt, dass man manchmal, oft, echte Hilfe erwarten kann, wenn man mit dem richtigen Profi spricht, um den Mist zu ordnen, der einen innerlich zerreißt. Ich will nur, dass du Frieden mit der Vergangenheit schließt."

Sie musterte ihn, dann senkte sie den Blick auf ihrer beider Hände, die immer noch auf seinem Herzen aufeinanderlagen. „Hast du das?"

Er holte bebend Luft, weil ihn ihre Frage etwas unvorbereitet traf. „Bist du sicher, dass du die Antwort darauf wissen willst?"

„Ja." Ihre Antwort kam sofort und völlig überzeugt.

„Ok, aber vergiss nicht, du wolltest es wissen."

Abby nickte. „Mehr, als du dir vermutlich vorstellen kannst."

Clay war sicher, sie würde es bedauern, gefragt zu haben. Gewiss würde er es bedauern, geantwortet zu haben, aber er konnte nicht lügen. Nicht, wenn alles in ihm danach schrie, sie zu küssen. „Spürst du, wie mein Herz unter deiner Hand flattert?"

Sie verzog das Gesicht. „Ja."

„Das hat alles mit dir zu tun. Mit deiner Anwesenheit. Mit dieser leisen Freundschaft, die wir aufgebaut haben. Mit der Tatsache, dass ich dich, seit du zurück in die Stadt gekommen bist, nicht mehr aus dem Kopf bekomme."

„Nicht?", fragte sie mit der Andeutung eines Lächelns.

„Nein. Keinen Augenblick. Also lautet die Antwort definitiv Nein. Ich habe keinen Frieden mit meiner Vergangenheit gemacht. Nicht mit der ganzen. Mit dem Großteil schon, klar. Aber wenn es um dich geht, Abigail Townsend, wird meine Vergangenheit mit dir mich immer verfolgen. Ich wollte dich, seit du dreizehn warst, und zehn Jahre der Trennung haben an dieser Tatsache nichts geändert. Ich will dich in meinem Leben, Abby. Aber das war zehn Jahre lang nicht meine Entscheidung. Darum tat ich das Einzige, was ich tun konnte, und habe –"

„Jemand anderen geheiratet", sagte sie. Ihr Versuch eines Lächelns war eher ein Zucken.

Er gab ein humorloses Lachen von sich und schüttelte den Kopf. „Nein, ich habe gelernt, mit der Tatsache zu leben, dass du nicht zu mir zurückkommst, zu uns. Obwohl ich also akzeptieren kann, was passiert ist, sogar weitermachen und ein normales Leben führen, ist es nicht das, was ich mir gewünscht hätte. Ich vermute, es wird nie sein, was ich mir gewünscht hätte, aber das ist nicht meine Entscheidung. Es ist deine, und das war es immer."

Abby gab ein leises, ersticktes Geräusch tief in der Kehle von sich und drückte ihre Hand fester auf Clays Brust. „Es tut mir leid, Clay", sagte sie wieder. „So leid. Ich wollte dir nie wehtun."

„Ich weiß, Abs. Ist in Ordnung." Er hob eine Hand und strich ihr über die Wange.

Ihr Körper neigte sich seinem entgegen, als sie sich vorbeugte, die Augen geschlossen. Alles an ihr raubte ihm den Atem. Er wusste, dass es eine schlechte Idee war, zuzulassen, dass er sich wieder neu in sie verliebte, wenn sie ein Leben in New Orleans hatte, zu dem sie letztlich zurückkehren würde. Aber das, was zwischen ihnen geschah, ließ sich nicht aufhalten. Wenn es um Abigail Townsend ging, wusste Clay nicht, wie man entkam.

Mit bis zum Hals pochenden Herzen näherte er sich ihr und drückte seine Lippen auf ihre.

Abby schmolz innerlich. Wärme und Freude und Verlangen vermischten sich, erfüllten sie, während sie eine Hand in Clays dichtes Haar gleiten ließ, die andere auf seine Brust. Seine Lippen bewegten sich sanft auf ihren, weich, aber fest, und wurden rasch etwas fordernd, während sich seine Arme um sie spannten. Er bog Abby zurück und öffnete den Mund, um den Kuss zu vertiefen.

Die Welt hielt inne und verblasste. Sie kannte nur noch Clay Garrison und die Art, wie sie sich in seinen Armen fühlte – gewollt, geliebt, begehrt.

„Abby?" Eine wütende Männerstimme erfüllte den Schuppen. „Was machst du da?"

Sie erstarrte, erkannte Logans entrüsteten Tonfall sofort.

Clay richtete sich auf, nahm Abby mit sich, dann drehte er sich um, einen Arm um ihre Taille geschlungen. Er warf ihr einen Blick zu. „Kennst du diesen Typen?"

Abby nickte und trat einen Schritt vor. „Logan, was machst du hier?"

„Ich suche meine Freundin. Stell dir mein Entsetzen vor,

dass ich sie finde, wie sie einen anderen küsst. Ist das er wahre Grund, warum du nicht nach Hause kommst?"

„Was?" Sie starrte ihn an, den Mund leicht geöffnet, während sie zu verarbeiten versuchte, was er gesagt hatte. *Freundin?* Hatte er passenderweise ihre Mail und ihr Telefonat letzte Woche vergessen?

Clay versteifte sich neben ihr und räusperte sich. „Ich dachte, du sagtest, ihr hättet euch getrennt?"

„Haben wir!", erwiderte Abby, entgeistert von dem Vorwurf in Clays Tonfall. „Ich habe es letzte Woche beendet. Zweimal." Sie wandte ihre Aufmerksamkeit wieder Logan zu. „Glaubst du, du kannst hier einfach aufkreuzen und so tun, als hätte dieses Gespräch nie stattgefunden?"

„Nein, natürlich nicht", sagte Logan vernünftig und nahm Abbys Hand. „Aber du kannst nicht einfach mit jemandem am Telefon Schluss machen, mit dem du zwei Jahre zusammengelebt hast. Abby, wir haben etwas Besonders, und ich lasse nicht zu, dass du das wegwirfst."

Abby starrte auf ihrer beider Hände, eine Berührung, die zugleich vertraut und fremd war. Sie warf einen Blick auf Clay.

Er hob die Augenbrauen. „Ihr habt zusammengelebt?"

„Was? Bei der Göttin, nein." Sie entriss Logan ihre Hand, als ihr Schock, ihn in Keating Hollow zu sehen, schließlich Zorn wich. Sie begegnete Logans großspurigem Blick. „Wir haben nie zusammengelebt. Warum schreibst du die Vergangenheit um? Und warum bist du hier?"

„Komm schon, Abby. Wir hätten genauso gut zusammenleben können. Und du weißt, dass du nur gestresst bist. Wir können nicht Schluss machen, während du mit deinem Vater beschäftigt bist. Du bist irrational."

Clay stieß ein schnaubendes Lachen aus und murmelte: „Das wird nicht gutgehen."

„Nein, wird es nicht", sagte Abby und stemmte die Hände in die Hüften. „Ich weiß nicht, für wen du dich hältst, oder warum du hier in meinem Arbeitsschuppen bist, aber ich kann dir versichern, du bist hier nicht willkommen, Logan. Wie bist du hier überhaupt hergekommen?"

„Abby, Baby, komm schon. Gehen wir eine Runde Spazieren und besprechen das alles."

„Nein. Und nenn mich nicht Baby." Abby verschränkte die Arme vor der Brust und starrte ihn an. „Wer hat dich hier nach hinten gelassen?"

Logan deutete vage zum Seiteneingang des Pubs. „Der Typ, der den Laden hier hat, sagte, dass du vermutlich hier arbeitest. Ich habe mir gedacht, ich überrasche dich."

Abby legte ihm eine Hand auf die Brust und schob ihn aus dem Schuppen. „Mission erfolgreich. Jetzt raus."

Logan stemmte sich gegen sie und stützte sich an der Tür des Schuppens ab. „Abby –"

„Hör mal, Freundchen" sagte Clay ruhig. „Es ist ziemlich offensichtlich, dass Abby sich nicht freut, dich zu sehen. Ich schlage vor, du machst, was sie sagt, bevor ich die Polizei rufe und dich vom Grundstück werfen lasse."

Logan kniff die Augen in Clays Richtung zusammen. „Halt dich da raus, Kumpel. Abby ist *meine* Freundin."

„Nein, bin ich nicht!", brüllte Abby aus vollem Halse. Dann starrte sie Logan einfach nur an, musterte seinen missbilligenden Blick und seine geballten Fäuste. Schließlich schüttelte sie genervt den Kopf und fegte an ihm vorbei, ging direkt durch die Vordertür und die Holzstufen hinab, bis sie auf dem Parkplatz war. „Welcher ist dein Mietwagen?"

„Der schwarze BMW", sagte Logan hinter ihr.

„Natürlich", erwiderte sie trocken und ging hinüber zum schönsten Auto auf dem Parkplatz. Als sie sich umdrehte, sah sie Clay auf der Veranda stehen, ans Geländer gelehnt, und sie beobachten. Sie nickte ihm leicht zu, ein stummes Danke dafür, dass er auf sie aufpasste, ihr aber den Raum ließ, den sie brauchte, um die Lage selbst in den Griff zu bekommen. Sie wandte sich an Logan und fragte: „Warum bist du hergekommen?"

Er ging einen Schritt vor, doch Abby hob eine Hand und hielt ihn auf. Er seufzte. „Um dir diese übereilte Trennung auszureden. Wir sind gut zusammen, Abby. Du willst doch nichts Gutes ruinieren, nur für einen Kleinstadtbarkeeper."

„Du meinst Clay?" Sie lachte über seine Annahme, aber innerlich wollte sie einfach nur wieder schreien. Hatte Logan irgendwas von dem gehört, was sie zu ihm gesagt hatte? „Erstens ist er kein Barkeeper. Er ist Braumeister, und er führt das Geschäft meines Vaters. Zweitens hat unsere Trennung nichts mit ihm zu tun. Sie hat mit dir zu tun. Ich habe es satt, dass du mir nicht zuhörst, Logan. Alles dreht sich immer nur um dich, und darum, was du brauchst. Im Augenblick muss ich mich um mich und meine Familie kümmern. Und ich kann das nicht tun, während ich mir Sorgen darum mache, dass du mich nach New Orleans zurückzuholen versuchst."

Er warf einen Blick auf Clay und machte ein finsteres Gesicht.

„Oh, bei der Göttin!" Abby warf die Hände in die Luft. „Flieg nach Hause, Logan. Das ist das letzte Mal, dass ich das sage. Wir. Sind. Durch. Ich bin nicht mehr deine Freundin. Es tut mir leid, dass du so weit geflogen bist, aber du hättest vorher anrufen sollen."

„Abby …"

Sie schüttelte den Kopf und zog sich zurück.

Logan griff vor und packte sie am Arm, um sie aufzuhalten.

Abby erstarrte und fixierte seine Hand, die sie gepackt hielt. „Lass los", sagte sie durch zusammengebissene Zähne.

„Erst wenn du mit mir geredet hast", beharrte Logan.

„Du lässt sie besser los", sagte Clay, der zu ihnen herübermarschierte. „Der Sheriff ist unterwegs, und wenn er sieht, dass du Abby so behandelst, wird das verdammt teuer."

Abby riss ihren Arm aus Logans Griff und machte einen Schritt auf ihn zu, rückte ihm auf die Pelle. „Wenn du mich je wieder anfasst, lasse ich eine einstweilige Verfügung erwirken. Kapiert?"

Er hob die Hände. „Gut. Kapiert. Man muss nicht gleich so ein Drama machen. Ich wollte nur –"

„Mir egal, was du wolltest. Steig in dein Auto und verschwinde. Ich weiß nicht, auf wie viele Arten ich das noch sagen soll." Abby schüttelte den Kopf. „Ich will nicht mehr deine Freundin sein. Und wenn du mich nicht zufrieden lässt, bekommst du größere Probleme als nur den Sheriff." Sie warf einen Blick hinab auf seinen Schoß. „Du willst doch nicht, dass ich deine Männlichkeit verfluche, oder?"

Logan wurde bleich. „Das würdest du doch nicht."

„Lass es drauf ankommen."

„Verdammt, Abby. Ich dachte, du wärst reifer. Werd mal erwachsen, ja?"

„Du zuerst."

Vor sich hin grollend rutschte er zurück in seinen schicken BMW. Nachdem er die Fenster heruntergelassen hatte, beugte er sich heraus und sagte: „Das wirst du bereuen."

„Das bezweifle ich sehr."

Logan legte brutal den Gang ein und heizte vom Parkplatz, wobei er Abriebspuren auf dem Asphalt hinterließ.

Abby stand kochend vor Wut da, während sie dem Auto auf

der Hauptstraße nachsah. Sie konnte es kaum fassen, dass ihr Ex hier einfach aufgekreuzt war und alles von der Hand gewiesen hatte, was sie ihm am Telefon gesagt hatte, als wäre es nicht geschehen. Dann hatte er sie behandelt, als wäre sie die Irre. Sie holte tief Luft und stieß sie aus.

„Geht's dir gut?", fragte Clay leise hinter ihr.

Sie schloss die Augen, wünschte sich abermals, der Boden möge sich einfach auftun und sie verschlingen. Wie hatte sie je mit einem so selbstsüchtigen, so wirklichkeitsfernen Mann zusammen sein können, der zweitausend Meilen weit durchs Land flog, weil er dachte, sie würde über sein egoistisches Verhalten einfach hinwegsehen und vergessen, dass sie sich trennen wollte?

Clay legte ihr eine Hand ins Kreuz. „Abby?"

„Schon gut", sagte sie mit einem Seufzen. „Ist das gerade echt passiert?"

„Ich fürchte schon, aber ich bin beeindruckt von deinem Talent, ihn zu verjagen. Seine Männlichkeit verfluchen, hm? Hast du im Lauf der Jahre ein paar neue Tricks gelernt oder nur geblufft?"

Abby lachte. „Offensichtlich geblufft, aber hast du sein Gesicht gesehen?"

„Das ist die Abby, die ich in Erinnerung habe." Clay grinste und hielt ihr eine Hand hin.

Sie ließ ihre Hand in seine gleiten und lächelte zu ihm auf. „Hast du echt den Sheriff angerufen?"

„Nein, aber ich habe drüber nachgedacht. Der Typ schien mir etwas realitätsfern."

„Etwas?" Abby verdrehte die Augen. „Das ist ein bisschen untertrieben. Weißt du, was ich nicht verstehe?"

„Was denn?"

„Wie konnte ich zwei Jahre lang eine Beziehung mit ihm führen und nicht sehen, was für ein Arsch er sein konnte?"

Clay lächelte sie traurig an und schüttelte den Kopf. „Ich habe mich etwas Ähnliches über Val schon viel zu oft gefragt, Abby. Ich glaube, manche Leute sind einfach gut darin, einem eine Person zu zeigen, die man ihrer Meinung nach sehen will, aber früher oder später bilden sich Risse, und man kann ihre wahre Natur nicht mehr leugnen. Wir können nur hoffen, dass sie sich zeigt, ehe es zu spät ist."

„Zwei Jahre ist lange. Ich glaube, ich habe vorsätzlich versucht, sein wahres Wesen *nicht* zu sehen."

„Du hattest doch noch Glück. Probier's mal mit sieben und komm dann wieder", sagte er, und in seinen dunklen Augen spiegelte sich Traurigkeit.

Abby legte ihm eine Hand aufs Herz und wünschte sich mit aller Kraft, sie könne den Schmerz ungeschehen machen, an dem er litt. Sie machte sich nicht direkt Vorwürfe. Sie waren noch jung gewesen, als sie Keating Hollow verlassen hatte. Wäre sie nie weggelaufen, wer konnte schon sagen, ob sie dann zusammen geblieben und zehn Jahre später immer noch ein Paar gewesen wären? Aber sie *wusste*, dass sie ihn liebte, und diese Liebe brannte immer noch tief in ihr. Zu wissen, dass er eine schwierige Ehe durchgemacht hatte, die auf eine Scheidung hinausgelaufen war, tat ihr um seinetwillen weh.

Eine leichte Herbstbrise kam auf und wehte Abby eine Haarsträhne in die Augen. Clay strich sie zurück, wovon sie überall Gänsehaut bekam. Sie bebte leicht, wollte wieder in seiner Umarmung sein wie vorhin, ehe Logan sie so rüde unterbrochen hatte.

Sie sahen sich in die Augen, und Clay lächelte zu ihr herab. „Hast du morgen Abend schon was vor?"

Ihr Herz setzte einen Schlag lang aus, während hoffnungsvolle Vorfreude durch sie raste. „Nein. Außer man zählt einen weiteren John-Wayne-Film, auf dem mein Dad bestehen wird. Warum?"

„Geh mit mir essen. Halb acht?" Er streifte mit dem Daumen über ihre Wange, ohne den Blick von ihr abzuwenden.

„Ok", hauchte sie. „Wo sollen wir uns treffen?"

Er schüttelte den Kopf und lächelte sie milde an. „Es ist ein Date, Abs. Ich weiß, wir sind im einundzwanzigsten Jahrhundert und so, aber wenn es dir nichts ausmacht, würde ich dich trotzdem gern abholen."

„Damit kann ich arbeiten." Freude durchdrang sie, als er das Wort Date erwähnte, und sie musste sich anstrengen, um das dümmliche Grinsen aus ihrem Gesicht zu halten.

„Gut." Er beugte sich herab und küsste sie leicht auf die Wange, die er gestreichelt hatte, dann drehte er sich um und ging zurück ins Brauerei-Pub.

„Heilige Hexenwarzen", sagte eine Frau hinter ihr.

Abby wirbelte herum und grinste, als sie Wanda in ihrem Partymobil sah. Wann war sie dazugekommen? Sie und Clay waren so vertieft gewesen, dass sie es nicht einmal mitbekommen hatte.

„Es ist warm hier draußen, oder?", verkündete Wanda und fächelte sich Luft zu.

„Es hat fünfzehn Grad, Wanda", sagte Abby und setzte sich neben ihre Freundin. „Warm ist da nicht gerade das richtige Wort."

„Nicht mehr, keineswegs. Nach dieser öffentlichen Zurschaustellung würde ich sagen, die Kerntemperatur von Keating Hollow hat sich gerade um gute zehn Grad erhöht."

Abby lachte und schüttelte den Kopf. „Hör auf. Wir haben nicht mal was gemacht."

„Klar, Abby. Wenn du das sagst." Wanda legte den Rückwärtsgang ein und setzte zurück.

„Wohin sind wir unterwegs?", fragte Abby.

Wanda scrollte durch ihr Smartphone, und einen Moment später sang Taylor Swift davon, sich ein Kleid zu kaufen, nur damit es ihr jemand ausziehen konnte. Wanda beugte sich herüber, grinste und sagte: „Um dir etwas zu suchen, das du zu deinem heißen Date anziehen kannst."

bby summte vor sich hin, während sie das Haus ihrer Familie betrat, Einkaufstüten in der Hand. Sie und Wanda hatten die letzten paar Stunden im *Bewitched* verbracht, der Damenboutique in der Hauptstraße. Nachdem sie so gut wie jedes Kleid dort anprobiert hatte, hatte Abby sich schließlich für ein rotes Neckholder-Kleid entschieden, das ihre Schultern und Taille toll in Szene setzte. Aber es waren die Schuhe, in die sie sich verliebt hatte – Schuhe mit Zehn-Zentimeter-Absätzen und Seidenbändern, die um ihre Knöchel lagen und mit einer Schleife geschlossen wurden. Sie fühlte sich feminin und sexy, wenn sie nur daran dachte, das neue Outfit zu tragen.

Im Haus war es dunkel und still. Abby legte ihre Einkäufe in ihrem Zimmer ab, schaute nach ihrem Dad, der ein Nickerchen machte, und bereitete ihm dann etwas zu essen vor. Eine Stunde später köchelte auf dem Herd eine Suppe, und Maisbrot kühlte auf dem Tresen ab.

Abby setzte sich und schaltete den Computer ein. Sie klickte sich gerade durch ihre Mails, da hörte sie, wie sich die

Schlafzimmertür ihres Vaters öffnete. Sie drehte sich um und lächelte ihn an. „Das Abendessen ist jederzeit bereit."

Er drückte sich die Hand auf den Bauch und schüttelte den Kopf. „Für mich nichts, Liebling. Ich brauche nur etwas Wasser und Cracker."

Abby schaute ihn an, während er ins Licht trat. Sein Gesicht war kreidebleich, und unter seinen Augen lagen dunkle Ringe. „Hattest du wieder eine Behandlung, Dad?"

„Heute Vormittag." Er schlurfte an ihr vorbei, öffnete den Schrank und holte die Cracker heraus.

„Dad, ich habe dir gesagt, ich würde dich hinfahren. Warum hast du nichts –"

„Ich habe vergessen, dass es heute war, und als es mir einfiel, dass der Termin anstand, warst du bereits weg. Yvette hat mich begleitet."

„Oh. Na, das ist gut. Wie ist es gelaufen?"

„Gut bis vor etwa zehn Minuten." Er griff in den Kühlschrank und nahm sich eine Flasche Wasser.

Abby zwang sich dazu, sitzen zu bleiben und nicht aufzuspringen, um ihm zu helfen. Wenn es eines gab, das sie gelernt hatte, seit sie heimgekehrt war, dann, dass ihr Dad es hasste, wenn seine Töchter ihn behandelten, als wäre er krank. „Ist dir schlecht?"

„Das ist eine Untertreibung." Er hielt inne, Schweiß trat ihm auf die Stirn, und sein Gesicht wurde plötzlich ungesund grün.

„Und kein Trank von *Charming Herbals* hilft?"

„Nein." Er blieb stehen, stellte die Cracker und das Wasser ab und hielt sich am Tresen fest, während er durch einen sichtlichen Übelkeitsanfall atmete.

Verdammt! Abby verfluchte sich. Warum funktionierten ihre eigenen Tränke nicht? Die Tränke, die sie in ihren

Jugendjahren hergestellt hatte, hatten stets jede Magenverstimmung beruhigen können. Sie verabscheute es, ihren Vater leiden zu sehen, wenn sie tief in ihrem Innern wusste, dass es ihr hätte möglich sein sollen zu helfen.

Ihr Vater stürzte sich plötzlich ins Schlafzimmer und ließ die Cracker und das Wasser zurück.

Tränen brannten in Abbys Augen, aber sie blinzelte sie weg. Sie wollte unbedingt helfen und schnappte sich die Cracker und das Wasser vom Tresen und folgte ihm. Sie stellte die Gegenstände aus der Küche auf seinen Nachttisch und verzog das Gesicht, als sie das Würgen aus dem Bad hörte. Es gab nur eines, was sie tun konnte – es noch einmal versuchen. Nur dass es diesmal in ihrem eigenen Raum stattfinden würde.

Es war Zeit, sich ihrem letzten Dämon zu stellen.

Mit zurückgedrückten Schultern ging Abby aus dem Zimmer ihres Vaters in die Küche. Nachdem sie ihre Utensilien beisammen hatte, begab sie sich nach draußen zu dem hübschen Schuppen, den ihr Dad ihr vor zwanzig Jahren gebaut hatte. Sie zögerte nicht; mit reiner Entschlossenheit zog sie die Tür auf.

Sie hatte erwartet, dass ihr Reich verstaubt sein würde, voller Spinnweben und Spuren von Tieren, die in ihrer Abwesenheit hier eingezogen waren, aber der Raum war blitzsauber. Der Edelstahl glänzte unter den Einbaulichtern, und ihre Kupfertöpfe und Schalen, die am Regal hingen, waren frei von Rost. Es waren sogar frische Kräuter entlang des Regals aufgereiht.

„Das war Noel", sagte sie. „Keine Frage." Abby schüttelte den Kopf, sowohl leicht verärgert als auch dankbar. Natürlich. Ihre Schwester drängte sie seit Jahren, sich wieder mit dem Heilen zu beschäftigen. Sie hatte logischerweise dafür gesorgt, dass der Raum bereitstand, falls Abby endlich den Mumm hatte, es wieder zu versuchen.

Sie verlor die Nerven, und ihre Hand bebte, als sie einen der Kupfertöpfe vom Regal holte. Sie bemühte sich, den Blick auf den Arbeitsplatz gerichtet zu halten, aber sie konnte nicht verhindern, dass sie nach hinten auf die Bank schaute, die an der Wand stand. Bilder von Charlotte blitzten durch ihre Gedanken. Ihr Körper spannte sich an, und ihr Herzschlag setzte einen Augenblick lang aus. Es war der letzte Ort, an dem sie ihre Freundin gesehen hatte. Genau dort hatte Charlotte gesessen, als Abby ihr den Trank verabreicht hatte – den Trank, der letztlich ihren Tod herbeigeführt hatte.

Abby schüttelte wild den Kopf und zwang die Erinnerung aus ihren Gedanken. *Nicht jetzt.* Sie konnte nicht zulassen, dass ihr Dad weiter litt. Nicht, wenn sie wusste, dass irgendwo in ihr die Macht steckte, ihm zu helfen.

Sie wandte der Bank den Rücken zu und machte sich an die Arbeit. Dreißig Minuten später hielt sie die Luft an und sprach ihre finale Anrufung. Ihre Magie brach mit so großer Macht und Helligkeit aus ihr hervor, dass sie ein paar Schritte zurückstolperte.

„Huch." Sie packte den Tresen, um sich zu stützen, und rührte weiter. Der Trank wurde leuchtend golden. Hoffnung blühte in ihrer Brust auf, während sie wartete. Fünf Sekunden, zehn, fünfzehn, zwanzig. Gerade, als sie glauben wollte, dass ihre mentale Blockade endlich durchbrochen war, wurde der Trank beige und stank leicht nach faulen Eiern.

„Igitt!", rief sie, nahm den Topf und schleuderte ihn durch den Raum. Der Trank spritzte an die Wand und tropfte auf die Bank. Abby stand da und sah zu, wie die Früchte ihres Scheiterns den Schuppen befleckten – eine nachdrückliche

Erinnerung daran, warum sie vor zehn Jahren weggelaufen war.

Etwas in Abby ging kaputt, und ein Schluchzen löste sich aus ihrer Kehle, während sie auf die Knie sank und ihr Gesicht in den Händen barg. Sie wusste nicht, wie lange sie dort auf dem kalten Fliesenboden saß, während endlose Tränen über ihr Gesicht liefen, aber als sie endlich ein Ende hatten, fühlte sie sich leer und schwach. Sie legte sich hin und schloss die Augen, den Kopf in die Hände gebettet, und wünschte sich, die Dunkelheit möge sie mitnehmen.

* * *

„Abby? Komm schon, Abs, wach auf."

„Noel?" Abbys Stimme brach, während sie das Wort herauszwang. Sie blinzelte, ihre Sicht verschwommen vom Schlaf.

„Was treibst du hier draußen? Dad hat sich Sorgen gemacht."

Abby rieb sich die trockenen, juckenden Augen und schob sich hoch. Schmerz pochte durch ihre Schulter und Hüfte. „Au."

Noels rote Haare fielen vor, während sie sich bückte und ihrer Schwester die Hand hinhielt.

Abby nahm sie dankbar und zog sich vom Boden hoch. Sobald sie stand, schaute sie sich um und stöhnte, als sie die Sonne durchs Fenster scheinen sah. „Ich wollte hier nicht die ganze Nacht verbringen."

Noel nickte zur Wand hinter ihr. „Sieht aus, als hättest du einen spannenden Abend gehabt."

Abby lehnte sich an die Anrichte und verzog das Gesicht. „Eher einen interessanten."

„Willst du darüber reden?"

Abby schüttelte den Kopf, sagte dann aber: „Dad ging es nach der Behandlung nicht gut. Ich konnte es nicht ertragen, ihn so zu sehen, und kam hier raus, um nochmal zu versuchen, den Trank herzustellen. Ich schätze, ich dachte, hier drin würde ich vielleicht überwinden, was meine Fähigkeiten blockiert."

Noel drehte sich um, um den Trank anzustarren, der an der Wand getrocknet war.

„Ich habe es wirklich versucht, Noel", sagte Abby mit einem Hauch Frustration. „Ich kriege es einfach nicht hin. Ganz gleich, wie sehr du es von mir willst."

„Ich habe nichts gesagt", erwiderte Noel, die den Kopf neigte, um ihre Schwester zu mustern. „Jedenfalls nicht seit jenem Tag in Brees Laden."

Abby starrte auf ihre Füße, Schuldgefühle und Scham überkamen sie. „Ich weiß. Ich kann … es nur einfach nicht ertragen, Dad krank zu sehen."

„Oh, Abs." Noel nahm ihre Hand. „Es tut mir leid. Ich hätte nie versuchen sollen, dich mit Schuldgefühlen zu etwas zu treiben, für das du noch nicht bereit warst. Es ist einfach für uns alle schwer." Tränen standen in ihren großen, blauen Augen. „Das lastet nicht alles auf deinen Schultern. Ich weiß das, und auch Faith und Yvette wissen es. Ich – es tut mir leid."

„Ach Mann. Wir sind echte Heldinnen." Abby schlang die Arme um Noel und umarmte sie fest.

„Ich weiß." Ihre Schwester gab erstickt ein halbes Lachen, halbes Schluchzen von sich und erwiderte die Umarmung. Sie hielten einander lange fest, bis Noel sagte: „Ich glaube, wir könnten beide eine Therapie vertragen."

Ein trauriges Kichern brach aus Abbys Kehle hervor. „Das hat Clay auch gesagt."

Noel zog sich zurück und schaute Abby verwirrt an. „Dass wir beide eine Therapie brauchen?"

„Nein. Er meinte mich. Mrs. P. hat mich auch gebeten, zu jemandem zu gehen. Ich denke, das Universum will mir etwas sagen."

Noel drückte die Lippen aufeinander und lächelte Abby mitfühlend an. „Vielleicht ist es Zeit zuzuhören?"

Abby zuckte mit den Schultern. „Was habe ich zu verlieren?"

„Diesen fünfzig Pfund schweren Sack der Schuld, den du mit dir herumschleppst?", neckte Noel sie mit funkelnden Augen. „Deine Jeans würde vermutlich besser passen, wenn du davon was ablädst."

„Moment mal! Meine Jeans sitzt hervorragend, vielen Dank aber auch."

„Wenn du meinst." Noel grinste und beäugte Abbys Taille.

Abby verdrehte kurz die Augen und begab sich zur Tür. „Hör auf. Und lass uns reingehen, damit ich was frühstücken kann, ehe ich einem Fremden mein Innerstes offenbare."

„Und Kaffee. Jede Menge Kaffee. Es ist erst acht, und es war schon ein heftiger Tag."

„Das kannst du laut sagen." Abby hielt ihrer Schwester die Tür auf, und während Noel an ihr vorbeiging, sagte Abby: „Danke für das, was du hier drin gemacht hast."

Noel warf ihr einen Seitenblick zu. „Du meinst, dass ich dich über meinen ganzen Pulli flennen lasse?"

„Nein, dass du hier aufgeräumt und sichergestellt hast, dass alles für mich bereit ist."

Der erheiterte Ausdruck auf Noels Gesicht wich Aufrichtigkeit, während sie sagte: „Ich habe immer an dich geglaubt, Abby. Das tue ich auch jetzt. Du hast diesen Ort von dem Tag an geliebt, als Dad ihn dir gebaut hat. Und wenn du nie wieder einen Trank hier drin machst, ist das in Ordnung, aber du verdienst es, deinen Raum zurückzuhaben. Ich wollte nur, dass er für dich da ist, wenn du so weit bist."

Abby legte den Kopf schief und musterte ihre Schwester. „Hast du etwa grade was Nettes zu mir gesagt?"

„Nein. Vielleicht musst du dir die Ohren putzen." Dann zwinkerte sie und zerrte Abby aus ihrem Arbeitsschuppen und ins Haus.

KAPITEL 20

Clay stand vor dem Spiegel in seinem Schlafzimmer und wollte seine blaue Seidenkrawatte richten. Er konnte sich nicht erinnern, wann er sich das letzte Mal im Anzug hatte schick machen müssen. Vermutlich war das in L.A. für irgendein Event gewesen, zu dem Val ihn gezwungen hatte. Er war nicht unbedingt der Typ für Krawatten, und nach dem dritten Versuch, den Knoten gerade hinzukriegen, zerrte er das Ding herunter und schleuderte es auf einen Sessel in der Ecke seines Zimmers.

„Du siehst ohne sowieso besser aus", sagte seine Mutter von der Tür aus.

Er warf einen Blick zu ihr hinüber und lächelte dankbar. Sie hatte angeboten, auf Olive aufzupassen, während er Abby ausführte. „Hey. Wann bist du denn angekommen?"

„Erst vor ein paar Minuten. Olive packt ihre Tasche."

Clay runzelte die Stirn. „Sie muss nicht bei dir bleiben. Ich kann sie abholen, wenn Abby und ich Essen waren."

Seine Mutter winkte ungeduldig ab. „Vergiss es. Geh aus. Hab Spaß. Olive und ich machen eine Pyjamaparty."

Clay nickte abgelenkt, während er auf die Uhr sah. Er holte Abby in dreißig Minuten ab, und die Zeit schien zwischen Stillstand und Warpgeschwindigkeit zu wechseln. Genau in diesem Augenblick stand sie still.

„So könnt ihr eure eigene Pyjamaparty veranstalten, wenn ihr wollt", sagte seine Mutter lachend.

„Was?" Clay riss den Kopf zu seiner Mutter herum. „Das ist doch gar nicht ..." Er schüttelte den Kopf. „Abby und ich lernen uns gerade wieder kennen. Pyjamapartys stehen nicht auf dem Programm."

„Sicher, Clay", sagte sie mit einem Kichern, während sie durch den Flur zu Olives Zimmer schwebte.

Clay grummelte, nahm sein Handy und die Geldbörse von der Ablage und schob sie sich in die Tasche. Wollte sie seinen Abend ruinieren? Das letzte, was er wollte, war ein Gespräch über sein Liebesleben, oder das Fehlen eines solchen, mit seiner Mutter.

Er musste an Abbys hübsches Gesicht denken, und alle Gedanken an seine Mutter verschwanden. Jener Kuss, den sie vor ein paar Tagen geteilt hatten, war in sein Gehirn eingebrannt, und er hatte nicht aufhören können, an sie zu denken. Es gab nichts, was er mehr wollte, als etwas Zeit mit ihr allein zu verbringen und zu sehen, wohin sich das entwickelte.

Aber dann quälten ihn wie immer nagende Zweifel. Würde sie diesmal in Keating Hollow bleiben? Konnte er es sich leisten, sie zurück in sein Herz zu lassen, und viel wichtiger, in das von Olive? Er durfte das alles nicht zu weit treiben, bis er sicher war, wie ihre Pläne aussahen, um seinet- und um Olives willen. Das war etwas, über das sie eher früher als später sprechen mussten. Er wusste das. Aber er konnte sich nicht davon abhalten, Zeit mit ihr zu verbringen. Er wollte es nicht einmal. Es gab zwischen ihnen eine gewisse magnetische Anziehungskraft, und die würde dafür sorgen, dass er nicht auf Abstand blieb – zumindest nicht heute Abend.

Clay ging durch den Flur zum Zimmer seiner Tochter und stellte sich in die offene Tür, an den Rahmen gelehnt. „Packst du dein ganzes Zimmer ein?", fragte er schmunzelnd.

Olive bugsierte die letzten Teile ihrer, wie es aussah, kompletten Sammlung von Stofftieren in einen Kleidersack. Sie schaute auf und grinste ihren Vater an. „Nein. Aber ich kann meine Stofftiere nicht hier lassen. Sie haben bereits zu viele Nächte allein verbracht, während ich bei Mom war."

Er schürzte die Lippen und setzte ein verletztes Gesicht auf. „Was? Zähle ich nicht? Ich war hier bei ihnen."

Sie beäugte ihn misstrauisch. „Hast du sie bei dir im Bett schlafen lassen?"

„Naja, das nicht."

„Bist du reingekommen und hast sie ins Bett gebracht?"

„Äh, nein, aber sie waren bereits in deinem Bett. Ich dachte –"

„Dann nicht." Olive schüttelte entschlossen den Kopf. „Es zählt nicht, dass du da warst. Sie sind einsam."

Clay unterdrückte ein Lachen und nickte ernst. „Das verstehe ich. Du bist eine gute Stofftier-Mama."

Sie nahm ihren Lieblings-Stoffhund vom Bett und hielt ihn mit beiden Armen, während sie die Wange an sein süßes Gesicht drückte. „Danke, Daddy."

Er betrat das Zimmer und ging vor ihr in die Hocke. „Du bist heute brav bei Oma, ja? Ich hole dich gleich morgen früh zu Pfannkuchen mit Schokostückchen ab."

Olive stieß ein erfreutes Quietschen aus, während seine Mutter erheitert schnaubte. Und wenn schon, dann fühlte er sich eben etwas schuldig, weil er seine Tochter eine Nacht lang abschob, da er auf ein Date gehen wollte. Es war ja nicht so, als ginge er die ganze Zeit auf Dates … oder überhaupt, seit der Scheidung.

Olive schlang Clay die Arme um den Hals und drückte ihn an sich. Dann küsste sie ihn auf die Wange. „Ich hab dich lieb, Daddy."

Clays Herz schmolz, und er hielt seine Kleine fester. „Ich dich auch, Käferchen."

Als er sie gerade losließ, klingelte es an der Tür.

„Erwartest du jemanden?", fragte seine Mutter hoffnungsvoll.

„Nein. Nur dich. Ich hole Abby daheim ab."

„Oh." Sie versuchte nicht mal, ihre Enttäuschung zu verbergen.

Clay verdrehte die Augen und marschierte durch sein einstöckiges Craftsman-Style-Haus zur Vordertür.

„Hallo, Clay." Val stand auf seiner Veranda und hielt einen Umschlag.

Er trat hinaus und schloss hinter sich die Tür, weil er Olive vor dem schützen wollte, was sie diesmal abziehen wollte. „Was machst du hier, Val?"

Sie reichte ihm den Umschlag. „Ich bin hier, um meine Tochter zu holen."

„Den Teufel bist du." Seine Faust schloss sich um das Papier in seiner Hand. „Olive geht nirgendwo hin. Sie gewöhnt sich gerade erst wieder an der Schule ein."

Val warf einen Blick auf den Umschlag. „Der Richter sieht das anders."

Glühend heißer Zorn ballte sich in Clays Brust, während er sie anstarrte. „Wovon redest du?"

„Ich habe eine einstweilige Verfügung. Olive wird bis zur Sorgerechtsanhörung bei mir wohnen."

Sie bluffte. Sie musste bluffen. Er kniff die Augen zusammen und riss den Umschlag auf. Darin war ein Gerichtsbeschluss, der besagte, dass Valerie Garrison vorübergehend das alleinige Sorgerecht für Olive Garrison hatte. Clay stierte das Blatt an und erstarrte vor Unglauben. Dann hob er den Blick und verzog das Gesicht über ihre selbstgefällige Miene.

„Olive kommt mit mir." Sie griff nach dem Türknauf, aber Clay ging dazwischen und verstellte ihr den Weg.

„Wie ist es dazu gekommen?" Er wedelte mit dem Blatt vor ihr. „Ich wurde nicht über eine vorgezogene Anhörung in Kenntnis gesetzt."

„Mein Anwalt hat mir das nahegelegt, da du mich meine Tochter nicht sehen lässt, wenn ich es möchte. Er dachte, es besteht vielleicht ein Fluchtrisiko, weil ich dich vor Gericht zerre. Der Richter hat zugestimmt, da du mit ihr ohne meine Zustimmung hierhergezogen bist, als wir uns getrennt haben. So können wir sicherstellen, dass du nicht wieder mit Olive verschwindest." Ihr selbstzufriedenes Grinsen trieb Clay dazu, sie erwürgen zu wollen.

„*Du* hast *uns* verlassen", sagte er durch zusammengebissene Zähne.

Sie machte eine unbesorgte Handbewegung. „Ich war beruflich außer Landes, Clay. Ich habe mir Olive nicht geschnappt und bin mit ihr weggezogen, ohne dir was zu sagen."

„Du warst sechs Monate weg und hast uns nach der ersten Woche nie mehr angerufen." Clays Gesicht war so heiß, dass er sicher war, sein Kopf würde explodieren.

„Du wusstest, wo ich war." Sie zuckte mit den Schultern. „Ich musste einen Privatdetektiv anheuern, um dich zu finden, sobald ich wieder in L.A. war."

Er starrte sie an, als hätte sie sich drei Köpfe wachsen lassen. Wovon in aller Welt redete sie da? War sie so verwirrt, dass sie sich selbst von dieser irren Geschichte überzeugt hatte? „Valerie", sagte er und strebte nach einer Geduld, die er nicht besaß, „ich habe angerufen und dir eine Nachricht hinterlassen. Du hast uns nie zurückgerufen. Meine Telefonnummer hat sich nicht mal geändert. Du hättest uns jederzeit mit minimalem Aufwand finden können."

„Das ändert nichts an der Tatsache, dass du mit meiner Tochter ohne meine Zustimmung umgezogen bist, Clay. Jetzt wird sie vorerst bei mir wohnen."

„Nein!", schrie Olive aus dem Inneren des Hauses. „Nein! Ich gehe nicht mit. Du kannst mich nicht zwingen."

Clay drehte sich um und sah sie am offenen Fenster stehen. Wie lange stand sie schon da? Und wie viel hatte sie gehört?

„Olive, Liebling", sagte Val, die sich an Clay vorbeischob, um die Tür zu öffnen.

Clay musste sich zwingen, Val nicht mit Gewalt von seinem Besitz zu entfernen. Jeder Zank zwischen ihnen würde die Sache nur noch verschlimmern. Stattdessen holte er sein Telefon heraus und rief Lorna an.

„Clay?", sagte sie nach dem zweiten Läuten. „Was ist los?"

Er war nicht überrascht, dass sein Anruf sie beunruhigte. Er hätte nicht außerhalb der Bürozeiten angerufen, wenn es kein Problem gäbe. „Val ist gerade mit einer einstweiligen Sorgerechtsverfügung aufgetaucht. Sie hat irgendwie einen Richter überzeugt, dass ich mit Olive abhauen könnte."

Sie holte scharf Luft. „Sind Sie sicher, dass das eine echte Verfügung ist?"

Clays ganzer Körper spannte sich an. Er hatte nicht einmal daran gedacht, dass sie lügen könnte. „Sie sieht für mich so aus, aber ich bin kein Anwalt."

„Ich bin unterwegs. Lassen Sie sie Olive nicht mitnehmen, bis ich ankomme."

„Ich will sie sie überhaupt nicht mitnehmen lassen", sagte Clay.

„Ich weiß. Aber machen Sie im Augenblick nichts. Ich bin schon zur Tür raus."

„Ok. Danke." Clay beendete den Anruf und ging zurück ins Haus.

Olive umklammerte die Taille seiner Mutter und schüttelte vehement den Kopf, während Val über ihr aufragte und ihr befahl, ihren Koffer zu nehmen.

„Val, kannst du ihr nicht einen Augenblick geben?", fragte seine Mutter. „Du hast das einfach über sie hereinbrechen lassen. Sie braucht Zeit, um sich daran zu gewöhnen."

„Sie braucht sich an gar nichts gewöhnen. Ich bin ihre Mutter. Jetzt mach schon, Olive. Wir müssen einen Flug erwischen. Entweder holst du dein Zeug, oder wir fahren ohne los, und du musst die ganze Woche dieselben Kleider tragen."

„Valerie!" Clay ging zu ihr hinüber. „Droh meiner Tochter nicht."

Sie verdrehte die Augen. „Ich drohe ihr nicht. Handlungen haben Konsequenzen, Clay."

Clay konnte sich nicht erinnern, sie jemals so verabscheut zu haben. Aber genau in diesem Augenblick spürte er den Hass auf seine Ex-Frau in sich brennen. „Also bestrafst du eine Achtjährige, indem du sie dreckige Kleider tragen lässt? Was ist los mit dir?"

„Sie hat Kleider bei mir zu Hause, Clay! Ich wollte einfach nur etwas klarstellen." Valerie drehte sich um und hielt Olive die Hand hin. „Komm schon, meine Süße. Genießen wir etwas Mutter-Tochter-Zeit. Nur du und ich. Was meinst du?"

Olive hob den Blick vom Boden und betrachtete ihre Mutter mit einem Interesse, das vorher nicht dagewesen war. „Nur wir?", fragte sie zögerlich, als wäre das Angebot zu gut, um wahr zu sein. Leider fürchtete Clay, dass seine Tochter mit dieser Annahme richtig lag.

„Klar, Schatz. Wir lassen uns die Haare und die Nägel machen, und wenn wir schön zurechtgemacht sind, werden wir bei den Vorsprechen, die ich uns organisiert habe, die beiden hübschesten Ladys sein."

Die Hoffnung in Olives Blick verpuffte, und sie vergrub den Kopf wieder in Marinas Bauch. „Ich bleibe lieber hier", murmelte sie.

„Das kannst du nicht, Olive. Es ist Zeit, dass du erwachsen wirst. Du bist kein Baby mehr, also nimm deine Tasche, und wir gehen."

„Noch nicht", sagte Clay, der zwischen sie trat. „Meine Anwältin ist auf dem Weg. Du nimmst Olive nicht mit, ehe sie diese Verfügung inspiziert hat."

„Ich habe das Recht zu tun, was ich will, Clay", sagte sie.

„Du kannst eine Viertelstunde warten." Er verschränkte die Arme vor der Brust und funkelte sie an.

„Gut." Sie stapfte zu seinem Plüschsessel und setzte sich auf den Rand, während sie ihm einen Blick zuwarf. „Sorg dafür, dass deine Tochter ihren Koffer holt."

„Ich sorge für gar nichts." Clay spürte Olives Blick auf sich, aber er schaute sie nicht an. Denn sonst ging er vielleicht einfach kaputt. Beim Gedanken, dass Valerie sie zurück nach L.A. mitnahm, drehte sich ihm der Magen um. Er wusste, dass sie es dort hasste, und er hasste es, wenn sie weg war. Seine einzige Hoffnung war, dass die gerichtliche Anordnung gefälscht war. Nur blöd, dass er keinen Augenblick lang glaubte, dass Valerie mit gefälschten Dokumenten hier auftauchen würde. Sie war verschlagen, nicht dumm.

„Ich komme nicht mit", sagte Olive. Ihre Stimme war stark und sicher, während sie sich an ihre Großmutter klammerte. „Ich bin heute Abend bei Oma."

Valerie hob eine Augenbraue und musterte Clay von Kopf bis Fuß, offenbar zum ersten Mal mit einem Blick für seine Aufmachung, seit sie an seiner Tür erschienen war. „Und wo wolltest du so blendend gestylt hin? Zu einem heißen Date?"

Er zuckte zusammen und schaute auf die Uhr. Er sollte Abby in knapp zehn Minuten abholen. Es stand außer Frage, dass er das an diesem Abend schaffen würde, aber er sollte verdammt sein, wenn er Valerie die Befriedigung verschaffte, etwas über sein Privatleben zu erfahren. Er würde warten müssen, bis die Sache bereinigt war, bevor er anrief und das Date absagte.

Clay stellte sich neben Val. Er legte eine Hand auf die Armlehne des Sessels und fragte leise: „Warum machst du das?"

„Sie ist auch meine Tochter, Clay. Hast du jemals innegehalten und dir überlegt, dass ich einfach nur Zeit mit ihr verbringen möchte?"

Eine gepfefferte Antwort lag ihm auf der Zunge, aber er unterdrückte sie. Ein Streit mit ihr vor Olive war nicht das, was er wollte. Olive wehrte sich bereits genug. Sie musste nicht auch noch sehen, wie sie einander an die Kehle gingen. „Wir sehen einfach, was Lorna sagt."

„Wer ist Lorna?" Sie zog den Namen in die Länge, so dass er merkwürdig zweideutig klang. Hatte sie ihm überhaupt zugehört? Er schätzte nicht. Das hatte sie noch nie getan, also warum sollte sie jetzt damit anfangen.

Clay starrte sie ausdruckslos an. „Meine Anwältin." Dann

ging er zu Olive und streckte einen Arm aus. „Komm her, Käferchen."

Olive ließ seine Mutter los und vergrub ihr Gesicht in seinem Bauch, während sie sich mit aller Kraft festhielt. Genau dort in seinem Wohnzimmer brach es ihm das Herz. Und ihm wurde klar, dass er sie heute Abend auf keinen Fall ohne ihn hier weglassen würde.

Abby warf zum wohl zehnten Mal einen Blick auf die Uhr und dann auf ihr Telefon. Keine Nachricht. Clay war über eine Stunde zu spät. Während die Minuten dahintickten, war sie abwechselnd genervt, dass sie versetzt wurde, und machte sich Sorgen, was passiert sein könnte. Es konnte keinen Notfall in der Brauerei gegeben haben. Jemand hätte zu Hause angerufen. Das bedeutete, dass Clay sie entweder in den Wind schoss oder etwas passiert war, das ihn daran hinderte, sie anzurufen.

Er war nicht der Typ, der sie in den Wind schoss. Sie war sicher, dass er zumindest anrufen würde. Die Sorge, die sie in Schach gehalten hatte, nahm überhand, und sie schnappte sich ihr Telefon und schickte ihm eine Nachricht.

Hey. Ich wollte nur mal fragen, ob alles in Ordnung ist.

Keine Antwort.

Abby legte das Telefon ab und ging ins Wohnzimmer, um nach ihrem Vater zu sehen.

„Schau dich einer an", sagte er lächelnd. „Clay wird nicht mal merken, was ihn erwischt hat." Lin Townsend saß auf einer Liege, die Füße hochgelegt, und hielt eine dampfende Tasse, die sie für heißen Kakao hielt, wenn man nach der Portion Schlagsahne ging, die obenauf trieb. *Gut,* dachte sie. Nach den letzten paar Tagen konnte er die Kalorien gebrauchen.

Abby zuckte mit den Schultern. „Wenn er noch kommt. Er hätte vor einer Stunde hier sein sollen."

Ihr Vater runzelte die Stirn. „Das sieht Clay nicht ähnlich, sich zu verspäten. Hat er angerufen?"

Abby schüttelte den Kopf und ließ sich aufs Sofa fallen. „Sieht so aus, als müsstest du für ihn herhalten."

Lin hob seine Tasse. „Ein Abend mit John Wayne und heißer Schokolade hat noch niemandem geschadet."

Trotz ihrer wachsenden Enttäuschung konnte Abby ein Lachen nicht unterdrücken. Sie hatte genau richtig geraten, als sie gesagt hatte, dass sie ihren Abend mit einem John-Wayne-Film verbringen würde. „Klingt gut für mich."

Er streckte sich und drückte ihr die Hand. „Ich bin mir sicher, dass er einen guten Grund hat."

Abby nickte und versuchte die Sorgen zu unterdrücken, die sich in ihrem Bauch ballten. Sie wusste nicht, was los war, aber sie wusste, es konnte nichts Gutes sein, wenn Clay nicht mal angerufen hatte.

Ihr Telefon summte, und Abby sprang auf, um es zu holen.

Wandas Name blitzte auf dem Bildschirm auf. Enttäuschung überkam sie, aber sie zwang sich, fröhlich zu klingen, als sie ranging. „Was gibt's?"

„Abby, geht's dir gut?" Die Sorge in Wandas Stimme war fühlbar.

„Klar. Warum sollte es nicht?"

„Oh, weil, äh … Hat Clay nicht angerufen, um abzusagen?"

„Nein. Hat er tatsächlich nicht." Abby tippte mit den

Nägeln auf den Tresen, weil sie plötzlich wütend war, dass Wanda Informationen besaß, die sie nicht hatte. „Spuck's aus, Wanda. Was weißt du?"

„Mist. Ich dachte, er hätte dich bestimmt angerufen. Verdammt nochmal, Clay", murmelte sie.

„Wanda", sagte Abby mit einem Seufzen.

„Tut mir leid, Abs. Ich war gerade unterwegs nach Hause, als ich an Clays Haus vorbeikam und ihn und Olive Gepäck in ein Mietauto laden sah, neben dem Val stand. Dann stiegen alle drei ein und fuhren weg."

Abby fühlte sich, als hätte sie gerade einen Schlag in die Magengrube erhalten. „Sie sind zusammen weg? Im gleichen Auto?"

„Ja. Es tut mir so leid, Liebes. Ich, äh … naja, ich konnte nicht widerstehen und bin ihnen auf der Hauptstraße gefolgt, und sie haben definitiv zusammen den Ort verlassen."

„Du verschaukelst mich", stieß Abby hervor. „Aber warum?"

„Das ist eine gute Frage. Und um ehrlich zu sein, dachte ich, dass du diejenige mit einer Antwort wärst. Geht es dir gut?"

„Nein", sagte sie mechanisch. Warum in aller Welt würde Clay mit Val irgendwohin fahren? Er hatte es klingen lassen, als würde zwischen ihnen kein Gras mehr wachsen, oder? „Ich weiß nicht. Ich schätze, es geht mir gut. War ja nur ein Date."

„Ein Date, auf das du zehn Jahre lang gewartet hast", sagte Wanda.

„Danke. Das musste ich hören", sagte Abby mit vor Sarkasmus triefender Stimme.

„Tut mir leid. Hör mal, ich komm rüber. Ich bin in zwanzig Minuten da."

„Das musst du nicht tun. Mein Dad ist hier. Mir geht's gut."

Wanda schnaubte ungeduldig. „Ich weiß, dass ich das nicht

muss, aber Freunde machen sowas. Und ich lasse dich nicht herumtrauern, nur weil ein Typ dich abgeschossen hat. Zieh dir was Warmes an. Ich bin gleich da.“

Das Telefonat wurde beendet, und Abby legte ihr Handy ab. „Dad?“

Ihr Vater riss sich vom Fernseher los. „Ja, Kind?“

„Sieht aus, als würde ich doch ausgehen. Brauchst du noch was, bevor ich gehe?“

Er hob seine Tasse und die Fernbedienung. „Nein, danke. Ich bin ausgestattet.“

Sie lachte leise und zog sich in ihr Zimmer zurück, um das tolle rote Kleid auszuziehen. Zehn Minuten später trug sie Jeans, einen Pulli und Halbstiefel. Auf dem Weg aus ihrem Zimmer schnappte sie sich eine Strickmütze und einen Schal. Im Oktober war es in Nordkalifornien zwar nicht gerade frostig, aber sobald die Sonne unterging, sanken auch die Temperaturen rasch.

„Abby, deine Freunde sind hier“, rief ihr Vater von der Liege.

Sie ging hinaus ins Wohnzimmer, beugte sich hinab, um ihren Vater auf die Wange zu küssen, und lächelte. „Ich bin froh, dass es dir heute besser geht.“

„Ich auch. Jetzt raus mit dir, und hab Spaß.“ Er deutete Richtung Tür. „John Wayne übernimmt von hier an.“

„Ok. Wir sehen uns morgen früh.“ Abby nahm ihre Jacke und glitt zur Tür hinaus.

Stroboskoplicht blitzte aus Wandas Partymobil, und ein Jubel stieg von den Frauen auf, die sie dabei hatte. „Hurra! Ist aber auch Zeit, dass du aus dem Haus kommst“, rief eine der Frauen.

Abby kniff die Augen zusammen. „Shannon, bist du das?“

„Aber klar." Die große, kurvige Rothaarige winkte. „Komm rüber. Die Nacht ist kurz, und die Betten sind heiß."

„Shannon, benimm dich." Hanna sprang aus dem Wagen und schlang die Arme um Abby. „Hey, du."

Abby grinste und klammerte sich mit aller Kraft an Charlottes kleine Schwester. „Es tut gut, dich zu sehen."

„Meine Mom war so froh, dass du vorbeigekommen bist", flüsterte Hanna ihr ins Ohr. „Sie hat gar nicht aufgehört, davon zu reden. Sie hat dich wirklich vermisst."

„Ich habe sie auch vermisst", sagte Abby und schluckte, weil Gefühle sie zu überwältigen drohten. „Sie war wunderbar."

„Komm einfach wieder, ok? Dad will auch eine Gelegenheit, mal Hallo zu sagen." Hanna ließ sie los und starrte ihr ins Gesicht. „Und Candy muss sich entschuldigen, die kleine Unruhestifterin. Ich kann nicht glauben, dass sie die Unverfrorenheit hatte, einfach so wegzufahren."

Abby folgte Hanna zum Wagen, und die beiden stiegen in die mittlere Reihe. „Wenn ich gewusst hätte, dass der Mini deiner Mutter gehört, wäre ich eher gekommen."

Hanna hob fragend eine Augenbraue. „Wirklich? Bist du dir da sicher?"

Abby konnte ihr nicht vorwerfen, dass sie skeptisch war. Sie hatte zehn Jahre gebraucht, um aufzukreuzen. „Ja. So was kann ich nicht auf sich beruhen lassen."

Hanna nickte und beugte sich nach vorne, um zu sagen: „Los jetzt, Wanda. Starte mal die Party!"

Wanda nickte und drückte einen Knopf auf ihrem Smartphone. Pink plärrte den entsprechenden Song heraus, während Wanda wendete und aus der Zufahrt der Townsends fuhr.

Abby beugte sich rüber und fragte Hanna: „Wohin geht's?"

Hanna reichte Abby eine Flasche Bier und hob die Hände, um zu verdeutlichen, dass sie es nicht wusste. „Ist das wichtig?"

„Ich schätze nicht", sagte Abby mit einem Kichern, dann nahm sie einen großen Schluck Schoko-Stout. Einen Augenblick später fingen ihre drei Freundinnen lauthals zu singen an, und Abby spürte, wie sich eine Last von ihrer Brust hob, während ihr vor Zuneigung zu ihren Freundinnen das Herz aufging. Und zum ersten Mal seit Ewigkeiten wusste sie, dass sie genau da war, wo sie sein sollte.

Die kühle Luft schien ihre Sorgen und ihre Enttäuschung wegzuwehen. Ihr Dad hatte einen guten Abend, und sie hatte ihre Mädels. Vorerst reichte das.

„Wer will nackt schwimmen?", fragte Wanda über die Schulter.

„Ja!", riefen zwei ihrer Freundinnen sofort zurück.

„Ihr nehmt mich doch auf den Arm. Es hat grade mal fünf Grad da draußen", sagte Abby und zog ihre Jacke fester zu.

„Ah, aber der Fluss ist beheizt." Wanda bog mit dem Partymobil auf den Golfwagenweg und heizte über das Gras hinab zum rauschenden Fluss.

„Seit wann?", fragte Abby, die auf ihrem Sitz kleben blieb, während ihre Freundinnen aus dem Wagen sprangen.

Wanda kicherte. „Seit letztem Samhain, als Miss Maple ihn in einen heißen Whirlpool verwandelt hat. Sie wollte ihren neuen Lover beeindrucken und hat es ein wenig übertrieben."

Abby starrte in das ruhige Wasser. „Das sieht nicht nach Blubberbläschen aus."

„Oh, das wird schon." Wanda entledigte sich ihrer Schuhe und begann mit dem Ausziehen. Die anderen beiden taten es ihr nach.

Abby, die immer noch im Wagen saß, starrte mit offenem Mund. Sie verarschten sie doch nur. Wie hätte Miss Maple den ganzen Fluss in eine heiße Wanne verwandeln können? Das würde eine Riesenmenge Energie brauchen.

„Mach schon, Abby", rief Hanna, während sie ihre übrigen Kleider auszog. „Das willst du nicht verpassen. Vertrau mir."

„Ach, zum Teufel", murmelte Abby und stieg aus dem Wagen. Als sie ihre Freundinnen erreichte, waren sie alle drei nackt und rannten zum Wasser. Wanda und Shannon sprangen hinein. Sofort stieg Dampf vom Fluss auf, und das Wasser fing an zu blubbern wie in einem Whirlpool. „Heiliger Strohsack."

Hanna, die angehalten hatte, wies mit dem Kopf aufs Wasser und folgte ihnen dann. Sie stieß einen freudigen Schrei aus, als sie ins Wasser glitt. Sofort kam sie wieder hoch und drehte sich, um Abby anzuschauen. „Worauf wartest du?"

„Ich habe keine Ahnung." Abby lachte. Rasch zog sie sich aus und rannte direkt ins Wasser. Ein Schock eisiger Kälte lähmte sie beinahe, und sie kam prustend an die Oberfläche, während sie unbeherrschbar zitterte. „Was zum – ihr seid echt furchtbar." Abbys Zähne klapperten, und sie ruderte, während sie das Wasser schnellstens verließ. „Ich kann nicht glauben, dass ihr das getan habt. Verdammt, ist das kalt."

„Äh, Abby", sagte Hanna von ihrem Standort aus, wo sie Wasser trat. „Wovon sprichst du?"

Abby schlang die Arme um sich, ihre Muskeln kreischten vor Protest, weil das eiskalte Wasser noch an ihrem Körper klebte. Sie warf einen Blick auf die anderen drei, die nach wie vor im Wasser trieben. Alle drei schienen völlig zufrieden. „Wie haltet ihr das aus? Es ist da drin doch nur knapp über dem Gefrierpunkt." Sie griff nach ihrem Pulli und hielt ihn sich an die Brust, weil sie nicht recht wusste, was sie nun tun sollte. Sie würde auf keinen Fall ihre Jeans anziehen, während sie noch tropfnass war.

„Es hat bestimmt über dreißig Grad", sagte Shannon.

„O nein", rief Wanda, an Shannon gewandt. „Sie ist immun. Du musst sie wärmen."

„Immun?", wiederholte Shannon. „Aber wie –"

„Ihre Magie versagt wohl", sagte Wanda. „Mach was, bevor sie sich die Zähne aus dem Kopf klappert."

„O ... o nein." Shannon watete gleich aus dem Wasser, Dampf stieg von ihrer makellosen Haut auf. Sie hob die Arme und sagte: „Luft aus dem Kern der Erde, steig auf und hülle diese Seele in deine Wärme."

Die Erde unter Abbys Füßen erhitzte sich in Sekundenschnelle, warme Luft wirbelte hoch und vertrieb den Frost. Abby schaute auf ihren Körper hinab, stellte fest, dass er schon getrocknet war, und stieß einen erleichterten Seufzer aus. „Danke, Shannon."

„Klar. Zieh dich an, bevor du wieder auskühlst."

Abby zögerte nicht. Sie zog sich erneut an und hüllte sich in ihre Jacke. Shannon trocknete sich ab und gesellte sich zu Abby ins Golfmobil, während Wanda und Hanna ein paar weitere Minuten im Fluss verbrachten.

„Wie lange ist deine Magie schon aus dem Gleichgewicht?", fragte Shannon.

Abby stieß ein schnaubendes Lachen aus. „Zehn Jahre, schätze ich."

„Zehn – oh." Sie verzog das Gesicht. „Es tut mir leid. Das ging mich nichts an."

Abby zuckte mit den Schultern. „Das ist in Ordnung. Ich werd mich dran gewöhnen müssen, wenn ich vorhabe, hier in der Gegend zu bleiben, schätze ich."

Shannon band ihr noch nasses rotes Haar zu einem Dutt hoch. „Hast du das vor? Nach Hause ziehen?"

„Ich bin mir nicht sicher. Vielleicht?" Abby konnte sich nicht wirklich vorstellen, nach New Orleans zurückzugehen.

Nicht in naher Zukunft zumindest. Und nun, da sie mit Logan Schluss gemacht hatte, gab es bis auf ihre Mitbewohnerin keinen Grund zur Rückkehr. Sie liebte die Stadt, aber sie musste zugeben, dass sie Keating Hollow vermisst hatte, ihre Familie vermisst hatte, Clay vermisst hatte. Der Gedanke an ihn schickte ihr einen schmerzenden Stich ins Herz. Wie hatte er sie so versetzen und nicht mal anrufen oder schreiben können?

„Du wurdest auch vermisst, weißt du?"

„Wirklich?" Abby musterte die hübsche Frau. Sie waren in der Highschool keine Freundinnen gewesen, darum konnte sie sich nicht vorstellen, dass Shannon sie groß vermisst hatte.

„Wanda, Hanna, Miss Maple und viele andere haben dich definitiv vermisst. Deine Schwestern und dein Vater auch. Alle sprechen immer mit einer Aura der Ehrfurcht und des Bedauerns von dir. Ich glaube nicht, dass du weißt, was du zurückgelassen hast."

Abby runzelte die Stirn. „Ehrfurcht? Bist du sicher, dass das nicht eher Enttäuschung war?"

„Natürlich nicht." Shannon sah sie seltsam an. „Warum sagst du das?"

„Weißt du nicht, was passiert ist … mit Charlotte, meine ich?"

„Sicher. Aber das war nicht deine Schuld." Shannon neigte den Kopf, als wolle sie etwas herausfinden. Schließlich sagte sie: „Hör mal. Wir waren nicht befreundet, als wir jünger waren. Und dafür übernehme ich die volle Verantwortung. Ich war … naja, sagen wir einfach, dass ich echt ernste Selbstwert-Probleme hatte, und soweit ich es sagen konnte, warst du alles, was ich sein wollte. Es war nicht fair, und ich bin nicht stolz drauf, aber ich ließ es an dir aus, weil ich niemals *du* sein würde. Ich brauchte eine Weile, um herauszufinden, dass es reichen würde, einfach ich zu sein. Sobald ich endlich mal locker ließ, wurde das Leben um ein Vielfaches einfacher." Shannon runzelte die Stirn. „Und ich habe zehn Jahre lang darauf gewartet zu sagen, dass es mir leidtut."

„Du warst neidisch auf mich?", fragte Abby erstaunt. „Aber warum?"

Shannon stieß ein Lachen aus. „Du nimmst mich auf den Arm, oder? Alle haben dich geliebt. Charlotte, Clay, Wanda. Und du hattest die perfekte Familie. Ganz zu schweigen davon, was für ein Talent du hattest. Ich schwöre, es war, als könntest du über Wasser gehen, und ich hatte gerade mal das kleine Hexeneinmaleins gelernt."

Abby schüttelte den Kopf. „Du hast bestimmt alles gut hingekriegt. Dieser Luftzauber, den du gewirkt hast, wie du mich davor bewahrt hast, dass ich mir den Arsch abfriere, der war extrem beeindruckend."

Shannon zuckte halb mit der Schulter. „Ich denke, ich habe vielleicht ein Problem mit methodischem Lernen. Oder Prüfungen. Oder vielleicht war es mir damals einfach nicht wichtig genug. Was auch immer es war, die Schule war schlimm für mich."

Bedauern und Scham überkamen Abby. Wie hatte sie so ahnungslos sein können? Obwohl es stimmte, dass Shannon nicht ihre Freundin gewesen war, hätte Abby, wenn sie aufgepasst hätte, vielleicht das verletzliche Mädchen hinter dem Panzer bemerken können. Das hätte sie vielleicht angestachelt, an Shannons abwehrender Schale vorbei das nette Mädchen zu sehen, das sie war. „Es tut mir leid. Aber sei versichert, dass nichts je so toll war, wie es aussah. Unsere perfekte Familie, die du gesehen hast - sie war ein Schlamassel. Nachdem meine Mom gegangen war, wurde es schwer. Mein Dad hat die ganze Zeit gearbeitet, und es waren nur ich und meine Schwestern übrig, um herauszufinden, warum sie einfach verschwunden ist."

„Ach, Mann", sagte Shannon nickend. „Ja, das ist scheiße."

„Ich bin zum Großteil drüber weg." Abby lächelte sie leicht an. „So sehr man halt drüber weg sein kann, wenn einen ein Elternteil im Stich lässt, nehme ich an."

Schweigen senkte sich zwischen sie, während sie zusahen, wie Wanda und Hanna im Wasser planschten. Es dauerte nicht lang, bis Shannon ihnen Bier aus Wandas Kühlschrank im Wagen holte. „Da." Shannon reichte ihr die Flasche und setzte sich wieder. „Ich glaube, es ist Zeit, dass du dir vergibst, Abby."

„Was?", fragte Abby überrascht. „Wofür?"

„Dafür, dass du Charlotte nicht retten konntest. Ich glaube, das blockiert deine Magie."

„Ich weiß nicht … Äh, ich habe nie versucht, sie zu retten. Ich wusste nicht mal, dass sie so krank war."

„Ich weiß." Shannon wandte sich ihr mit wissendem Blick zu. „Aber ich wette, irgendwo tief in dir glaubst du, du hättest sie retten können, wenn du es gewusst hättest. Vielleicht würde deine Magie, wenn du mal etwas locker lässt, wieder zurückkommen."

Abby sagte nichts, während sie auf den Fluss hinausstarte, ohne etwas anderes als den hellen Mond zu sehen, der herabschien. Shannons Worte hallten durch ihren Verstand. *Vergib dir.* Abby schüttelte den Kopf. „Ich glaube nicht, dass Vergebung damit etwas zu tun hat."

Shannon öffnete den Mund, um noch etwas zu sagen, aber dann schüttelte sie den Kopf und schien es sich mitten im Gedanken anders zu überlegen. „Natürlich. Hör nicht auf mich. Ich projiziere vermutlich nur meinen eigenen Mist auf dich."

Ehe Abby etwas erwidern konnte, erschienen Hanna und

Wanda, und Shannon sprang hinaus, um mit ihrer Magie ihren Freundinnen beim Trocknen zu helfen.

Abby, die mit Gesprächen über ihre Magie durch war, drehte die Musik wieder auf und hoffte, das würde sie vor Wandas und Hannas unvermeidlichen Fragen retten. Ihr Plan ging auf, und bald sangen sie alle „Shake It Off" von Taylor Swift. Abby lehnte sich im Sitz zurück und entspannte sich, während Wanda wieder auf den Fahrersitz stieg und fragte: „Wohin jetzt?"

„Innenstadt. Ich brauche Nachtisch", sagte Hanna.

„Alles klar", erwiderte Wanda und wendete den Wagen Richtung Hauptstraße. „Es gibt da einen mehlfreien Schokokuchen mit meinem Namen drauf."

KAPITEL 22

Abby saß in einem Sessel im Büro von Doktor Kass und beäugte die Nachricht, die sie von Clay bekommen hatte, zum hundertsten Mal. Er hatte ihr schließlich um Mitternacht am vorigen Abend geschrieben und sich entschuldigt, sie versetzt zu haben. Er hatte nicht viele Details verraten, aber erwähnt, dass er mit Val etwas wegen Olives Sorgerecht klären musste. Sie hatte seither nicht aufhören können, sich Sorgen zu machen.

„Hallo, Miss Townsend", sagte Doktor Kass, als sie ins Zimmer brauste und sich in den Sessel direkt Abby gegenüber setzte. Die Therapeutin hatte lange, gerade, silbergraue Haare und ein freundliches Gesicht mit klaren, blauen Augen. Sie trug einen maßgeschneiderten schwarzen Anzug mit silbernen Pumps und sah richtig gediegen aus. Abby hoffte, dass sie, wenn sie mal über siebzig war, auch nur halb so gut aussehen würde wie diese Frau.

„Also, was führt Sie heute her?", fragte sie, die Hände auf ihrem Mahagoni-Tisch ausgebreitet.

„Meine Magie ist futsch."

„Hm, das ist besorgniserregend", nickte Doktor Kass. „Wollen Sie mir erzählen, wo das Problem liegt?"

Abby lachte leise. „Ich habe gehofft, das könnten Sie mir beantworten."

Doktor Kass lächelte sie schief an. „Ja, das kann ich mir denken, aber so funktioniert eine Therapie üblicherweise nicht."

„Ich habe sowas schon gehört", sagte Abby trocken. „Mein letzter Therapeut sagte recht eindeutig, dass er nur da wäre, um mir zuzuhören – und Urteile abzugeben."

„Urteile?" Kass hob die Augenbrauen. „Was für Urteile?"

„Sie wissen schon, das Übliche. Er hat eine Menge Zeit damit verbracht, mir zu sagen, was ich falsch gemacht habe, und sorgte dafür, dass ich mich im Grunde schlimmer fühlte. Also war ich dreimal da und dann nicht mehr."

„Autsch." Sie beugte sich vor. „Ich kann nichts zu seinen Methoden sagen, aber ich kann Ihnen sagen, dass ich nur hier bin, um Ihnen zu helfen, die Werkzeuge zu finden, die Sie für das brauchen, was Sie durchmachen. Es gibt kein Richtig oder Falsch, nur das, was ist. Kling das gut?"

Abby verschränkte ihre Finger ineinander und nickte. „Ja. Sicher."

„Wie wäre es, wenn wir am Anfang beginnen? Wann ist Ihnen zum ersten Mal aufgefallen, dass mit Ihrer Magie was nicht stimmt?"

„Letzte Woche. Ich wollte für meinen Vater einen Trank herstellen, und ich habe es nicht hinbekommen."

„Ok, ist zwischen dem letzten Mal, dass sie den Trank erfolgreich hergestellt haben, und Ihrem Versuch letzte Woche irgendwas Bedeutsames vorgefallen?"

Abby stieß ein humorloses Lachen aus. „Das könnte man so sagen. Es lag zehn Jahre zurück."

Die Therapeutin machte vor Interesse große Augen. „Zehn Jahre. Wow. Wollen Sie darüber reden?"

Es lag Abby auf der Zunge, Nein zu sagen, aber sie war ja überhaupt erst hergekommen, um ihre Magie wiederherzustellen. Es führte kein Weg dorthin, wenn sie nicht über Charlotte redete. Sie holte tief Luft, dann begann sie mit der Geschichte, die sie niemals jemandem ganz erzählt hatte, nicht mal ihrem anderen Therapeuten. „Ich war achtzehn, ganz selbstbewusst, und entschlossen, die Stadtheilerin zu werden, nachdem ich meine Heiler-Zertifizierung bekommen hatte. Die Humboldt State hatte mich bereits angenommen."

„Also sind Sie eine Erdhexe?", fragte Doktor Kass.

Abby nickte. „Ja. Meine Mutter war Heilerin, und offenbar sind ihre Gene bei mir stark vertreten. Auf jeden Fall hatte ich bereits alle möglichen Tränke gemeistert. Die, die Übelkeit nehmen, leichte Schmerzen, Kopfschmerzen, und die Energie schenken. Und dann kam das Ende des Schuljahrs. Es war Abschlussball, und meine beste Freundin hatte so eine Art Erkältung. Sie sagte mir, es wäre nur eine Infektion, und der Doktor hätte ihr bereits Medikamente gegeben, um sie loszuwerden. Charlotte, so hieß sie, bat mich dann, ihr einen Energietrank zu machen, damit sie den Abschlussball nicht verpasste. Ihre Mutter hatte mich gebeten, ihr nichts zu geben, und sagte, die Ärzte würden sich darum kümmern."

„Ich nehme an, Sie haben Charlotte nachgegeben?", fragte Kass.

„Ja. Charlotte tat so, als wäre ihre Infektion keine große Sache. Es war Abschlussball, und ich wollte nicht, dass sie ihn verpasste. Ihr schien es, bis auf die Ringe unter ihren Augen, ganz gut zu gehen. Es war nur ein Abend, wissen Sie? Also habe ich eine Portion vorbereitet. Eigentlich gab das Rezept genug für zwei Chargen her. Ich habe ihr eine gegeben und die andere in meinem Arbeitsatelier verstaut."

„Was geschah, nachdem Sie ihr den Trank gegeben hatten?"

„Wir gingen alle tanzen. Charlotte schien es gut zu gehen. Sie tanzte die ganze Nacht mit ihrem Freund. Ich erinnere mich daran, wie sie lachten, während sie hinaus zum Parkplatz gingen, als es vorbei war. Das war das letzte Mal, dass ich sie lebend sah." Abby schluckte und versuchte den Kloß loszuwerden, der sich in ihrer Kehle bildete. „Clay, mein Freund, und ich, brachen auf und haben die Nacht unten am Fluss verbracht. Als er mich am Morgen kurz vor Dämmerung absetzte, fiel mir auf, dass in meinem Atelier Licht brannte."

Doktor Kass beugte sich vor, sagte aber nichts, während sie wartete, dass Abby fortfuhr.

Abby schloss die Augen und zwang die Worte heraus. „Als ich die Tür öffnete, lag sie auf der Bank, die zweite Flasche mit dem Energietrank war überall auf ihrem Kleid verteilt. Ihre Augen standen offen und …" Abby schüttelte den Kopf, versuchte das Bild aus ihren Gedanken zu verbannen. Es funktionierte nicht, und sie sah nur den leblosen Körper ihrer Freundin.

Warme Hände legten sich auf die von Abby, und die Stimme der Therapeutin war leise und sanft. „Es ist in Ordnung, Abby. Es ist ok, darüber zu reden. Wollen Sie fortfahren?"

Abby schüttelte den Kopf, aber als sie die Augen öffnete und das pure Mitgefühl sah, das ihr entgegenblickte, stieß sie hervor: „Sie starb in meinem Atelier, wo sie einen Trank zu sich nahm, den mir ihre Mutter aufgetragen hatte, ihr nicht zu geben. Sie starb meinetwegen. Es war meine Schuld. Alle sagen, das stimmt nicht, aber ich kenne die Wahrheit. Sie hätte zu Hause im Bett bleiben sollen, ruhen, gesund werden, und ich – ich habe es ihr ermöglicht, sich zu sehr zu verausgaben. Die Ärzte sagten, ihr Herz blieb stehen – vermutlich verfrüht aufgrund des Energietranks. Es war mehr, als ihr Körper verkraftete."

Abby keuchte auf und schlug sich eine Hand vor den Mund. Heiße Tränen liefen über ihre Wangen, und mit jedem Herzschlag wogte Schmerz durch sie hindurch.

Doktor Kass drückte Abby die Hand, reichte ihr eine Schachtel Taschentücher und gab ihr einen Augenblick, um sich zu fassen, ehe sie losließ.

„Danke", sagte Abby und tupfte sich die Augen.

„Es ist schwer, Dinge laut zu sagen, besonders, wenn man seine Ängste ausspricht."

Abby lehnte sich im Sessel zurück, ihr Körper war schwer vor Erschöpfung. „Es sind nicht meine Ängste. Es ist die Wahrheit. Sehen Sie das nicht?"

„Kann es nicht beides sein?", fragte Kass, ohne zu urteilen.

Abby öffnete den Mund zu einer Antwort, schloss ihn aber, als sie nicht wusste, was sie sagen wollte. Stimmte die Therapeutin ihr zu? Dass Charlottes Tod ihre Schuld gewesen war? Eine Kluft in ihren Eingeweiden tat sich auf, und sie drückte sich eine Hand auf den Bauch und versuchte das Gefühl zu unterdrücken.

„Gehen wir doch mal einen Augenblick von hier aus weiter."

„Klar", sagte Abby, die erkannte, dass alles andere, über das sie redeten, nicht schlimmer sein konnte.

„Haben Sie Ihre Magie seit Charlottes Tod überhaupt benutzt? Oder haben Sie nur mit Heiltränken Probleme?"

„Ich mache Lotionen und Seifen. Sie erfordern einen Hauch Magie, aber nichts allzu Intensives. Nicht wie die Tränke, die ich hergestellt habe. Sie sind einfach, und inzwischen kann ich sie im Schlaf."

„Also ist Ihre Magie gar nicht unbedingt kaputt." Das war keine Frage.

„Ich weiß nicht. Vielleicht bin *ich* einfach kaputt", sagte Abby leise.

„Glauben Sie das?"

Abby wollte schreien. Natürlich glaubte sie das. Sie hatte es gerade gesagt, oder nicht? Aber sie verbiss sich ihren Zorn und sagte: „Ich glaube, das ist möglich."

„Welcher Teil?"

„Was meinen Sie mit welcher Teil? Meine Magie. Sie ist kaputt. Ich habe sie nicht mehr benutzt, darum hat sie mich aufgegeben."

Doktor Kass blinzelte und legte ein Bein über das andere, während sie sich zurücklehnte. „Aber Sie haben nicht aufgehört, sie zu benutzen. Außerdem funktioniert Magie so nicht. Sie ist nicht einen Tag da und am nächsten weg. Sie lebt in Ihnen. Was auch immer vorher da war, ist immer noch da. Sie müssen vielleicht einfach eine neue Art erlernen, darauf zuzugreifen."

„Das ist nicht hilfreich", sagte Abby, deren Frustration überhandnahm. „Können Sie mir nicht einfach irgendwas gegen die Nervosität geben? Dann könnte ich mich vielleicht entspannen und rausfinden, was ich falsch mache."

„Fühlen Sie sich übermäßig nervös? Panisch beim Interagieren mit der Welt?"

Abby biss die Zähne zusammen. „Meistens nicht."

Doktor Kass lächelte sie geduldig an. „Dann bezweifle ich, dass Pillen gegen Nervosität Ihnen helfen würden. Wenn überhaupt, würden Sie Ihre Magie nur noch mehr dämpfen.

Wie wäre es, wenn wir etwas anderes versuchen? Sowas wie eine positive Verstärkung."

„Positive Verstärkung? Sie meinen, Sie wollen, dass ich mit mir selbst rede?" Abbys Schultern sanken herab. Obwohl Doktor Kass tausendmal erträglicher war als ihr letzter Therapeut, war das nicht, was sie sich erhofft hatte. Sie hätte sich diesen Tipp aus dem nächstbesten Ratgeberbuch holen können.

„Ja. Ich möchte, dass Sie fünf verschiedene Dinge aufschreiben: zwei Erfahrungen, um die Sie dankbar sind, zwei, für die Sie sich vergeben, und eine, auf die Sie sich freuen. Seien sie konkret. Sagen Sie sie jedes Mal laut auf, wenn Sie schlafen gehen und wenn Sie aufwachen. Versuchen Sie das eine Woche lang, und wir werden sehen, wo Sie sind, wenn Sie wiederkommen."

„Das war's?", fragte Abby.

„Ich denke, für einen Besuch ist das ausreichend." Sie schaute auf die Uhr und bedeutete damit, dass eine Stunde bereits verstrichen war.

Abby blinzelte. Wie war das möglich? Sie hatte das Gefühl, dass sie gerade erst angefangen hatten.

„Wir haben bereits einen tollen Anfang gemacht. Rom wurde auch nicht an einem Tag erbaut." Doktor Kass lächelte und erhob sich, hielt Abby die Hand hin. „Es war schön, Sie kennenzulernen."

„Sie auch", sagte Abby, die etwas geplättet war, dass sie so viel preisgegeben und sich nicht die ganze Zeit danach gesehnt hatte, aufzustehen und zu gehen. Vielleicht war an dieser Therapiesache doch was dran.

Clay ging in seinem Hotelzimmer auf und ab, seine dritte Tasse Kaffee in einer Hand, sein Telefon in der anderen. Lorna hatte ihn gerade angerufen, um ihm zu sagen, dass Vals einstweilige Verfügung zwar rechtens war, es aber Fragen zu dem Richter gab, der die Anordnung unterschrieben hatte. Sie hatte von einem Kollegen soeben erfahren, dass man Valerie zu verschiedenen Gelegenheiten mit ihm gesehen hatte. Es wurde über eine Affäre gemunkelt.

„Affäre?", brüllte er ins Telefon. „So funktioniert also unser Rechtssystem? Können wir da was tun?"

„Da ist nicht viel zu machen, außer wir finden jemanden, der aussagt, dass sie einander kennen und ein Verhältnis haben. Die meisten Anwälte wollen es sich nicht mit einem Richter verscherzen, denn sie fürchten, dass sie das in zukünftigen Fällen beeinträchtigen wird."

„Verdammte ..." Er hielt das Telefon so fest, dass ihm allmählich die Finger taub wurden.

„Ich weiß, das ist mehr als frustrierend, Clay, aber wenn wir irgendeinen Beweis für die Verbindung finden, wird es uns in der laufenden Sorgerechtsklage helfen. Also halten Sie die Augen offen, ja?"

„Gut. Wie lange, bis wir wieder vor Gericht ziehen können?"

„Ich gehe heute in Berufung. Ich lasse es Sie wissen, sobald ich etwas höre. Hoffentlich können wir morgen bei einem Richter vorstellig werden."

„Wirken Sie Ihre Magie", sagte er.

Sie stieß ein humorloses Lachen aus. „Darauf können Sie Ihren Arsch verwetten. Halten Sie durch. Wir kriegen das hin."

Nachdem er den Anruf beendet hatte, setzte Clay sich auf das Bettende und warf noch einmal einen Blick auf seine Nachrichten. Nichts weiter von Abby, nur dass sie ihm verzieh, sie gestern Abend versetzt zu haben. Sobald Lorna bei ihm zu Hause angekommen war, hatte sie die Verfügung gelesen und ihm geraten, Olive in Vals Obhut zu entlassen. Sie hatte ihn überzeugt, dass das der beste Schritt war, um die Sorgerechtsklage weiterzuführen. Aber Olive war so durcheinander gewesen, dass er sie nicht einfach hatte weggeben können. Er hatte beschlossen, mit nach L.A. zu kommen, um sicherzustellen, dass er in der Nähe war, falls sie ihn brauchen sollte. Valerie, die von Olives Wutanfall überfordert gewesen war, hatte widerstrebend zugestimmt, da Clay der Einzige gewesen war, der sie hatte beruhigen können.

Natürlich war Val nicht damit einverstanden gewesen, dass Clay bei ihr wohnte, nicht, dass er das gewollt hätte, außer, um in der Nähe seiner Tochter zu bleiben. Also war er nun in einem Hotel fünf Blocks entfernt und wartete darauf, dass Valerie ihm schrieb, was ihre Pläne für den Tag waren. Er hatte mitgehört, wie sie mit ihrem Agenten über ein Vorsprechen redete, und hatte darauf bestanden, dorthin mitzugehen. Val hatte ihm eine vage Antwort gegeben, aber als Clay ihr Druck gemacht hatte, hatte sie letztlich zugestimmt. Doch bisher hatte er nichts von ihr gehört, seit er gestern Abend am Flughafen ins Taxi gestiegen war.

Da er nicht darauf warten wollte, rief er Valerie an.

„Wo ist sie?", schrie seine Ex ins Telefon.

„Wo ist wer? Olive?", fragte er.

„Ja, Olive. Von wem sollte ich denn sonst sprechen? Ich wollte dich gerade anrufen. Hast du sie abgeholt? Bist du draußen? Du musst sie sofort wieder hier rein bringen. Unser Vorsprechen ist in knapp fünf Minuten."

„Moment mal, Val. Sagst du, Olive ist nicht bei dir?" Sein Herz begann zu rasen, und in seinem Nacken sammelte sich Schweiß. Das konnte doch nicht wahr sein. Seine Kleine war nicht allein irgendwo in Hollywood.

„Nein. Ist sie nicht. Sie ist bei dir", sagte Valerie ungeduldig. „Mach hier nicht auf dumm, Clay. Das wird vor Gericht nicht gut ankommen."

„Valerie, hör mir zu. Ich habe Olive seit letzter Nacht am Flughafen nicht mehr gesehen. Ich habe den ganzen Vormittag darauf gewartet, dass du mich anrufst. Sagst du, du bist bei einem Vorsprechen, und hast Olive verloren?" Clay schnappte sich seine Geldbörse und den Zimmerschlüssel von der Kommode und ging aus der Tür.

„Ja, wir sind bei einem Vorsprechen – warte, Olive ist nicht bei dir?" Ein Hauch Panik schwang in ihrer Stimme mit.

„Nein, ist sie nicht. Wo bist du? Ich nehme mir jetzt ein Taxi."

„Aber sie sagte … o mein Gott, Clay. Wo ist sie?"

„Ich weiß es nicht", erwiderte er durch zusammengebissene Zähne. „Sie war in deiner Obhut." Er betrat den Aufzug und nickte einer älteren Dame zu, die ihn mit großen Augen anstarrte. „Wo genau bist du?"

Sie gab ihm eine Adresse in Studio City. Zwei Minuten später war er in einem Taxi in diese Richtung unterwegs.

Clay versuchte die ganze Fahrt über, Olive auf dem Telefon zu erreichen, das er ihr vor erst sechs Monaten geschenkt hatte, damit er sie anrufen konnte, wenn sie bei ihrer Mutter war, aber jedes Mal ging es direkt auf die Mailbox.

„Verdammt", murmelte er. Das Telefon war tot. Entweder hatte Valerie das Telefon abgeschaltet, oder der Akku war leer.

In dem Augenblick, in dem das Taxi hielt, warf Clay dem Fahrer einen Packen Scheine hin, sprang hinaus und lief auf das Gebäude zu. Bevor er die Eingangstür erreichte, kam Valerie heraus, mit lockigem, auf dem Kopf aufgetürmtem Haar. Sie trug viel Make-up und ein eng anliegendes Kleid, das so tief ausgeschnitten war, dass sie wohl doppelseitiges Klebeband nutzte, damit man nichts sah.

„Clay!", rief sie und warf sich ihm in die Arme.

Er tätschelte ihr unangenehm berührt den Rücken, nahm sie nach einem Augenblick an der Taille und schob sie einen Schritt zurück. „Wann hast du sie zum letzten Mal gesehen?"

„Vor etwa einer Stunde und zwanzig Minuten. Wir hatten nur –"

„Eine Stunde und zwanzig Minuten? Was zum Teufel hast du getan, als du eigentlich auf unsere Tochter hättest aufpassen sollen?" Er spürte die Hitze, die ihm die Kehle emporstieg, und musste sich davon abhalten, sie zu erwürgen.

„Ich hatte ein Treffen mit einem Agenten. Wirf mir das nicht vor, Clay Garrison. Wenn du bei der Schauspielerei von Anfang an mitgezogen hättest, wäre Olive nie davongelaufen."

Das Entsetzen machte ihn sprachlos. Er schüttelte den Kopf, wirklich verblüfft. Er hatte weder die Zeit, noch war er gewillt, diesen Streit mit ihr zu führen. Es kam allein darauf an, dass er seine Tochter fand. „Wo hast du sie zuletzt gesehen?“

„Im Warteraum. Ich habe ihr gesagt, sie solle dort sitzen bleiben, während Manny und ich unser Meeting haben. Sie war in der Nähe des Fernsehers, als Manny und ich in sein Büro gingen.“

„Du hast eine Achtjährige allein in einem fremden Bürogebäude mitten in L.A. gelassen?“

„Mach kein Drama, Clay. Es ist Studio City, nicht das Ghetto.“

„Sie ist acht Jahre alt!“, brüllte er und schob sich an ihr vorbei ins Gebäude. Valerie rannte ihm nach, aber sie trug Stilettos mit Zwölf-Zentimeter-Absätzen und konnte nicht mit seinen langen Schritten mithalten.

„Olive?“, rief er, während er durch den vornehmen Gang raste. Er folgte den Schildern zum offenen Vorsprechen und erreichte schließlich einen Raum voller Frauen mit ihren Töchtern. Er fing an, nach Olive zu fragen, merkte aber bald, dass er nicht einmal wusste, was sie trug. Er wirbelte herum und suchte nach Valerie. Sie hatte ihre Schuhe ausgezogen und hinkte zurück zum Wartebereich. „Frag in diesem Raum, ob jemand Olive gesehen hat. Du weißt noch, was sie getragen hat, oder?“

„Natürlich weiß ich das“, sagte sie, eindeutig gekränkt. „Sie trug ein rosa Kleid mit kleinen weißen Rosetten unten. Und passende rosa Mary-Janes.“

Clay verkniff es sich, die Augen zu verdrehen, konnte aber ein Stöhnen nicht unterdrücken. „Das hat sie mitgemacht?“

„Es war für das Vorsprechen, Clay. Wie oft muss ich dir noch erklären, warum ich sie so anziehe?“

„Ich weiß nicht, Val. Ich schätze, jedes Mal, wenn du

versuchst, mir zu erklären, warum du sie zu etwas zwingst, das sie nicht tun will."

Sie holte scharf Luft, und er sah, dass sie sich bereit machte, ihm einen weiteren Vortrag über die Chancen zu halten, die sie als richtige Schauspielerin haben würde. Aber er wollte ihn nicht hören. Nicht jetzt. Nie wieder. Er hob eine Hand. „Ich werde das Gelände absuchen und nachsehen, ob sie draußen it. Du gehst zurück in diesen Raum und sprichst mit allen, bis du jemanden findest, der sie hat weggehen sehen. Verstanden?"

„Gut. Ich schreibe dir, falls ich etwas rausfinde." Sie schlang die Arme um ihren Körper, während sie auf ihrer Unterlippe kaute.

„Mach das." Er machte sich auf den Weg, aber Val rief nach ihm und hielt ihn auf. „Was?", fragte er.

„Finde mein Baby, Clay. Bitte", bettelte sie, ihre Augen füllten sich mit Tränen.

„Und ob ich das werde", sagte er knapp und verfluchte sie tonlos. Das war ihre Schuld, und sobald er Olive fand, würde er sicherstellen, dass die ganze Anwaltswelt davon erfuhr. Während er sich nach draußen begab, rief er bei der Polizeiwache von Studio City an. Als die Frau am anderen Ende ranging, sagte er: „Ich muss ein vermisstes Kind melden."

Er gab ihr alle Informationen, die er besaß, und bekam zugesagt, dass ein Beamter losgeschickt würde. Clay beendete den Anruf und versuchte es noch einmal bei Olive. Immer noch keine Antwort. Innerlich kochte er, während er um das Bürogebäude und dann den Häuserblock ging. Er schrieb Val, um zu sehen, ob sie etwas Neues erfahren hatte. Hatte sie nicht. Ein paar Leute erinnerten sich daran, Olive gesehen zu haben, wussten aber nicht, wann sie gegangen war.

Allmählich überkam Clay Panik, während er von einer Firma zur nächsten eilte. Sie war nicht im Lebensmittelladen, der Wäscherei, dem Nagelstudio oder der Damenboutique. Er bog um eine Ecke und sah einen kleinen Stadtpark.

Er wusste instinktiv, wenn sie irgendwo war, würde er sie dort finden. Seine Kleine war eine Erdhexe, ganz wie ihr Vater. Wenn sie vom Vorsprechen oder vor ihrer Mutter flüchten musste, war der eine Ort, an dem sie sich besser fühlen würde, der Park. Er wich zwei anrollenden Autos aus, während er über die Straße rannte, und ging durch das schmiedeeiserne Tor. Links war ein kleiner Bonsai-Garten, und rechts waren Rosen. Er entschied sich, zu den Bonsais zu gehen. Sie war von den kleinen Bäumen fasziniert, seit ihre Großmutter ihr im vorigen Jahr einen zu Weihnachten geschenkt hatte.

Je weiter Clay in den Park ging, desto sicherer war er, dass sie dort war. Es war, als könne er ihre Anwesenheit spüren.

„Olive!", rief er. Keine Antwort. Er ging tiefer in den Park und versuchte es wieder. Immer noch nichts. Er blieb auf dem Weg, und als er zu einer Fußgängerbrücke über einen kleinen Bach kam, hielt er an. „Olive?", rief er wieder, nur dass er diesmal kaum die Stimme erhob.

Ein Wimmern erklang irgendwo unter der Brücke.

„Olive!" Er sprang hinab zum schlammigen Ufer, und da war seine Tochter, in ein blassrosa Kleid gekleidet, und kauerte unter der Brücke. Tränen und Schlamm verschmierten ihre Wangen.

Er bückte sich und hob sie hoch, drückte sie fest an sich. Sie hatte überall Schlamm auf dem Kleid und den Armen und Beinen, aber das störte ihn nicht. Er hatte sie gefunden, sicher und gesund. Nichts anderes spielte eine Rolle.

„Daddy", schluchzte sie in seine Schulter.

Er drückte ihr eine Hand auf den Hinterkopf und strich ihr über die wilden Locken. „Ich bin da, Liebling. Alles kommt in Ordnung."

„Zwing mich nicht zurückzugehen. Bitte, Daddy. Ich will die Werbung nicht drehen."

„Das musst du nicht, Olive. Ich verspreche es. Keine Schauspielerei mehr", beruhigte er sie und betete, dass es etwas gab, was er tun konnte, um Valerie mit ihrem irren Beharren darauf, dass ihre Tochter Schauspielerin werden sollte, aufzuhalten.

„Ich will nach Hause."

„Ich weiß, Liebling. Ich weiß." Er trug sie immer noch, stieg den Weg hinauf und wandte sich zu einer kleinen Metallbank. Sobald er sich dort mit ihr auf dem Schoß hingesetzt hatte, nahm er sein Telefon heraus und schickte Val eine kurze Nachricht, um sie wissen zu lassen, dass Olive sicher in seiner Obhut war. Sie schrieb ihm sofort zurück, dass sie wissen wollte, wo sie waren. Er ignorierte sie. Einen Moment später ging es in ihrem Getippe darum, dass sie immer noch zum Vorsprechen konnten. Jeder Muskel in Clays Körper sehnte sich danach, das Telefon in den Bach zu werfen, aber stattdessen schob er es sich in die Tasche und wandte seine Aufmerksamkeit Olive zu. „Was ist passiert?", fragte er sanft. „Warum bist du weggelaufen?"

Ihre Unterlippe bebte, während sie den Kopf schüttelte. „Ich wollte nicht zum Vorsprechen."

Er schob ihr eine Locke aus den Augen und nickte. „Ich weiß. Aber ist irgendwas Spezielles vorgefallen?"

Sie zuckte mit den Schultern. „Ich habe Mami gesagt, dass ich nach Hause will, und sie hat mich angeschrien und mir gesagt, dass ich das für sie tun muss."

„Es tut mir leid, Olive. Ich weiß, dass du das nicht willst." Er wollte toben und Val die Schuld zuschieben, aber er tat alles Menschenmögliche, um sein Temperament zu zügeln. Er wollte nicht derjenige sein, der für das Scheitern ihres

Verhältnisses verantwortlich war. Val war immer noch Olives Mutter und würde es immer bleiben. „Aber du kannst nicht einfach so weglaufen. Ich habe mir wirklich Sorgen gemacht."

„Ich wollte anrufen, aber mein Telefon hat nicht funktioniert." Sie zog es aus einer versteckten Tasche in ihrem rosa Kleid und reichte es ihm.

Tatsächlich war der Akku leer. Sein Telefon fing an zu summen, und ein Blick auf Vals Namen sorgte dafür, dass er das Gesicht verzog. „Komm jetzt. Deine Mama macht sich auch Sorgen."

Olive vergrub den Kopf wieder an Clays Schulter, aber ihr Körper bebte nicht mehr. Er hoffte, das hieß, dass auch ihre Tränen nicht mehr flossen.

Clay trug sie zurück zum Bürogebäude und war nicht überrascht, die blauen Blitzlichter davor zu sehen, als er um die Ecke kam. Er musste ihnen zugestehen, dass sie keine Zeit verloren hatte. Er kam gerade beim ersten Polizisten an, als Valerie sie sah und einen erleichterten Schrei ausstieß.

„Olive! O mein Gott, Baby, alles in Ordnung?" Sie wollte Olive aus Clays Armen zerren, aber Olive klammerte sich nur fester an Clay und schüttelte wild den Kopf.

„Ich gehe nicht mit dir. Ich hasse dich. Und ich hasse diesen Mann!"

„Mann?" Clays Augenbrauen hoben sich fragend, während all seine Verteidigungsmechanismen für seine Tochter auf höchste Alarmstufe gingen.

„Diesen Mann." Olive deutete auf einen hochgewachsenen, stark gebräunten Mann mit graumelierten Haaren. Er trug einen teuren Anzug und sprach mit einem der Polizisten.

„Was magst du an ihm nicht?", fragte Clay.

„Er ist Mamas neuer Freund, und er mag keine Kinder."

„Freund?", rief eine Frau hinter ihnen mit hoher Stimme.

„Da irrst du dich bestimmt. Das ist mein Ehemann, Richter Peter Mathis."

Clay erkannte diesen Namen von der Verfügung, die Val ihm am vorigen Abend gebracht hatte, und rief sofort Lorna an.

KAPITEL 24

Abby lag im Bett und starrte an die Decke. Es war genau neun Tage her, dass sie Clay zuletzt gesehen hatte. Sie war überrascht, wie sehr sie ihn vermisste. Sie waren nicht mal auf einem echten Date gewesen, aber das hatte nicht verhindert, dass sie sich wieder in ihn verliebt hatte. Seit ihrer Rückkehr in die Stadt war er der Freund gewesen, den sie gebraucht hatte. Er hatte ihr Herz zum Flattern gebracht, ihren Puls beschleunigt, und obwohl ihr in seiner Anwesenheit immer ganz schwindlig wurde, hatte er sie beruhigt und dafür gesorgt, dass sie sich wieder wohl in ihrer Haut fühlte. Wohl in Keating Hollow.

Sie hatte ein paar Mal von ihm gehört. Er war in L.A., kümmerte sich um den Sorgerechtsstreit mit Valerie und hatte nicht vor, zurückzukehren, ehe er seine Tochter mitnehmen konnte. Abby war stolz auf ihn und wünschte, sie könne dort sein, um ihn zu unterstützen, obwohl sie wusste, dass sie dazu kein Recht hatte. Das bisschen, was sie von Valerie gesehen hatte, war genug für ein ganzes Leben.

Ihre bloßen Füße trafen auf den Holzboden, und sie ging

hinüber zum Spiegel, der über ihrer Kommode hing. Genauso wie in der letzten Woche sagte sie auf: „Ich bin dankbar, dass sich Charlotte am ersten Kindergartentag mit mir angefreundet hat, und dass wir in all den Jahren, in denen wir einander kannten, niemals etwas zwischen uns treten ließen. Ich bin dankbar, dass Clay mich zurück in sein Leben gelassen hat, und dass sogar nach all den Jahren er immer noch derjenige ist, in den ich mich verliebt habe. Ich vergebe mir, dass ich Keating Hollow vor zehn Jahren verlassen habe, und ich vergebe mir, dass ich Charlotte einen Trank gegeben habe, den ihre Mutter mich bat, ihr nicht zu geben. Das Einzige, was ich mir für meine Zukunft wünschte, ist einen Mann zu heiraten, der mich um meinetwillen liebt und eine Familie gründen will."

Sie sagte nicht, dass sie wollte, dass Clay dieser Mann war. Es schien zu vermessen. Oder vielleicht war sie zu verschreckt, um es laut auszusprechen. Aber mit jedem Tag, der verging, spürte sie, wie ihr Mut sich aufbaute. Eines baldigen Tages, da war sie sich sicher, würde sie es sagen. Wenn er nur nach Keating Hollow zurückkam. Sogar ihre Magie kooperierte besser. Sie konnte immer noch keinen Trank für ihren Vater herstellen, aber vor zwei Nächten hatte sie es geschafft, mit den Mädels in den Fluss zu gehen. Diesmal hatte der Whirlpool-Effekt mit voller Kraft gewirkt.

„Abby? Willst du Frühstück? Ich mache Waffeln", rief ihr Vater aus dem Nebenzimmer.

„Ja!" Sie zog sich rasch Jeans und ein warmes Langarmshirt an und stolperte aus ihrem Zimmer, auf der Suche nach Kaffee.

Ihr Vater hatte ein Gefäß mit Teig in der Hand und summte das Titellied des John-Wayne-Films, den er gestern Abend gesehen hatte. Abby verdrehte die Augen. „Heute Abend schauen wir *Harry und Sally*. Ich ertrage keinen einzigen Western mehr."

„Nein, machen wir nicht." Er schüttelte den Kopf und goss Teig in das Waffeleisen.

„Versuch doch, mich abzuhalten." Abby schenkte eine Tasse Kaffee ein, fügte einen Löffel Kakao hinzu und garnierte das Ganze mit Schlagsahne.

„Das wird nicht schwer, wenn du dir weiter die Arterien mit diesem Zeug zuballerst."

Abby grinste und nippte an ihrem Mokka. „Wir werden sehen."

„Tut mir leid, Kind, aber du hast was vor." Er schob ihr einen Zettel hin. Darauf stand: *Cozy Cave, neunzehn Uhr.*

„Wen treffe ich im *Cozy Cave*?", fragte sie mit erhobener Augenbraue.

„Das ist eine Überraschung." Er legte ihr eine Waffel hin und reichte ihr den echten Ahornsirup.

„Dad." Sie zog das Wort in die Länge. „Sag's mir einfach. Ist es Yvette? Oder Faith? Noel? Alle drei?"

Er schüttelte den Kopf. „Nein. Jetzt iss. Du wirkst heute etwas dünn."

„Netter Versuch." Sie verzog das Gesicht, um ihn wissen zu lassen, dass sie ihm diese Show keine Sekunde lang abnahm. „Bist es du? Denn mit diesem Date hätte ich gar kein Problem."

Seine Lippen zuckten. „Das ist schmeichelhaft, aber nein. Clair und ich haben was vor."

Abby warf einen Blick auf den Kalender. „Aber es ist erst Mittwoch. Was ist aus dem Freitagabend-Dinner und dem Sonntag-Morgen-Brunch geworden?"

Er zuckte mit den Schultern. „Sie hat beschlossen, dass sie mehr Zeit mit mir verbringen will. Und da ich gerade eine Menge Zeit habe, was soll ich dagegen sagen?"

Abby wurde nüchtern. Ihr war klar, dass Clair eigentlich meinte, dass sie mehr Zeit wollte, solange sie sie noch hatten. Und es war schön für sie, dass sie dafür sorgte, dass sie so viel Zeit wie möglich miteinander verbrachten. Doch das verhinderte nicht, dass die Erinnerung daran, dass die Zeit ihres Vaters vermutlich begrenzt war, ihr einen Stich direkt ins Herz versetzte. Sie räusperte sich. „Was habt ihr beiden Turteltauben vor?"

„Wir gehen nicht ins *Cozy Cave*." Er zwinkerte. „Ich will deine Entfaltung nicht stören."

Abby starrte ihn an, und ihre Gedanken überschlugen sich. „Logan ist nicht wieder in der Stadt, oder? Denn falls doch, will ich nicht –"

„Es ist nicht Logan", sagte er mit einem Stirnrunzeln. „Du glaubst, ich würde einem Angeber wie ihm helfen, ein Date mit meiner Tochter zu bekommen?" Er erschauerte sichtlich. „Nein, Abby. Überhaupt, wenn er nochmal einen Fuß nach Keating Hollow setzt, werde ich ihn von Andrew Baker aus der Stadt treiben lassen. So sehr lehne ich diesen Kackhaufen mit Anspruchshaltung ab."

Abby stieß ein Lachen aus. „Ok. Nicht Logan. Na, das ist eine Erleichterung." Es blieb nur einer übrig. Clay. Aber sie drängte ihren Vater nicht mehr. Sie verbrachte den Tag lieber damit, davon zu träumen, dass Clay schon wieder in der Stadt war und sie mit einem Date überraschte. Falls sie sich irrte, war sie sicher, dass sie immer noch erfreut über denjenigen sein würde, der ihr am Tisch gegenüber saß. Aber falls sie recht hatte … dann konnte sie sich nichts Besseres vorstellen, als einen Tag damit zu verbringen, sich darauf zu freuen, ihn wiederzusehen.

* * *

ABBY HATTE SICH GEIRRT. Sie hatte sich auf nichts anderes konzentrieren können als die Verabredung zum Abendessen. Um alles noch schlimmer zu machen, hatte sie den Großteil der Zeit damit verbracht, sich wie besessen zu überlegen, was sie anziehen sollte. Falls es Hanna oder Wanda war, würde es ziemlich lächerlich wirken, wenn sie im Cocktailkleid aufkreuzte. Aber falls es Clay war, wollte sie sich schick anziehen und ein paar Kurven zur Schau stellen. Letztlich entschied sie sich für ein langes, schwarzes Spitzentop, Leggings und kniehohe Stiefel. Sie war gestylt, aber nicht zu sehr, und das Outfit lag an der Taille eng genug an, dass sie nicht aussah, als würde sie einen Spitzen-Kartoffelsack tragen.

Sie erneuerte ein letztes Mal ihren Lippenstift, schnappte sich ihre Handtasche und winkte ihrem Vater und Clair zu, die sich auf die Couch kuschelten und *Harry und Sally* schauten.

„Viel Spaß heute Abend", sagte Clair und grinste sie an. „Und danke, dass du uns den Film geliehen hast. Ich hätte keinen weiteren John-Wayne-Film mehr ertragen. Ich habe mir schon überlegt, ein Pistolenholster zu tragen, um seine Aufmerksamkeit zu erregen."

„Das könnte immer noch funktionieren", sagte Abby. „Mit Cowboystiefeln und einem Hut hast du dann alles, was zu einem tollen Abend nötig ist."

Lin wandte Clair seinen Blick zu und wackelte suggestiv mit den Augenbrauen. „Du würdest mit einem Hut, Stiefeln und einem Holster echt süß aussehen. Das probieren wir später."

Abby stöhnte und hielt sich die Ohren zu. „Ich höre euch nicht. Lalalala." Gelächter ertönte auf der Couch, und Abby konnte nicht verhindern, dass sie mit einfiel. „Haltet es vor uns Kindern einfach jugendfrei, ok?"

„Du hast angefangen", sagte Lin, als Meg Ryan gerade

anfing, auf dem Fernseher zu demonstrieren, wie man einen Orgasmus vorspielte.

„Okay, das reicht jetzt für mich." Abby beeilte sich, zur Tür hinaus zu kommen.

Aber ehe sie die Tür schließen konnte, hörte sie ihren Dad sagen: „Ich bin jetzt der Unanständige? Sie hat doch vorgeschlagen, dass wir das zusammen anschauen."

Abby zuckte zusammen. Sie hatte es vorgeschlagen. Huch. Zum Glück hatten sich die Pläne geändert. Sie stieg in ihr SUV, dankbar, dass es nach ihrem Auffahrunfall am ersten Tag in der Stadt endlich repariert war.

Keine zehn Minuten später fuhr Abby in eine Parklücke ein paar Häuser vom *Cozy Cave* entfernt. Ihre Nerven gingen mit ihr durch, als sie aus dem SUV stolperte und beinahe schnurstracks auf den Bürgersteig flog, aber sie konnte sich fangen, bevor sie zu Boden ging.

„Gut gemacht", sagte Shannon ein paar Schritte entfernt.

Abby riss den Kopf hoch und spürte, wie ihr schwer ums Herz wurde. Nicht Clay. „Hey, Shannon." Sie zwang sich zu einem Lächeln. „Du siehst hübsch aus. Du hättest dich für mich aber nicht stylen müssen."

Shannon runzelte die Stirn. „Habe ich nicht."

„Oh, ok. Ich habe einfach nur gemeint, dass das ein unglaubliches Kleid ist. Und dieser Schlitz. Ich denke nicht, dass ich mich trauen würde, ein Kleid mit einem Schlitz bis zur Hüfte zu tragen."

„Ich lasse es heute krachen." Shannon lächelte Abby verschwörerisch zu. „Ich habe endlich Andrew Baker dazu gekriegt, mit mir auszugehen. Ich hoffe, Mr. Deputy Sheriff zeigt mir, was er unter diesem Pistolengurt versteckt."

„Du hast ein Date mit Andrew Baker?", fragte Abby verwirrt.

„Ja, warum?" Shannon winkte jemandem über Abbys Schulter hinweg zu.

„Ich habe nur –" Abby warf einen Blick zurück, um zu sehen, wem sie winkte, und erblickte Clay. Er hatte dunkle Jeans, schwarze Stiefel und ein stahlblaues Hemd an. Ein leichtes Lächeln trat auf sein Gesicht, als sie sich in die Augen schauten.

„Du hast nur was, Abby?", fragte Shannon.

„Hm?" Sie drehte sich wieder um und konzentrierte sich auf ihre neue Freundin. „Oh. Ich, äh, ich dachte, du wolltest dich hier mit mir treffen. Aber ich glaube, ich habe gerade herausgefunden, wer mein Date ist."

Clay kam dazu und legte Abby eine Hand auf den Rücken. „Du hast es hergeschafft. Gut."

Ein Schauer lief durch sie hindurch, während sie in sein gutaussehendes Gesicht starrte. „Und du hast es zurück in die Stadt geschafft."

„Spät gestern Nacht." Er nickte Shannon zu. „Wie geht's?"

„Gut, aber ich glaube, die Temperatur ist hier grade um 10 Grad gestiegen, darum gehe ich mal rein und warte auf meine Verabredung. Ihr beiden denkt dran, euch ein Zimmer zu suchen, bevor ihr euch die Kleider vom Leib reißt, ja?"

„Shannon!", sagte Abby.

Clay lachte nur. „Ich werde es in meine Überlegungen einbeziehen."

Abby schlug ihm leicht auf die Brust. „Ermutige sie nicht auch noch."

„Warum? Sie sagt doch was ganz Vernünftiges."

Shannons hohe Schuhe klapperten auf dem Bürgersteig, und sie lachte, während sie im Restaurant verschwand.

Abby grinste zu ihm auf. „Also, warum die Überraschung?

Warum hast du mir nicht einfach gesagt, dass du wieder in der Stadt bist?"

Er ließ einen Arm um ihre Taille gleiten und schickte sich an, sie zur Eingangstür zu führen. „Ich schätze, ich wollte für dich etwas Besonderes machen, nachdem ich dich versetzen musste."

„Du weißt, dass ich nicht wütend bin, oder? Überhaupt nicht. Du hast getan, was du tun musstest."

„Ja, ich weiß. Aber ich will es trotzdem gutmachen." Er beugte sich herab, küsste sie auf die Schläfen und öffnete dann für sie die Tür.

Bei der Platzanweiserin sagte Clay: „Guten Abend. Ich habe reserviert auf –"

„Garrison." Die Platzanweiserin lächelte zu ihm auf, dann warf sie Abby einen abschätzigen Blick zu, ehe sie ihre Aufmerksamkeit zurück zu Clay wandte. „Ihr üblicher Tisch wartet auf Sie, Sir."

„Danke", sagte Clay.

Die Platzanweiserin führte sie zu ihrem Platz, schaute aber immer wieder zurück und lächelte Clay an. Bis sie am Platz waren, war sich Abby völlig sicher, dass die Frau komplett vergessen hatte, dass Abby überhaupt da war.

Sie hatte ihr nicht mal eine Speisekarte gereicht.

„Ähm, na gut." Abby griff nach der Weinliste und lächelte, als sie ihren Lieblingswein entdeckte.

„Hier." Clay reichte ihr die Karte. „Ich weiß nicht, worum es da jetzt ging, aber –"

„Ach, komm schon, Clay", sagte Abby lachend. „Du weißt genau, worum es dabei ging. Die süße Platzanweiserin will dich unbedingt zu sich nach Hause einladen. In diesem Augenblick plant sie mein Ableben, damit sie dich ganz für sich haben kann."

„Echt?" Er warf einen Blick auf sie, dann zurück auf Abby, und schüttelte den Kopf. „Da muss sie sich schon viel mehr bemühen, denn du bist die Einzige, der ich nach Hause folgen möchte."

Abby leckte sich über die Lippen und vergaß die Speisekarte komplett. Wer brauchte Essen, wenn der Mann ihrer Träume direkt vor ihr war und sich ihr anbot?

Aber ehe Abby etwas sagen konnte, verzog Clay das Gesicht. „Tut mir leid. Ich hätte das nicht sagen sollen."

„Ist in Ordnung." Abby bedeckte seine Hand mit ihrer. „Macht mir nichts aus."

Er zog seine Hand weg und schaute sie entschuldigend an. „Die Sache ist die, Abs, ich will wirklich nichts mehr, als dort weitermachen, wo wir vor zehn Jahren aufgehört haben. Aber die Dinge liegen jetzt anders, und ich kann einfach nicht auf etwas zurückverfallen, ohne an Olive zu denken."

Das erdrückende Gewicht der Enttäuschung legte sich auf Abby, aber sie zwang sich zu einem beruhigenden Lächeln. „Natürlich nicht. Olive hat Priorität. Ich verstehe das. Aber heißt das, dass du keinen Raum hast, um eine Beziehung zu führen?"

„Nein, heißt es nicht." Er lehnte sich auf seinem Stuhl zurück, während die Kellnerin kam und ihre Getränkebestellung aufnahm. Als sie gegangen war, sagte er: „Aber es heißt, dass ich es derzeit locker angehen lassen muss. Letzte Woche – als alles mit ihrer Mutter den Bach runterging – war viel, Abs. Olive muss sich umgewöhnen, und ich will ihr jetzt nicht noch etwas vor die Füße werfen. Besonders, wenn ich nicht weiß, wie lange du in der Stadt bleibst."

„Ich verstehe." Abby nickte langsam, während sie sich an die holprige Zeit ihrer Kindheit erinnerte, nachdem ihre Mutter gegangen war. Es war genau zu dieser Zeit gewesen, dass Mrs. P. sich wirklich eingebracht hatte und für Abby zum Rettungsanker geworden war. Sie wäre liebend gerne diese Person für Olive gewesen, aber sie wusste, dass Clays Mutter vermutlich diese Rolle einnehmen würde. „Ich will keine Probleme verursachen."

„Das war nicht, was ich sagen wollte. Es ist nur, es gibt so viel, was ich dir über das erzählen muss, was in L.A. passiert ist. Können wir damit anfangen?"

„Klar."

Die Kellnerin kam, und Abby war noch nie in ihrem Leben so froh gewesen, ein Glas Wein zu sehen. Sie bestellten beide Vorspeisen mit Krabben und die Forelle Spezial zum Abendessen.

Sobald sie wieder allein waren, nahm Abby ihr Glas und sagte: „Erzähl weiter. Ich höre."

Clay holte tief Luft und stieg in den Wahnsinn ein, den er unten in L.A. erlebt hatte. Nachdem er Olive im Park gefunden hatte, war alles herausgekommen. Es stimmte, dass Val eine Affäre mit dem Richter gehabt hatte, der über die einstweilige Verfügung entschieden hatte. Als seine Frau das herausgefunden hatte, hatte sie so viel Stunk gemacht, dass der Richter anschließend seinen Sorgerechtsentscheid zurückgezogen hatte und dann zurückgetreten war. Die Frau des Richters wollte Blut sehen, und Clay tat der Mann beinahe leid. Beinahe, aber nicht ganz. Nicht, nachdem er entschieden hatte, ihm seine Tochter zu nehmen.

Ein weiterer Richter hatte Clay das volle Sorgerecht übertragen, und Val durfte nur zu überwachten Besuchen kommen. Teil der Vereinbarung war, dass Olive niemals zurück nach L.A. oder an einem von Valeries Vorsprechen teilnehmen musste, außer, es war ihre eigene Idee. Clay musste auch schriftlich zustimmen, wenn es um Vorsprechen ging. Es war unwahrscheinlich, dass Olive jemals wieder Teil der Hollywood-Szene sein wollen würde. Ihr gefiel daran gar nichts.

„Also, hör zu. Olive musste vor Gericht und öffentlich das Verhalten ihrer Mutter anprangern", sagte Clay. „Ich weiß einfach nicht, wie sie damit in Zukunft umgeht. Ich will dieser Mischung nichts Neues hinzufügen, bis sie auf sicheren Füßen steht."

„Mach dir darum keine Sorgen, Clay", sagte Abby. „Ich bin auf deiner Seite. Du musst mir nichts weiter erklären. Lass uns einfach unser Essen genießen, ok?"

Er stieß die Luft aus und nickte. „Ok. Danke." Dann nahm er sein Glas und hob es zum Salut. „Auf alte Freunde?"

Abby schluckte ihre Enttäuschung hinunter und wiederholte: „Auf alte Freunde."

Ihre Unterhaltung beim Abendessen war steif, und der übrige Abend war leicht unbehaglich, nachdem Clay klargemacht hatte, dass sie nicht zusammenkommen würden. Abby war es zuwider, dass es nicht so aussah, als könnten sie ihren Weg zurück zu der lockeren Freundschaft finden, die sie aufgebaut hatten, aber sie wusste nicht, was sie dagegen tun sollte, besonders, da sie auf einem Date waren.

Nachdem ihre Teller abgeräumt waren, stellte Abby schließlich die Frage, die sie unbedingt stellen wollte, seit Clay ihr gesagt hatte, dass er bei ihrer aufkommenden Beziehung die Bremse ziehen musste. „Sag mir nur eines."

„Was denn?", fragte Clay, als er die Rechnung unterschrieb.

„Warum das Überraschungsdate? Ich verstehe, warum du dich auf Olive konzentrieren musst, und das ist für mich auch vollkommen in Ordnung, aber warum machst du dir die Mühe, mich zu überraschen?"

Er runzelte die Stirn, seine Miene war entschuldigend.

„Das tut mir leid. Ich habe erst heute Nachmittag beschlossen, dass ich die Dinge langsamer angehen muss. Olive hatte einen schweren Tag, und mir wurde klar, dass ich das nicht machen kann. Noch nicht. Wenn du dich entscheidest, hier zu bleiben, und wenn wir beide noch da stehen, wo wir jetzt sind, können wir es vielleicht später noch einmal probieren. Aber jetzt …" Er zuckte mit den Schultern. „Ich weiß nicht, was ich sagen soll. Ich weiß nur, dass ich mich auf Olive konzentrieren muss."

Abby war lange still. Dann stand sie auf und beugte sich vor, um ihm einen Kuss auf die Wange zu geben. „Du bist ein toller Dad, Clay. Ich bin stolz auf dich. Danke für das Essen."

„Abby." Er nahm ihre Hand und hielt sie vom Gehen ab.

„Ja?"

Er küsste sanft ihren Handrücken und sagte: „Bitte denk drüber nach, in Keating Hollow zu bleiben."

Sie verschränkte ihre Finger mit seinen und lächelte auf ihn hinab. „Ich habe nichts gesagt, während du gesprochen hast, denn ich wollte es nicht aussehen lassen, als würde ich gegen deine Entscheidung argumentieren, dich auf deine Tochter zu konzentrieren. Aber darüber musst du dir keine Gedanken machen, Clay. Ich habe meine Mitbewohnerin schon wissen lassen, dass ich nicht wieder nach New Orleans komme. Ich bin zurück. Zurück zu Hause, wo ich hingehöre."

Seine dunklen Augen musterten ihre, als wüsste er nicht, ob er richtig gehört hatte. Dann stand er abrupt auf und nahm sie in die Arme. Seine Lippen lagen auf ihren, und er küsste sie so intensiv, dass ihre Lippen prickelten, als er sie losließ, und sie atemlos war.

Ein paar Essensgäste in der Nähe drückten jubelnd ihre Zustimmung aus.

Abbys Gesicht wurde heiß, aber das hielt sie nicht davon

ab, sich vorzubeugen und ihm selbst einen Kuss zu geben. Ihrer war zart und süß und von all den Emotionen erfüllt, die sie im letzten Monat mit sich herumgeschleppt hatte. Er erwiderte ihn, gab genauso viel Gefühl in den Kuss wie sie. Und als sie sich schließlich voneinander lösten, zitterte Abby. Sie drückte ihm eine Hand aufs Herz. „Vielleicht sind wir eines Tages beide dafür bereit. Bis dahin pass auf dich auf, Clay. Und auf dein kleines Mädchen auch."

Da die Tränen sie zu überwältigen drohten, eilte Abby aus dem Restaurant und rannte zu ihrem SUV, während sie versuchte, ein paar letzte Fetzen Würde zu bewahren.

Es dauerte eine ganze Woche, bis Abby es über sich brachte, zurück zur Brauerei zu gehen, um ihre Seifensieder-Utensilien abzuholen. Sie fühlte sich endlich wohl dabei, in ihrem Schuppen beim Haus ihres Dads zu arbeiten, und es war Zeit, alles dorthin zu bringen und Clay seinen Schuppen wieder zu überlassen.

Ihre Magie verbesserte sich täglich, aber sie war nicht hundertprozentig zurück. Die Tatsache, dass sie ihrem Dad immer noch nicht den Trank gegen Übelkeit machen konnte, ärgerte sie unablässig, aber sie hatte schließlich akzeptiert, dass sie die Dinge nicht durchpeitschen konnte. Eines Tages würde ihre Magie zurückströmen … oder nicht. Was sie schließlich gelernt hatte, war, dass ihr Wert nicht an den Tränken hing, die sie für andere herstellte. Ja, sie wollte helfen, aber das konnte sie auch auf andere Weise tun.

Da ihre Magie immer noch mangelhaft war, hatte sie sich auf die Suche nach Hexen an der Ostküste gemacht, die womöglich eine Formel hatten, die für ihren Dad funktionierte. Sie hatte sich per Express ein halbes Dutzend

Päckchen schicken lassen, und zwei hatten sich als vielversprechend erwiesen. Sie nahmen ihm nicht alle Symptome, aber nach seiner letzten Behandlung war die Übelkeit nur zwölf Stunden geblieben, nicht sechsunddreißig. Es war ein willkommener Fortschritt.

Abby fuhr auf den einzigen freien Parkplatz an der Brauerei, direkt neben Clays Jeep. „Perfekt."

Sie stieg aus und bereitete sich darauf vor, ihn wiederzusehen. Nach dem Kuss, den sie im Restaurant geteilt hatten, wusste Abby genau, was ihr entging, wenn sie nicht mit Clay zusammen war, und es war wirklich schwer, einen Bogen um ihn zu machen. Noch schwerer war es bestimmt, ihn zu sehen und nicht bei ihm sein zu können. Darum hatte sie sich vom Pub ferngehalten. Sie musste ihnen beiden die Dinge nicht erschweren, wo sie doch endlich bereit war, in ihrem alten Atelier zu arbeiten.

Aber sie konnte sich nicht ewig vom Familienunternehmen fernhalten, und sie brauchte ihr Zubehör, wenn sie ihr eigenes Geschäft weiterführen wollte. Im Pub war viel los, und Abby war sowohl enttäuscht als auch erleichtert, als sie Clay nicht hinter dem Tresen sah. *Ist wahrscheinlich das Beste,* sagte sie sich und eilte hinaus zum Brauschuppen.

Die Tür stand leicht auf, und sie hörte drinnen eine junge Stimme. Sie spähte hinein. „Hallo?"

„Hallo", sagte Olive von einem kleinen Hocker an der Anrichte aus. Sie trug Jeans und ein Sweatshirt und hatte sich eine von Abbys Schürzen um die Taille gebunden.

Abbys Herz schmolz ein wenig, weil sie so süß war. „Woran arbeitest du?"

Sie winkte zu der Kiste in der Ecke. „Meinem Häschen geht es nicht gut. Daddy sagt, ich könnte ihm hier im Schuppen einen Energietrank machen."

„Einen Energietrank, hm? Weißt du schon, wie man den macht?", fragte Abby, die sich hinkauerte, um das komplett weiße Kaninchen zu inspizieren. Das Tier lag völlig still in der Box, während sie ihm über den Kopf streichelte.

„Klar. Das hat Daddy mir beigebracht." Sie hielt ein Bündel Kräuter hoch. „Ich muss nur diese Kräuter zermahlen und heißes Wasser hinzufügen."

Abby stand auf und schaute ihr über die Schulter. Es war ein einfacher Energietrank. Eher ein Vitaminschub für das Kaninchen, aber da Olive eine Erdhexe war, würde ihm ihre Magie sicher zusätzliche Wirkung verleihen, so dass das Kaninchen im Nu herumhoppeln würde. „Warum geht's deinem Kaninchen nicht gut?"

Olive grinste. „Es hat gerade Babys bekommen und ist ein bisschen erschöpft."

„Wie viele?"

„Acht."

„Uff", sagte Abby. „Kein Wunder, dass es erschöpft ist. Ich schätze, sie halten es auf Trab."

Olive nickte. „Sie futtern stääändig."

„Brauchst du Hilfe?"

Sie warf einen Blick zur Tür. „Daddy sollte mir beim Erhitzen helfen, aber er braucht ganz schön lange. Meinst du, das kannst du übernehmen?"

„Klar." Abby schnappte sich einen ihrer Kupfertöpfe und machte sich an die Arbeit, indem sie Wasser einfüllte. Bald hatte sie ihn auf dem Herd, das Wasser blubberte. „Ok, wir sind bereit für die Zutaten."

Olive schabte ihre Kräutermischung sorgfältig aus dem Mörser, während Abby mit einem Holzlöffel umrührte.

„Lass mich wissen, wann du übernehmen willst", sagte Abby.

„Du machst das gut", sagte Olive und ging zurück zur Spüle, um den Mörser und den Stößel zu säubern.

Jemand hat diese kleine Hexe sorgsam ausgebildet, dachte Abby. Sie war achtsam und präzise. Besser ausgebildet, als sie mit acht Jahren gewesen war, das war mal sicher. Abby warf einen Blick hinab auf die Mischung und sagte: „Olive, ich glaube, das ist bereit für deine Magie."

Olive schob ihren Hocker herüber, stieg hinauf und schaute in den Topf. „Es braucht noch etwa eine Minute."

„Echt?" Abby rührte die Mischung noch einmal und nickte. Sie war noch nicht ganz so zähflüssig, wie sie sein musste. „Beeindruckend."

Olive strahlte und übernahm das Rühren des Tranks. Abby blieb gleich hinter ihr, ließ sie arbeiten, aber passte gut auf. Es war ein Gasherd, und wenn man Kräuter mit Magie tränkte, konnte alles passieren. Obwohl Olive, wenn man nach ihrem offensichtlichen magischen Talent ging, keine Hilfe von Abby brauchte. Trotzdem war sie erst acht, und Olive hatte sogar gesagt, dass ihr Dad ihr am Herd hätte helfen sollen.

„Jetzt", verkündete Olive. Sie kniff die Augen zu und sagte: „Magie meines Herzens, durchdringe diese Kräuter, damit das Häschen eine Starthilfe bekommt."

Abby kicherte über die niedliche kleine Beschwörung, aber sobald Magie von Olives Händen floss, verging ihr das Lachen. Die Magie war sprunghaft, und anstatt sich mit den Kräutern zu verbinden, fing sie an, aus dem Topf zu steigen und war direkt zu den Flammen unterwegs. Wenn sich die Magie mit den Flammen verband, würde hier der Teufel los sein. Instinktiv umschlang Abby die Hände von Olive und nutzte ihre eigene Magie, um dem kleinen Mädchen zu helfen, seine Kraft in die Kräuter zu leiten. Freude strömte plötzlich über Abby, und sie spürte etwas, das sie jahrelang nicht gespürt hatte. Reines Glück, das aus der Magie geleitet wurde. Olives Glück, während sie sich mit der Erde verband, füllte Abbys Hohlräume, und mit einem Mal fühlte sie sich völlig ganz.

Olives Magie kehrte sofort um und ließ sich in den Kräutern nieder, so dass der Trank grasgrün wurde.

„Es hat funktioniert!", rief Olive. „Ja! Ich habe Daddy gesagt, dass ich es diesmal hinbekommen würde!"

Abby rührte weiter den Trank, während Olive ein Glasgefäß holte, um den Energietrank für das Häschen einzufüllen. Als Olive zurückkam, half ihr Abby, so viel wie möglich in das Glas zu bekommen. Dann fächelte Abby mit der Hand über der kleinen Menge, die noch im Topf war. Die Hitze wich aus dem Topf und der Flüssigkeit, und Abby nahm sich eine Pipette. „Willst du es ausprobieren?"

Olive nickte, ihre Begeisterung war ansteckend.

„Ok." Abby füllte die Pipette und reichte sie Olive. „Los. Sieh dir an, wie das Kaninchen darauf reagiert."

Olive setzte sich auf den Boden, hob ihr Kaninchen hoch und fütterte die frischgebackene Mutter sanft mit dem Trank.

In wenigen Augenblicken zuckten die Ohren des Kaninchens, und es wand sich, um aus Olives Griff zu entkommen. Olive setzte es auf dem Boden ab und klatschte erfreut, während ihr Tier anfing, den Raum zu erkunden.

„Oh, schön", sagte Abby, während sie das Kaninchen hochhob und es wieder Olive reichte. „Aber wir können es hier drin nicht frei rumlaufen lassen. Zu gefährlich. Lass es lieber in der Kiste, bis du es nach Hause bringst."

„Stimmt." Olive packte das Kaninchen sorgsam in seine Kiste und hob sie dann auf, unterwegs zur Tür. „Dad! Hast du gesehen? Es hat funktioniert. Ich hab's geschafft!"

Clay streckte die Arme nach seiner Tochter aus und umarmte sie fest. „Ich habe es gesehen. Sehr beeindruckend.

Aber du hättest trotzdem warten sollen, bis ich zurückkomme."

„Abby hat mir geholfen." Sie wand sich aus seiner Umarmung, reichte ihm das Kaninchen und lief dann zurück zu Abby, der sie um den Hals fiel. „Danke, Abby. Vielen, vielen Dank."

Abby schlang die Arme um das kleine Mädchen und umarmte es fest. „Jederzeit, Olive. Es war echt eine Ehre, dir zu helfen."

Olive grinste Abby ein weiteres Mal breit an und ließ sie los. Sie lief zurück zu ihrem Vater, nahm das Kaninchen und eilte dann nach draußen, wobei sie zurückrief: „Wir sehen uns zu Hause, Dad!"

„Wie kommt sie dorthin?", fragte Abby.

„Meine Mutter wartete draußen an der Vorderseite auf sie."

Abby kicherte. „Mit der bist du echt gut beschäftigt."

Er trat in den Schuppen und schloss die Tür hinter sich. „Ich denke, du warst diejenige, die gut beschäftigt war. Ich habe gesehen, was du getan hast. Du hast sie davor bewahrt, alles abzubrennen. Es tut mir leid. Sie hat wirklich noch nicht die beste Beherrschung. Sie hätte warten sollen, bis wir es zusammen machen können."

„Es ist in Ordnung, Clay." Sie schenkte ihm ein Lächeln, das sich so breit anfühlte wie das, das Olive ihr geschenkt hatte. „Deine Tochter ist ... besonders."

Er kicherte. „Eher wild."

„Das auch. Aber ich rede von ihrer Magie. Du hast es bestimmt gespürt. Sie ist mächtig. Eines Tages wird sie eine ernstzunehmende Macht sein."

Er wurde nüchtern. „Damit hast du recht. Es bedeutet auch, dass ich versuche, sie so gut in Schach zu halten, wie es mir möglich ist. Wie ich sagte, ich hätte –"

Abby hob eine Hand. „Nein. Sie hat mich gebeten, ihr zu helfen, und ich habe es gerne gemacht. Sie hätte nichts ohne jemanden getan, der ihr mit dem Herd hilft, also wenn du dir darum Sorgen machst, vergiss es. Sie hat aufgepasst, obwohl sie noch lernt."

„Ok." Er stieß einen Atemzug aus. „Ich bin einfach besorgt."

„Das sind alle guten Väter." Sie wandte sich wieder zu ihrem Arbeitsplatz und spülte den Topf fertig, den sie benutzt hatte.

„Abby?"

Sie warf einen Blick über die Schulter. „Ja?"

„Etwas ist anders an dir. Ich kann den Finger nicht drauflegen, aber es ist, als … ich weiß nicht. Als –"

„Als hätte ich meine Magie zurück", beendete sie den Satz für ihn.

„Echt? Wann?"

„Gerade jetzt." Sie drehte sich um, um ihn anzuschauen. „Ich weiß, es klingt ein bisschen verrückt, aber als ich Olive half, erkannte ich, was fehlt, wenn ich meine Zauber wirke. Und jetzt, da ich es wieder gespürt habe, ist es lebendig, hier drin." Sie deutete auf ihre Brust. „Ich bin sicher, wenn ich nächstes Mal einen Trank herstellen will, wird er gut werden."

Er kniff die Augen zusammen. „Und was war es, das dir gefehlt hat?"

„Freude. Reine, unverfälschte Freude über die Verbindung mit der Erde. Dein süßes kleines Mädchen sprüht vor dieser Freude. Sie hat mich daran erinnert, wie es sich anfühlt, wirklich zu lieben, was man macht. Ich werde es diesmal nicht vergessen."

Er warf wieder einen Blick zurück zur Tür, als könne er sie noch dort stehen sehen. Als er sich wieder umdrehte, trat er an die Anrichte. „Dann beweis es."

„Forderst du mich heraus, Garrison?"

„Ja." Es mochte eine Herausforderung sein, aber es war kein Befehl. Sie erkannte, was er tat. Er wollte, dass sie ihre Magie nutzte, verfestigte, was sie gespürt hatte, damit sie es nicht verlor. Es war eine Technik, die sie als Kinder beim Magieunterricht gelernt hatten. Er holte eine saubere Kupferkasserolle herab und reichte sie ihr. „Mach deinem Dad einen Trank."

„Gerne." Abby achtete darauf, dem Rezept buchstabengetreu zu folgen, und dreißig Minuten später, als sie ihre Kräuter verzauberte, floss die Magie frei und stark von ihren Händen. Ihr Herz war von Liebe und Freude erfüllt, und alles fühlte sich genau richtig an. Der Trank wurde goldglänzend und roch beruhigend nach Vanille.

„Verdammt soll ich sein", sagte Clay, als sie den Trank in ein Gefäß gab, um ihn mit nach Hause zu nehmen. „Du hattest recht. Es hat funktioniert."

„Olive sei's gedankt", sagte sie und lächelte ihn sanft an.

Er kam einen Schritt näher und schlang ihr einen Arm um die Taille. „Du weißt, was ich letzte Woche beim Abendessen gesagt habe?"

„Welchen Teil?"

„Den Teil, als ich sagte, dass Olive Zeit zur Gewöhnung braucht."

„Ja." Sie starrte zu ihm hinauf, ihr Puls raste.

„Ich glaube, sie hat sich gewöhnt. Jetzt, da sie weiß, dass sie für immer zu Hause ist, kommt sie nicht nur klar, sie blüht auf. Und euch beide heute zusammen zu sehen … Abby, ich muss dir sagen, mir ist fast das Herz aus der Brust gesprungen."

Sie hob eine Hand und strich mit dem Daumen über seine Unterlippe.

Er schloss nur einen Moment die Augen. „Hör auf, mich

ablenken zu wollen. Ich will dir sagen, dass ich nicht glaube, auch nur einen weiteren Moment ohne dich an meiner Seite leben zu können. Ohne dich an Olives Seite."

„Ich weiß", sagte sie und ging auf die Zehenspitzen, damit sie ihn küssen konnte.

Er zog sie an sich und hielt sie, vergrub sein Gesicht an ihrem Hals. „Ist das ein Ja?"

„Du hast mich nichts gefragt, oder?", sagte sie lachend.

„Ich versuche dich zu fragen, ob du meine Freundin sein willst. Und zum richtigen Zeitpunkt bin ich mir ziemlich sicher, dass ich dir einen Ring an den Finger stecken werde. Was hast du dazu zu sagen?"

Sie zog sich zurück, um ihm eindringlich in die Augen zu sehen. „Versprich nichts, was du nicht ernst meinst, Clay Garrison."

„Hast du je mitbekommen, dass ich das tue?", fragte er und strich ihr mit dem Daumen über die Wange.

Ihr Herz pochte an ihren Rippen, und ihre Muskeln fühlten sich an, als wären sie zu Wachs geworden. Sie war sich sicher, dass sie zu einer Pfütze aus Haut und Knochen auf dem Boden werden würde, falls er sie losließ. Aber als sie sprach, war ihre Stimme stark und fest. „Nein. Aber das ist ein großes Versprechen. Keines, das du einfach zurücknehmen kannst, ohne uns beide zu verletzen."

„Ich nehme es nicht zurück. Nur übereile es nicht, Abs. Ich habe dich noch nicht gefragt."

„Noch nicht", wiederholte sie. „Das klingt schon ziemlich nach einem indirekten Versprechen. Bist du sicher, dass du es ernst meinst?"

„Ich bin mir zu tausend Prozent sicher. Die ganze Woche habe ich nur an dich und meine idiotische Ansprache im Restaurant gedacht. Du weißt, was ich hätte tun sollen?"

„Was denn?", fragte sie und entspannte sich in seinen Armen.

„Ich hätte meine große Klappe halten und meiner Tochter vertrauen sollen. Weißt du, was sie an diesem Abend sagte, als ich nach Hause kam?"

„Was denn?", fragte Abby ungeheuer neugierig.

„Sie hat gefragt, wann unser nächstes Date ist, und ob sie mitkommen kann."

Abby lachte. „Es wäre mir eine Ehre, mit dir und Olive zu einem Date zu gehen."

Er schüttelte den Kopf. „Drei sind einer zu viel. So sehr ich sie liebe, sie ist nicht auf meine Dates mit dir eingeladen. Nicht, wenn ich nur das hier tun will." Er neigte den Kopf und streifte mit den Lippen über ihre. Dann ging er weiter zu ihrem Hals und ließ seine Hand zu ihrer Hüfte gleiten, wo er fest zupackte. Abby lehnte sich an ihn, sehnte sich nach seiner Berührung, aber er zog sich zurück und fuhr fort: „Wir können einen Familientag machen. Picknick im Park. Fahrradtour am Fluss. Tage am Strand. Aber unsere Dates? Die sind nur für mich."

„Das klingt ziemlich perfekt, Clay Garrison", sagte Abby, die hinauf in seine gefühlvollen Augen schaute. „Wann können wir loslegen?"

„Wie wär's mit jetzt?"

„Klingt gut."

Clay grinste, schloss seine Hand um ihre und zerrte sie aus dem Brauschuppen. Während sie zu seinem Jeep unterwegs waren, sagte er: „Ich hatte gehofft, dass du das sagst."

Abby stieg auf den Beifahrersitz. Sobald er auf dem Fahrersitz saß, fragte sie: „Wohin sind wir unterwegs?"

Er warf ihr einen Blick zu und lächelte sie schelmisch an. „Sunset Cove."

Sie hätte es wissen müssen. Es war der Ort ihres ersten Kusses, ihres ersten Streits, ihres ersten … nun ja, ihres ersten alles. Es passte, dass es der Ort ihrer ersten Wiedervereinigung sein sollte. Sie lächelte ihn ihrerseits schelmisch an und sagte: „Mach schnell."

KAPITEL 26

EINEN MONAT SPÄTER

Abby stand in der Küche ihres Vaters und sah Olive und Daisy beim Kartenspielen mitten im Wohnzimmer zu. Olives neuer Golden-Retriever-Welpe, Endora, lag zusammengerollt auf ihrem Schoß. Clair saß auf dem Sofa und blätterte durch einen Urlaubskatalog, und Clay stand drüben am Kamin und plauderte mit ihrem Vater. Ihre drei Schwestern waren in der Ecke und planten vermutlich die Geburtstagsfeier ihres Dads am nächsten Wochenende.

Alle waren glücklich und voller Energie, sogar ihr Vater, der am vorigen Tag eine Chemo-Behandlung bekommen hatte. Abby hatte schließlich ihre Tränke perfektioniert, und sie wirkten Wunder für ihren Dad. Seitdem sie den Tag mit Olive verbracht hatte, um den Energietrank für Olives Kaninchen herzustellen, hatte Abby fast alles umsetzen können, worauf sie es anlegte. Der Unterschied war, dass sie es jetzt aus Liebe tat, nicht aus Schuldgefühlen. Und nachdem sie mit Mrs. P., der Therapeutin, Shannon und sogar Clay gesprochen hatte, hatte sie den Wandel Olive zu verdanken.

Klar, die Gespräche mit allen hatten sie auf den Weg

gebracht, wiederzuerlangen, was sie verloren hatte, aber Olive hatte unwissentlich die fehlende Verbindung gefunden. Sie würde dem kleinen Mädchen auf ewig dankbar für die Hilfe dabei sein, ihre Freude an der Magie wiedergefunden zu haben. Außerdem liebte Abby sie mehr, als sie es je für möglich gehalten hätte. Sie hatten eine Verbindung aufgebaut, für die Abby die Worte fehlten. Jedes Mal, wenn sie Clays Tochter anschaute, glaubte sie, ihr würde das Herz zerspringen.

„Hey", sagte Clay und legte von hinten die Arme um sie. „Was machst du hier ganz allein in der Küche?"

„Ich mache heiße Schokolade." Sie lehnte sich zurück und küsste ihn auf die Wange. „Worüber hast du mit meinem Vater geredet?"

„Oh, ich habe ihn nur was gefragt." Er strich ihr mit den Händen leicht über die Arme.

„Was denn?" Abby goss die heiße Schokolade aus der Kasserolle in drei Becher.

„Dich, mich und den Silvesterabend."

Abby runzelte die Stirn, während sie Marshmallows in die heiße Schokolade gab. „Was hast du getan? Ihn gefragt, ob ich nach der Sperrstunde ausbleiben darf?"

Er lachte. „Sowas ähnliches."

Sie warf einen Blick über die Schulter und schaute ihn seltsam an. „Was hast du vor, Garrison?"

Er küsste sie auf die Nase und sagte: „Ich weiß nicht, wovon du redest."

„Daddy!", rief Olive von ihrem Platz auf dem Boden. „Ist es jetzt so weit?"

Alle im Raum hörten auf zu reden und drehten sich um, um Abby und Clay anzustarren.

Sie versteifte sich und flüsterte: „Clay, was passiert da gerade?"

Er beugte sich zu ihr und flüsterte zurück: „Das findest du gleich raus." Dann nickte er seiner Tochter zu. „Ja. Bist du fertig?"

„Ja!" Olive reichte Daisy ihren Welpen, sprang auf und lief zu ihnen herüber. Sie schnappte sich Abbys Hand und zog sie aus der Küche ins Wohnzimmer. Clay folgte ihr auf dem Fuß.

Abbys Schwestern fingen an zu kichern und kamen näher, wobei sie sich aufteilten, damit sie alle besser sehen konnten, was gleich passieren würde.

„Du stellst dich hierhin", sagte Olive und zog Abby noch weiter in die Raummitte. Sie trat zurück und musterte Abby. Dann grinste sie. „Perfekt."

Abby sah zu, wie Olive ihre Hand in die ihres Vaters legte und die beiden sich direkt vor ihr aufstellten. Sie warfen einander einen Blick zu, und als Clay nickte, nahm jeder eine von Abbys Händen.

„Olive, Clay, was –"

Als hätten sie einen Countdown gemacht, fielen die beiden zur gleichen Zeit auf ein Knie, und Olive hielt ihr eine kleine Samtschachtel hin.

Abby keuchte auf und musste schnell blinzeln, weil sich ihre Augen mit Tränen füllten.

„Erinnerst du dich, wie ich dir gesagt habe, dass ich dir einen Ring an den Finger stecken würde, wenn es an der Zeit wäre?", fragte Clay.

Abby nickte. „Ja."

„Na, ich war schon an diesem Tag ziemlich sicher, dass ich dafür bereit wäre. Aber wie du weißt, bin es nicht nur ich. Ich komme in einem größeren Paket."

Abbys Blick landete auf Olive, und sie ließen sich nicht aufhalten: Tränen liefen ihr über die Wangen. Sie konnte nichts dagegen tun. Ihre Liebe zu den beiden Menschen vor ihr war zu überwältigend. „Du weißt, dass ... dass ich es nicht anders wollen würde", brachte sie mit kaum einem Flüstern hervor.

„Das ist gut, denn es gibt etwas, was Olive dich fragen will", sagte Clay.

„Olive?" Sie richtete den Blick wieder auf seine Tochter. „Was ist, Liebes?"

Erst da fiel ihr auf, dass auch Olive Tränen in den Augen standen, aber ihr Lächeln war breit, als sie fragte: „Wirst du meinen Dad heiraten, damit du meine echte Mom sein kannst?"

Panik strömte in Abbys Brust, und sie warf einen Blick auf Clay, nicht sicher, wie sie diese Frage beantworten sollte. Aber er half ihr nicht. Er grinste wie ein Narr, genau wie seine Tochter.

Abby, die das Gefühl hatte, sie müsse ihnen nahe sein, fiel auf die Knie und konzentrierte sich auf Olive, als sie sagte: „Ich würde deinen Daddy liebend gern heiraten und deine Stiefmutter sein. Es gibt nichts auf der Welt, das ich mehr will als das. Wirklich. Aber Liebling, du hast bereits eine echte Mom. Ich würde nicht im Traum daran denken, ihren Platz einzunehmen."

Olives Lächeln erlosch. „Kann ich keine zwei Moms haben?"

„Klar kannst du das. Es wäre mir eine Ehre, deine zweite Mom zu sein. Ich will nur ..." Sie schaute hilfesuchend zu Clay.

Er schloss seine Finger fester um ihre und flüsterte: „Du machst das gut, Abs."

Sie nickte und wandte sich wieder Olive zu. „Verstehst du, Liebes? Deine Mom wird immer deine Mom sein. Und ich werde –"

„Meine zweite Mom", schloss Olive für sie. „Genau wie bei

meiner Freundin Ashley. Sie hat zwei Moms und zwei Dads." Olives Stirn legte sich besorgt in Falten. „Aber ich will keine zwei Dads. Der hier reicht."

Alle um sie herum lachten.

Abby kicherte. „Damit hast du recht. Er hält einen auf jeden Fall auf Trab. Aber ich glaube, er ist es wert."

„Also ist das ein Ja?", fragte Clay, während er die Samtschachtel öffnete. Ein glitzernder Diamant funkelte zu ihr empor.

„Ja, ja, ja, ja!", sagte Abby und löste ihre Hände, um ihnen beiden eine dicke Umarmung zu geben. Während Clay, Abby und Olive einander festhielten, stieg Jubel im ganzen Zimmer auf.

„Zeit, den Champagner rauszuholen!", rief Yvette.

„Ich hole die Gläser", hörte sie Faith einstimmen.

„Ich den Kuchen", fügte Noel an.

Olive wand sich aus ihrer Umarmung und lief zur Küche. „Ich helfe mit! Der Kuchen ist draußen im zweiten Kühlschrank."

Noel streckte eine Hand zu Olive aus und sagte: „Geh voraus, kleine Garrison. Suchen wir diesen Kuchen."

Clay ließ Abby los und zog den Ring aus der Schachtel. Er schaute zu ihr auf und grinste, als er ihr den Ring an den Finger steckte. „Hast du an Silvester Zeit?"

„Sieht so aus." Sie beäugte ihn. „Wie lange habt ihr beiden das geplant?"

Sein Grinsen verschwand, und er wurde ernst, als er sagte: „Ich kann nicht für Olive sprechen, aber ich habe es geplant, seit ich dreizehn war."

Ihr Herz schmolz an Ort und Stelle zu einer Pfütze zwischen ihnen. „Ich war zwölf."

„Abby", sagte er, während er den Kopf neigte und den Ring

küsste, der inzwischen an ihrem Finger steckte. „Wir waren immer zu diesem Moment unterwegs. Ganz gleich, wo wir waren oder mit wem wir zusammenlebten, wir sollten immer hier enden. Es ist auf eine Art und Weise richtig, wie es keine andere Beziehung je war oder sein könnte. Und ich weiß, dass unser Weg ein paarmal falsch abbog –"

„Eher schon eine Kehrtwende machte", sagte Abby mit einem Lächeln.

Seine Lippen zuckten amüsiert. „Das klingt richtig. Aber ohne diese Wenden hätten wir Olive nicht, oder das Wissen, wie besonders diese Beziehung ist. Ich weiß, dass die Ankunft hier um die zehn Jahre länger dauerte, als wir vermutet hatten, aber ich würde es um nichts in der Welt ändern wollen."

Liebe raste durch sie hindurch, und diesmal war ihre Umarmung nur für ihn. Er schlang die Arme um sie, und sie blieben zusammen, immer noch auf dem Boden des Wohnzimmers kniend, bis Olive mit zwei Stück Verlobungskuchen in der Hand ankam.

„Hier", sagte sie und schob ihnen die Teller hin. „Tante Yvette sagt, ihr beiden müsst essen, damit ihr für später heute Abend bei Kräften seid. Was passiert heute Abend?"

Clay gab ein ersticktes Lachen von sich, während Abby einen bösen Blick auf Yvette warf, die vor sich hin kicherte, während sie den Kuchen schnitt.

„Golfmobilrennen" sagte Abby. „Wanda und ich finden endlich raus, wessen Wagen schneller ist."

„Ohhh!" Olive klatschte vor reinem Vergnügen die Hände zusammen. „Kann ich mit?"

„Klar. Du kannst meine Beifahrerin sein." Abby zwinkerte Clay zu, der nur den Kopf schüttelte. Er verstand den Reiz des Partymobils nicht, das sie sich gekauft und mit blitzenden LED-Leuchten und einem Surround-Sound-System ausgestattet hatte. Aber das war in Ordnung. Er musste es nicht verstehen. Olive liebte es, und sie ebenso.

„Ja!" Olive reckte eine Faust und lief zurück in die Küche, um sich selbst ein Stück Kuchen zu holen.

Clay stellte ihre Kuchenteller auf den Beistelltisch und hielt Abby eine Hand hin, um ihr vom Boden aufzuhelfen. Als er sie wieder im Arm hatte, flüsterte er: „Erschöpfe dich nicht zu sehr. Yvette hat recht. Du wirst deine Kräfte brauchen."

Ein Hauch Vorfreude flatterte durch sie hindurch. Sie fuhr ihm mit den Fingern durchs dichte Haar und sagte mit rauer Stimme: „Versprich nichts, was du nicht halten kannst, Garrison."

In seinen Augen glitzerte der Schalk, als er fragte: „Mache ich das je?"

„Nein", hauchte sie und sagte: „Jetzt küss mich."

Er drückte seine Lippen auf ihre, und endlich war sie zu Hause.